Angelika Mosch

Furia e Amore

Lisa Brandkopf und Andrea Commodori ermitteln vor der malerischen Kulisse der Amalfiküste

TWENTYSIX – der Self-Publishing-Verlag

Eine Kooperation zwischen der Verlagsgruppe Random House und BoD – Books on Demand

Alle Rechte vorbehalten

© 2017 Angelika Mosch

Covergestaltung: Eingang zur Villa Cimbrone, Ravello unter Verwendung eines Motivs von © Hans-Gerd Mosch

Herstellung und Verlag:
BoD – Books on Demand, Norderstedt

ISBN: 978-3-7407-4322-2

I

Einem Peitschenhieb gleich zerteilte die Kugel die Luft und erschütterte den friedlichen Morgen mit einem lauten Knall. Sein Jagdinstinkt war sich ganz sicher, getroffen zu haben. Auch auf seine schon alten Tage hielt er das Gewehr ruhig in der Hand. Hier draußen waren seine Augen scharf wie die eines Adlers. Auch Bruno schien nicht an dem Treffer zu zweifeln. Er lief zielsicher los, um die Beute einzusammeln. Der Alte, wie er von allen durchaus mit dem gebührenden Respekt vor seinem Lebenswerk genannt wurde, freute sich schon auf einen prächtigen Braten und wunderte sich, dass sein treuer Jagdbegleiter mit der Beute noch nicht zurückgelaufen kam.

Er und Bruno waren ein eingespieltes Team, einen besseren Jagdhund konnte er sich nicht vorstellen. Doch jetzt wunderte er sich, wo Bruno blieb. In seine Gedanken hinein drang das Gebell von Bruno in seine Ohren. Erstaunt darüber machte er sich auf den Weg, Bruno zu suchen.

Aus einiger Entfernung sah er, dass Bruno nervös hin und her laufend und laut bellend um ein Auto herumlief. Er wunderte sich, hier an diesem abgelegenen Ort, ein Auto zu sehen. Die hinteren Türen standen weit offen und er meinte auf der Rückbank jemanden sitzen zu sehen, oder waren es sogar zwei. Peinlich berührt dachte er, dass es sich vielleicht um ein Liebespaar handelte. Allerdings hier und um diese Zeit. Das schien ihm sehr ungewöhnlich.

Verunsichert ging er noch ein paar Schritte näher heran. Es bot sich ihn ein befremdliches Bild. Alles war so unheimlich ruhig, nichts passierte, nur Bruno bewegte sich aufgeregt hin und her. Wenn da doch jemand drinsitzt, warum kam dann keine Reaktion, wunderte er sich.

Er rief Bruno zu sich, der sich in der Treue zu seinem Herrn schwer von dem Wagen lösend, sich immer wieder umdrehend, auf ihn zugelaufen kam. Giovanni Rossi, so wie der Jäger hieß, rief laut, ob da jemand wäre und er solle doch eine Antwort geben. Er spürte, wie sein Puls sich beschleunigte, sein Herz schneller schlug und seine Brust sich unter seinem schweren Atem heftig auf und ab bewegte.

Es erfolgte wieder keine Reaktion und Giovanni Rossi trat, sein Gewehr jetzt fest im Griff, an den Wagen heran, begleitet von seinem um ihn nervös herum tänzelnden Hund.

Was er dann sah, erschütterte ihn. Er traute seiner Wahrnehmung nicht, er konnte nicht glauben, was sich da vor seinen Augen für ein Anblick bot. Es war wahrlich ein bizarres Bild, dass es zu entschlüsseln galt. Zwei engumschlungene Menschen, nackt und ohne jegliche Anzeichen von Leben. Fassungslos dachte Giovanni daran, dass es sich um ein Liebespaar handelt, dass sich vereint das Leben genommen hatte. Doch dann entdeckten seine Augen die Einschüsse in den Köpfen, aus denen sich kleine Rinnsale von Blut den Weg über die Gesichter gebahnt hatten.

Es dauerte eine Weile bis er wieder einen klaren Gedanken fassen konnte und zum ersten Mal war er froh über dieses komische Ding in seiner Tasche und froh darüber, dass seine Kinder darauf drängten, dass er das Handy bei seinen Jagdausflügen dabeihat. Seine Hände zitterten, er versuchte sich zu erinnern, wie das Ding funktioniert, irgendwie gelang es ihm schließlich.

II

Andrea Commodori hatte sich diesen ersten sommerlichen Sonntag anders vorgestellt, als jetzt zu einem Tatort zu eilen. Er übte auch nach all den Jahren seinen Beruf immer noch gerne aus, doch manchmal hätte er auch nichts gegen einen etwas ruhigeren Job. So wie heute eben. Nach einem langen erholsamen Schlaf, hatte ihn das Meer vor seiner Veranda verlockend angelacht und er hatte sich auf ein erstes erfrischendes Bad gefreut, anschließend hätte er sich mit einem weiteren Kaffee in die den Sommer ankündigende Sonne gesetzt und es genossen, einfach mal nichts zu tun.

Jetzt stand er aufmerksam an diesem so friedlich wirkenden Flecken Erde ganz in der Nähe des malerischen Ortes Furore, der eher mit Liebe als mit Mord in Verbindung gebracht wird.

Ein Auto geparkt im Schutz der dichten gelbblühenden Ginsterbüsche. Die hinteren Türen weit geöffnet. Auf dem Rücksitz des Wagens ein nackter Mann und auf seinem Schoß sitzend eine ebenfalls nackte Frau, beide eng umschlungen, scheinbar im Liebesakt vereint. Die Kleidungsstücke um sich verstreut, wie achtlos in der Begierde entledigt. Erst beim Näherkommen, waren die Einschüsse zu erkennen. Bei beiden ein einziger Schuss im Bereich der Schläfen, zielsicher platziert. So wie es der Anblick nahelegte, deutete es auf mindestens zwei Täter hin. Selbstverloren im Akt der Hingabe hatten die zwei Liebenden womöglich nicht bemerkt, dass sich die Täter dem Wagen näherten, gleichzeitig die hinteren Türen öffnen und den jeweils tödlichen Schuss abfeuerten.

„Es handelt sich um einen Leihwagen, ausgeliehen am Flughafen Neapel am Dienstag auf den Namen Sebastian Kunnert, deutscher Staatsbürger", durchbrach Vice Commissario Matteo De Luca die gedankenvolle Stille.

Es dauerte eine Weile bis der Commissario sich von seinen Betrachtungen lösend, Matteo zuwandte.

„Bei dem Mann könnte es sich um einen deutschen Touristen handeln. Und die Frau scheint auch nicht von hier zu sein. Dem Aussehen nach zu urteilen, könnte es sich auch um eine Deutsche handeln. Haben sie beim Autoverleih ein Hotel als Urlaubsadresse angegeben."

„Nein, nur eine Handynummer. Bezahlt wurde mit Kreditkarte auf seinen Namen."

"Was ist mit dem Handy, ist es irgendwo bei den Sachen."

"Wir haben noch nichts gefunden, ich habe versucht, die Nummer anzurufen, hier ist aber nichts zu hören gewesen. So wie es scheint, sind die Handys und Papiere gestohlen worden."

„Wir sollten dann die Daten checken und die Hotels abfragen, ob sie dort irgendwo registriert sind. Was meinst Du, Matteo? Wie sieht es für dich aus?"

"Auf mich wirkt es so, wie zwei Touristen, die, während sie sich die Schönheiten unserer Küste anschauen, Lust auf Sex bekommen, sich hier ein stilles Plätzchen gesucht haben und dann haben irgendwelche Irren, denen dieses Verhalten anstößig war, sie erschossen. Vielleicht haben wir es hier mit einer Fortführung der Pärchenmorde zu tun. Es halten sich immer noch die Gerüchte, dass es damals ein Serientäter war, der nicht gefasst worden ist. Vielleicht schlägt er jetzt wieder zu."

„Du meinst, wie damals vor ein paar Jahren diese Morde in der Nähe von Florenz, wo auch ausländische Pärchen getötet wurden?"

"Ja, die meine ich. Vielleicht fängt das hiermit wieder an."

"Aber wer erwartet hier an diesem abgelegenen Ort ein Liebespaar? Dies ist doch kein Ort, wo sich Paare schon mal treffen, um Sex zu haben. Das liegt zu weit abseits. Und so viel ich mich erinnere, wurden damals doch auch Körperteile bei den weiblichen Opfern entfernt, " versuchte Andrea sich zu erinnern, um dann mehr für sich als für die anderen Ohren bestimmt, hinzuzufügen.

„Furia e Amore."

"Wut und Liebe? Was meinst du damit?" fragte Matteo.

"Die meisten Verbrechen geschehen aus Liebe, Eifersucht, Wut, abgesehen natürlich von Geld," entgegnete Andrea.

"Furore einen friedlicheren und ruhigeren Ort kann ich mir kaum vorstellen und dann solch eine Ortsbezeichnung", wunderte sich Matteo. „Warum wurde ausgerechnet einer der zauberhaftesten Fjorde Italiens nach dem *Vallone del Furore,* dem Tal des Zorns, benannt? „

„Einige erklären es damit, weil sich bei stürmischem Wetter die peitschenden Wellen gegen die Felsen wie wütende Furien anhören, oder weil der Teufel selbst in der antiken Terra Furoris erschienen sein soll", fügte Andrea erläuternd hinzu. "Soll das eine Botschaft sein, die wir entschlüsseln müssen? Haben wir es mit wütenden Furien oder gar dem Teufel persönlich zu tun? Keine einfache Aufgabe! Aber auch Irre zu finden, wird nicht einfach. Na, warten wir die Ergebnisse der Spurensicherung und der Rechtsmedizin ab.

„Und dann handelt es sich so wie es aussieht auch noch um ausländische Touristen, auch das macht es nicht einfacher!", fügte Matteo hinzu.

„Wenn wir mehr wissen, müssen wir die dortigen Behörden benachrichtigen", merkte Andrea an.

Matteo warf einen nachdenklichen Blick auf seinen Chef und stimmte ihm kopfnickend zu.

Im Polizeipräsidium in Köln öffnete sich mit Schwung die Bürotür von Kommissarin Lisa Brandkopf und Hauptkommissar Viktor Hugler trat ein. Lisa schaute erstaunt von ihren Akten auf, die sie gerade bearbeitete.

„Hallo Viktor, Du siehst ja ganz schön gestresst aus!"

„Das kannst du wohl laut sagen. Hier ist eine dringende Nachricht aus Italien von einer Kommissarin Andrea Commodori aus Salerno. Du sprichst doch Italienisch, schau dir das bitte mal an."

„Dann zeig' mal her, und übrigens wird es sich wohl um einen Commissario handeln. Andrea ist in Italien im Gegensatz zu uns ein Männername und Salerno ist eine Stadt, die in der Nähe von Neapel liegt!"

Lisa konzentrierte sich bereits auf die Nachricht, sodass sie Viktors erstaunten Gesichtsausdruck nicht mehr wahrnahm. Auf Lisas schönem Gesicht machten sich sorgenvolle Falten breit und ihre Miene verfinsterte sich mehr und mehr.

„Zwei deutsche Touristen wurden umgebracht, in ihrem Auto erschossen, als sie ..." Lisa blickte auf und sah ihren Chef an, dann fuhr sie fort „...auf dem Rücksitz des Autos Sex hatten!"

„Lisa, komm hör auf mich zu verarschen. Nun mach schon, was schreiben die italienischen Kollegen."

„Chef, das steht hier! Im Ernst! Ein Sebastian Kunnert und eine Frau mit Namen Carla Wissgold. Beide sollen hier in Köln wohnen."

"Dann ist das wohl ein Fall für Dich!" stellte Viktor pragmatisch fest. "Hoffentlich hängt da nicht die Mafia drin. Das wird dann alles andere als lustig!"

Lisa musste schmunzeln, weil sie dachte, dass es so typisch ist, sofort alles auf eine Verbindung zur Mafia zu reduzieren und dass sich damit sofort so eine Hoffnungslosigkeit einstellte.

"Da spricht tatsächlich einiges dafür, dass ich mich darum kümmere! Die Mafia ist ja mein Spezialgebiet", dabei sah sie Viktor mit einem verschwörerischen Augenzwinkern an.

Lisa überprüfte die Daten und musste feststellen, dass die Personenangaben stimmten. Nachdem sich unter den registrierten Telefonnummern niemand meldete, machte sich Lisa auf den Weg, um vor Ort ein Bild zu machen.

Vor dem Haus stehend, in dem die beiden als tot Gemeldeten ihre Wohnung hatten, hoffte Lisa, dass sich alles noch aufklären könnte. Obwohl es ihr schwarz auf weiß vorlag, blieb doch ein Stückchen Hoffnung, dass sich nach dem Klingeln, die Tür öffnet und sich alles als eine Verwechslung herausstellen würde.

Der Klingelton verstummte, die Zeit blieb stehen und wurde zur Ewigkeit, aber nichts von dem, was sie sich erhoffte, passierte. Trotzdem noch einmal klingeln. Die Tür der Nachbarwohnung öffnete sich und eine ältere Dame trat auf den Flur hinaus. Resolut fragte sie, ob sie helfen könne.

„Guten Tag, Lisa Brandkopf, Kripo Köln", stellte sich Lisa vor.

Bevor sie weitersprechen konnte, fiel ihr die Dame mit einem Ausdruck von Schrecken im Gesicht ins Wort.

„Um Himmelswillen, ist etwas mit Carla?" und schlug die Hände vors Gesicht.

Lisa konnte den Namen der Dame an der Tür erspähen und sprach die weiterhin entsetzt blickende Frau als vertrauensbildende Maßnahme mit diesem Namen an.

„Frau Mayer-Osterholtz kennen Sie Carla Wissgold und Sebastian Kunnert?"

„Äh, jaja natürlich. Vor allem die Carla, sie wohnt schon lange hier, der Sebastian ist so ungefähr vor einem halben Jahr hier eingezogen. Kennen tun die beiden sich aber schon länger. Die beiden sind in Urlaub, in Italien. Ich schaue in der Wohnung nach dem Rechten."

„Dann haben Sie einen Schlüssel zur Wohnung? Könnten Sie mir aufschließen, dann müssen wir den Schlüsseldienst nicht kommen lassen?"

"Aber sagen sie mir doch erst einmal, was mit den beiden los ist."

"Tut mir leid, aber im Moment kann ich noch nichts dazu sagen, ich möchte mir zuerst einen Eindruck in der Wohnung verschaffen."

Frau Mayer-Osterholtz zögerte und wich ein Stück zurück.

„Ach ja, ich verstehe. Entschuldigen sie, hier ist mein Dienstausweis."

Lisa hielt den Ausweis hin, damit Frau Mayer-Osterholtz ihn in Ruhe anschauen konnte.

„Man kann ja nicht wissen..." erwiderte Frau Mayer-Osterholtz ein wenig verlegen.

„Machen Sie sich keinen Kopf, sie haben sich völlig richtig verhalten. Ich hätte sofort daran denken müssen. Aber könnten wir jetzt vielleicht..."

„Natürlich, ich hole den Schlüssel."

Den Schlüssel in der Hand haltend, zögerte Frau May-Osterholtz ein weiteres Mal.

„Dürfen Sie denn einfach in die Wohnung gehen. Brauchen Sie nicht so einen Durchsuchungs...", sie stockte und suchte nach dem richtigen Wort.

„Sie meinen einen Durchsuchungsbeschluss?" und während Frau Mayer-Osterholtz noch nickte, sprach Lisa schon weiter. „Nein, den brauche ich in diesem Fall nicht."

Frau Mayer-Osterholtz gab sich damit zufrieden, worüber Lisa froh war, weil sie wenig Lust verspürte, jetzt auch noch die rechtlichen Grundlagen für eine Durchsuchung zu referieren und so standen sie wenig später in der Wohnung. Lisa schaute sich um, ohne wirklich zu wissen, wonach sie Ausschau hielt. Sorgfältig scannten ihre Augen die Wohnung und stellten fest, dass alles modern und hell eingerichtet war und sehr ordentlich. Lisa konnte sich nicht erinnern, jemals ihre Wohnung so ordentlich zurückgelassen zu haben, wenn sie in Urlaub gefahren war. In ihre Gedanken platze Frau Mayer-Osterholtz mit einem Lisa völlig verwirrenden „Hier ist jemand drin gewesen. Ich bin mir ganz sicher!"

„Wie meinen Sie das?" fragte Lisa erstaunt und fragte sich, woran sie das erkennen konnte, alles war doch so aufgeräumt.

Bevor Lisa nachfragen konnte, fuhr Frau Mayer-Osterholtz schon verwundert und mit einer gewissen Erregung fort.

„Da sehen Sie die Elefanten? Die hat Carla aus einem Urlaub in Asien mitgebracht und die stehen immer anders herum, weil Carla sie eben genau so hinstellt und jedes Mal, wenn die Putzfrau da war, hat diese die Elefanten genau in die andere Richtung gestellt. Sehen sie so wie sie jetzt stehen. Carla und ich haben uns schon so oft darüber lustig gemacht."

„Dann war die Putzfrau wohl hier in der Zwischenzeit", kommentierte es Lisa.

„Nein, auf keinen Fall kann das sein, weil die ebenfalls verreist ist. Und als ich die Blumen gegossen habe, standen sie noch richtig. Und schauen Sie dort. Da ist ein kleiner Schmutzfleck auf dem Boden. Wo soll der denn herkommen? Ich war immer in meinen Hausschuhen hier" sagte sie mit einer gewissen Entrüstung, aber auch Unsicherheit in ihrer Stimme. "Das kann nur so sein, dass jemand hier war. Vielleicht sind Carla und Sebastian ja zurück und hatten noch keine Zeit, mir Bescheid zu sagen!"

„Frau Mayer-Osterholtz," sagte Lisa mit gedämpfter Stimme. „Es ist unwahrscheinlich, dass sie in der Zwischenzeit hier gewesen sind! Wir haben eine Nachricht aus Italien erhalten, dass Carla und Sebastian etwas zugestoßen ist", formulierte es Lisa erst einmal vorsichtig,

Frau Mayer-Osterholtz sah Lisa verständnislos an und hakte sofort nach.

„Was meinen Sie damit, dass den beiden etwas zugestoßen ist?"

„Möglicherweise sind sie Opfer einer Gewalttat geworden!"

An dem fragenden Blick von Frau Mayer-Osterholtz las Lisa ab, dass diese sich auf damit nicht abspeisen ließ und entschied sich, diese brutal klingenden Worte auszusprechen.

„Wir müssen davon ausgehen, dass Carla und Sebastian getötet wurden. Mehr weiß ich wirklich auch noch nicht!"

Frau Mayer-Osterholtz riss voller Schrecken die Augen auf und im gleichen Augenblick wurde sie kreidebleich und sank in sich zusammen. Bevor Lisa sie halten konnte, lag sie auf dem Boden. Lisa hechtete zu ihr, kniete sich neben sie und versuchte sie aufzuheben. Es dauerte eine ganze Weile bis sie sich wieder gefangen hatte.

Lisa verließ mit Frau Mayer-Osterholtz die Wohnung, um weitere mögliche Spuren nicht zu verwischen und rief Viktor an, um ihn in Kenntnis zu setzen, was sie hier entdeckt hatte und forderte die Spurensicherung an.

Frau Mayer-Osterholtz war immer noch fassungslos, als die von Lisa benachrichtigte Spurensicherung eintraf, zeitgleich mit Lisas Chef Viktor.

„Na, ich hoffe, da ist was dran, an dieser Putzfrauengeschichte, ansonsten stehen wir ganz schön blöd da, dass wir die ganze Truppe gerufen haben!"

Viktor sorgte sich immer ums Geld, wobei Lisa für sich dachte, dass es ihm wohl viel mehr um sein Ansehen ging. Viktor konnte schlecht mit Misserfolgen umgehen, die Vorstellung, die Kollegen würden sich über ihn lustig machen, war eine Katastrophe für ihn. Lisa mochte Viktor. Sie arbeitete jetzt schon sechs Jahre mit ihm zusammen. Als sie neu bei der Mordkommission anfing, hatte er sie voll und ganz unterstützt.

Er hatte sie an seinen Erfahrungen teilhaben lassen und ihr immer wieder zu verstehen gegeben, dass sie viel frischen Wind in das Kommissariat bringen würde und dass sie ein gutes Gespür hätte beim Lösen der Fälle. Sie war Viktor dankbar, weil ihr bewusst war, dass sie optimale Bedingungen hatte für ihre berufliche Entwicklung. Sie wusste, das andere es da doch um einiges schwerer hatten und sich erst einmal hochdienen mussten.

Nachdem sie noch einen Moment mit Frau Mayer-Osterholtz gesprochen hatten, überließen sie das Feld der Spurensicherung. Für sie gab es hier erst einmal nichts mehr zu tun.

Lisa fuhr noch mal ins Präsidium, um eine Antwort abzufassen und nach Salerno zu schicken. Sie schrieb, dass die zwei angefragten Personen in Köln ihren Wohnsitz haben und dass eine Nachbarin bestätigte, dass die beiden sich zu einem Urlaub in Italien aufhielten. Sie ließ nicht unerwähnt, dass es zwei Spuren geben würde, die darauf hindeuteten, dass möglicherweise während der Abwesenheit der beiden, jemand in der Wohnung war. Die Spuren würden untersucht und sobald nähere Erkenntnisse dazu vorliegen, würde sie ihnen diese mitteilen.

III

Lisa hatte eine unruhige Nacht hinter sich als sie sich am nächsten Morgen auf den Weg zu den Städtischen Kliniken machte. Von Frau Mayer-Osterholtz hatte sie erfahren, dass Carla und Stefan dort als Ärzte angestellt waren.

Die Befragungen ergaben nichts Auffälliges. Carla und Sebastian wurden als sympathisch und umgänglich beschrieben. Carla arbeitete als Radiologin in der Klinik und Sebastian als Chirurg. Als Lisa hörte, dass Sebastian in der Chirurgie arbeitete, wollte sie wissen, ob es in letzter Zeit vielleicht Ärger gegeben hatte mit unzufriedenen Patienten. Ob im Zusammenhang mit einer Operation etwas schiefgelaufen war. Gab es Todesfälle. Nichts hiervon bestätigte sich. Probleme wurden von niemanden berichtet. Bis auf die Beobachtung einer Krankenschwester, die Carla mit einem Entsorger für Krankenhausabfälle ein paar Tage vor ihrem Urlaub gesehen hatte und von einer heftigen Auseinandersetzung berichtete.

Lisa wurde sofort hellhörig. Carla Wissgold hatte als Nuklearmedizinerin mit radioaktivem Abfall zu tun. Ging es in dem Streit möglicherweise um Unregelmäßigkeiten in der Entsorgung des verstrahlten Krankenhausabfalles, fragte Lisa sich. Noch im Krankenhaus recherchierte sie den Namen des Entsorgers und schaute sich zusammen mit der Krankenschwester die Internetseite an. Die Krankenschwester erkannte bei den Profilen die Person, die sie mit Carla Wissgold gesehen hatte. Direkt vom Krankenhaus aus machte sie sich auf den Weg zur Adresse des Entsorgungsunternehmens, um dort mit dem Geschäftsführer Robert Thomée, der von der Krankenschwester erkannt worden war, zu reden.

Dem Commissario in Salerno ging es an diesem Morgen auch nicht viel anders, auch ihm hatte der Mordfall einen entspannten Schlaf geraubt. Zusammen mit Matteo wertete er die Ergebnisse der Spurensicherung und der Rechtsmedizin aus. Und beiden war klar, der Fall gestaltete sich noch komplizierter und beide konnten ihre Verwirrung nicht überdecken. Hinzu kam, dass der Vice Questore Andrea ziemlich deutlich zu verstehen gegeben hatte, den Fall wegen der internationalen Dimension so schnell wie möglich abzuschließen. Vor den deutschen Kollegen wollte man doch wohl nicht das Gesicht verlieren. Die landläufigen Vorurteile über Polizeiarbeit in Italien, insbesondere Süditalien waren ja zu genüge bekannt.

„Wie zu erwarten, sind keine brauchbaren Fingerabdrücke am Auto herauszufiltern. Die Fingerabdrücke der Toten finden sich im vorderen Teil des Wagens reichlich, aber jetzt hör Dir das an, im Fond, wo sie ja nun mal rumgemacht haben, sind nur wenige Abdrücke gefunden worden. Wenn ich mir so ausmale, wie das auf der Rückbank funktioniert, müssten dort viel mehr Fingerabdrücke und Spuren sein."

Andrea schmunzelte als er seine nächste Frage stellte.

"Das hört sich an als hättest du entsprechende Erfahrung damit!"

"Sag nicht, du wüsstest nicht, wovon ich spreche!" gab Matteo augenzwinkernd zurück.

Nach einem kurzen aufheiternden Moment, in dem die beiden vielleicht über ihre entsprechenden Erfahrungen nachdachten, kehrte auch schon schnell ein betretenes Schweigen zurück und sie fuhren in einem ernsteren Ton fort.

„Am Tatort sind keine Spuren gefunden worden, die Hinweise auf mögliche Täter zuließen. Keine Spuren, die auf andere Fahrzeuge hindeuten würden. Es scheint, als wären die oder der Täter zu Fuß unterwegs gewesen. Der eigentliche Hammer ist der Bericht der Rechtsmedizin. Die Spuren am Körper der Toten deuten darauf hin, dass sie nicht im Auto während sie dem Akt der Vereinigung nachgingen, erschossen wurden. Wenn das so zutrifft, dann wurde die Szenerie so angeordnet, als sie bereits tot waren. "

„Wenn das so ist, war da jemand am Werk, der ganz schön dicke Nerven hat," wunderte sich Matteo, der das erste Mal mit so einem Fall konfrontiert war.

„Ja, und ziemlich kaltblütig," ergänzte Andrea.

„Und was ist mit deinem Motiv Furia e Amore?" fragte Matteo.

„Liebe vielleicht, Wut auf jeden Fall! Wenn es keine Spinner im Namen der Moral oder irgendwelcher Rituale waren, ist da eine Menge Wut im Spiel."

Während beide ihren Gedanken nachhingen, klopfte es an der Tür. Gina aus dem Sekretariat kam herein und reichte ihnen eine E-Mail, die gerade in der Dienststelle eingetroffen war.

Andrea nahm sie entgegen, nachdem er Gina herzlich begrüßt hatte. Vor langer Zeit war mal was zwischen ihnen gelaufen, sie hatten aber beide eingesehen, dass sie sich sehr mochten, aber die Beziehung tat beiden nicht gut, weil sie völlig unterschiedliche Auffassungen darüber hatten, wie sie sich ihr Leben und die Zukunft vorstellten. Gina war mittlerweile glücklich verheiratet, hatte zwei entzückende Kinder, war etwas rundlicher geworden, mit ihrem Leben aber völlig im Einklang, wofür Andrea sie manchmal beneidete.

Mit Beziehungen hatte er nach wie vor wenig Glück, wobei es ihm nicht an Gelegenheiten mangelte. Mit seinen mittlerweile vierzig Jahren war er immer noch Single und selbst für eine längere Beziehung hatte es noch nicht gereicht.

Lag es möglicherweise daran, dass er nicht beziehungsfähig war? Diese Frage stellte er sich schon hin und wieder. Natürlich war sein Beruf nicht besonders beziehungskompatibel, zudem war ihm seine Freiheit sehr wichtig und für die alltäglichen Dinge brauchte er nicht unbedingt jemanden, da hatte er eh seine eigenen Vorstellungen.

Er liebte es, in dem Haus am Meer zu leben, dass einmal seinen Eltern gehört hatte, bevor diese vor einigen Jahren zu seiner Schwester in die Stadt gezogen waren. Das Haus hatte schon sein Großvater gebaut, der in Cetara als Fischer gelebt hatte, so wie die Generationen vor ihm. Vielleicht waren seine Eltern was Partnerschaft anging, ein nicht zu erreichendes Vorbild. Andrea schien es immer, dass die beiden füreinander geschaffen waren. Sie standen unverrückbar zusammen, sie strahlten so viel Liebe und Glück aus und nährten sich gegenseitig immer wieder mit Kraft und Lebensfreude. Sein Vater war selbst noch als Fischer hinausgefahren. Im Laufe der Zeit hatte er mit der Unterstützung von Andreas Mutter einen gut laufenden Fischhandel betrieben und so waren sie zu einem gewissen Wohlstand gekommen. Dies hatte es Andrea und seiner Schwester ermöglicht, zu studieren.

Die Eltern hätten es gern gesehen, dass er wie seine Schwester Medizin studiert, doch er entschied sich für Jura, um damit anschließend in den Polizeidienst zu gehen. Er musste bei dem Gedanken schmunzeln, dass er sich vorgestellt hatte, dazu beizutragen, dass die Welt sicherer und gerechter wird. Die Welt ein bisschen besser hinterlassen, als man sie vorgefunden hat, dass hatte er bei seinen geliebten Pfadfindern gelernt. Bestimmt hatte ihn dieser Satz von Baden-Powell, dem Pfadfindergründer, geprägt.

Bevor er jedoch ein weiteres Kapitel seiner Geschichte aufschlagen konnte, holte ihn Matteo aus seinen Erinnerungen in die Gegenwart des Büros zurück.

„Was ist denn jetzt mit dem Schreiben?"

Seinen Erinnerungen noch nachsinnend, registrierte er, dass es sich um ein Schreiben von den Kollegen aus Deutschland handelte. Zu seiner Verwunderung in italienischer Sprache.

„Schau dir das an Matteo, diese Deutschen, antworten uns auf Italienisch."

Allzu gut war er nicht auf Deutsche zu sprechen, warum das so war, wusste er gar nicht so richtig zu benennen. Kannte er denn überhaupt Deutsche? Er musste sich eingestehen, dass sich seine Erfahrungen bis auf ein paar wenige Touristen beschränkten, und diese waren ihm auch gar nicht so schlecht in Erinnerung. Es war einfach so ein Gefühl und hier waren seine Vorurteile wieder mal bestätigt – übergenau, korrekt, besserwisserisch. Irgendetwas ärgerte ihn, worüber er jetzt aber nicht nachdenken wollte.

Matteo holte ihn erneut zurück, indem er fragte:

„Was schreiben sie denn?"

„Sie bestätigen, dass die beiden Toten tatsächlich in Köln gemeldet sind, dass es von einer Nachbarin bestätigt wurde, dass sie in Italien Urlaub machen wollten. Dann schreiben sie, dass sie auf einige Ungereimtheiten gestoßen sind. In der Wohnung hätten sie verschiedene Spuren entdeckt, die sie zurzeit untersuchten. Sie würden uns sofort unterrichten, wenn sie etwas Genaueres sagen können. "

Er reichte Matteo das Schreiben.

„Außerdem bitten Sie uns, ihnen Bilder von den Ermordeten zu schicken, damit sie sie anhand dessen vorab identifizieren lassen können."

„Was denkst Du, was die mit Ungereimtheiten meinen?"

„Mein lieber Matteo bin ich Hellseher? Warten wir es ab."

Während Lisa unterwegs war zum Firmensitz des Abfallentsorgers, gingen ihr beim Thema radioaktiver Abfall die Umweltskandale der vergangenen Jahre durch den Kopf, in denen auch immer wieder Italien verwickelt war. Lisa fuhr an den Seitenstreifen und rief entsprechende Informationen im Internet auf ihrem Tablet auf. Im Jahr 2009 wurde vor der Küste Süditaliens das Wrack eines Frachters mit 120 Behältern Atommüll an Bord entdeckt und damit hatte sich der Verdacht bestätigt, dass die italienische Mafia seit Jahren illegal Giftmüll im Mittelmeer entsorgte. Mindestens 32 solcher Frachter mit Atommüll und weiterem Giftmüll sollen in der Adria, im Tyrrhenischen Meer und vor der Küste Afrikas versenkt worden sein. Kopfschüttelnd las Lisa bei Wikipedia nach, dass bis 1994 in weniger als 50 Jahren mehr als 100000 Tonnen radioaktiver Abfall in den Weltmeeren versenkt wurden. Dies ganz legal. Dann las sie, dass auch heute noch täglich 400 Kubikmeter radioaktive Abwässer in den Ärmelkanal aus der Wiederaufarbeitungsanlage in La Hague fließen und Sellafield leitet eine noch größere Menge täglich in die irische See. Russland entsorgt Nuklearabfälle, darunter ganze Kernreaktoren, manche davon noch mit abgebrannten Brennelementen bestückt, in geringer Tiefe in der arktischen See, dem weltweit wichtigsten Fanggebiet für Kabeljau.

„Na, dann guten Appetit, essen wir uns weiter krank!" dachte Lisa.

Nachdem die illegale Verklappung im Meer der italienischen Mafia zu heiß wurde, sollen Millionen Tonnen hochgiftiger Müll rund um Neapel vergraben worden sein. Viele Quellen gehen davon aus, dass es nicht nur die Mafia war, sondern dass auch der Geheimdienst und die Politik ihre Hände mit im Spiel hatten und fleißig ins eigene Portemonnaie wirtschafteten.

Voller Zorn und Ohnmacht setzte sie ihren Weg fort und erreichte schon bald den Firmensitz

eines der Marktführer in der Müllentsorgungsbranche und staunte nicht schlecht über das imposante Gebäude.

Nach Müll sah das hier so gar nicht aus, jedoch danach, dass viel Geld damit gemacht werden kann, dachte Lisa. Sie betrat das Gebäude, das den Menschen, die es betraten in eine ehrfurchtsvoll, untergebene Haltung auferlegen sollte und steuerte direkt auf die Empfangstheke zu.

„Guten Tag, ich bin Kommissarin Lisa Brandkopf von der Kripo Köln, ich möchte gern ihren Geschäftsführer Herrn Thomée sprechen."

Wenig begeistert bedachte sie die Empfangsdame mit abschätzenden Blicken und bemühte sich gekünstelt freundlich zu fragen, worum es denn wohl ginge. Lisa spürte noch eine gehörige Portion Wut in sich, die sich bei der Vorstellung, wie wir unseren Planeten zerstören, in ihr aufgebaut hatte. Ihre Frustrationsschwelle war in diesem Modus nicht wirklich hoch. Die Empfangsdame ging Lisa schlichtweg auf den Senkel mit ihrer Nummer Wichtig. Ebenso gekünstelt freundlich mit einem gewissen aggressiven Unterton platzte es aus Lisa heraus.

"Das möchte ich gern persönlich mit Herrn Thomée besprechen! Bitte, informieren sie ihn umgehend über meinen Besuch!"

Die Staatsmacht schien hier doch noch etwas zu zählen. Auf jeden Fall tätigte die Dame einen Anruf, Lisa dabei fest im Blick haltend.

„Herr Thomée ist bereit, sie zu empfangen. Warten Sie bitte einen Moment, er wird dann zu Ihnen kommen", säuselte sie gönnerhaft mit einem aufgesetzten Lächeln.

„Danke!", geht doch, verkniff Lisa sich, zu sagen.

Es dauerte gar nicht lange bis sich die Tür des Aufzuges öffnete und ein auffallend attraktiver Mittvierziger wie Lisa schätzte, in die Halle aus edlem Marmor und Glas trat und diese durch seine durchaus imposante Ausstrahlung noch mehr aufstrahlen ließ. Einen kurzen Moment brauchte Lisa, um sich zu sammeln und von Frau, die durchaus beeindruckt war und erst einmal tief durchatmen musste, auf Kommissarin umzuschalten.

„Die Polizei im Haus, ich hoffe es ist nichts Schlimmes". Völlig entspannt und selbstbewusst kam Robert Thomée auf Lisa zu, schenkte ihr ein atemberaubendes Lächeln, ein echtes wie es Lisa schien. Sie stellte sich vor, woraufhin Robert Thomée sie in einen Besucherbereich führte. Als sie außer Reichweite des Empfangsschalters waren, eröffnete Lisa das Gespräch und kam sofort auf den Punkt.

„Ich habe einige Fragen zu Carla Wissgold. Sie und Frau Wissgold sind beobachtet worden, wie sie vor ein paar Tagen ein heftiges Gespräch in den Städtischen Kliniken in Köln miteinander geführt haben. Würden sie mir bitte sagen, worum es da ging!"

Das Lächeln verschwand blitzschnell von Thomées Gesicht, seine Augen waren nun wachsam auf sie gerichtet. Freundlich, jedoch mit einem Ton in der Stimme, der keinen Zweifel ließ, ich bestimme, wo es langgeht, entgegnete er:

„Sagen Sie mir bitte erst einmal, worum es geht und warum Sie mich nach Carla fragen."

Lisa hatte sich wieder voll im Griff, einschüchtern funktionierte bei ihr nicht, ihr Verstand war ganz klar.

„Sie sprechen von Carla, daraus schließe ich, sie kennen Frau Wissgold näher. Und bitte beantworten sie meine Fragen."

„Frau Wissgold", er machte eine kleine Pause und holte tief Luft, „also Carla und ich waren vor einigen Jahren mal zusammen, also ein Paar. Ja, ich kenne sie ziemlich gut."

„Ich frage sie noch einmal, worum ging es in dem Gespräch?"

„Ich hege immer noch freundschaftliche Gefühle für Carla und ich habe ihr gesagt, dass ich glaube, dass ihr neuer Freund Sebastian ihr nicht guttut. Carla hat sich darüber aufgeregt und gesagt, ich solle mich daraus halten. Das war schon alles."

"Und was meinen Sie damit, dass Carlas Freund ihr nicht guttut?" wollte Lisa wissen.

"Er ist in meinen Augen ein ziemlicher Langweiler, hat wenig soziale Kontakte und lebt nur für seine Arbeit. Carla hat sich verändert, seit sie mit Sebastian zusammen ist. Von einer sehr lebensbejahenden Frau hin zu einer sehr zurückgezogenen. Sie hat früher gestrahlt, aber davon ist wenig geblieben."

Lisa ließ das erst einmal so stehen. Sie war hier, weil sie etwas über das Thema Entsorgung von radioaktivem Abfall erfahren wollte.

"Haben Sie beruflich mit Frau Wissgold zu tun. Ich gehe davon aus, dass sie als Nuklearmedizinerin auch für die Entsorgung des radioaktiven Abfalls in der Klinik zuständig ist. Gibt es Verbindungen zwischen der Klinik und Ihrem Unternehmen?"

"Natürlich arbeiten wir für die Klinik. Die Entsorgung von radioaktivem Material gehört allerdings nicht zu unseren Aktivitäten. Radioaktive Abfälle werden über die jeweiligen Sammelstellen der Länder entsorgt. Aber was sollen diese Fragen, sagen sie mir doch endlich, worum es geht."

Was hatte sie auch anderes erwartet, dass er offen mit ihr über mögliche illegale Geschäfte gesprochen hätte. Das musste sie wohl erst einmal so stehen lassen. Ohne weiter darauf einzugehen, fuhr Lisa fort.

"Eine Frage habe ich noch. Wann haben sie Carla das letzte Mal gesehen. "

"Bei diesem Gespräch in der Klinik."

„Danke, dass sie sich die Zeit genommen haben, mir die Fragen zu beantworten. Mehr kann ich ihnen im Moment dazu nicht sagen.

Auf Wiedersehen!"

Lisa dachte daran, sich schnell zurückzuziehen, solange noch eine gewisse Irritation bei Thomée wirkte. Sie fragte sich, ob sie ihm hätte sagen sollen, dass Carla tot ist. Hätte er ein Recht darauf gehabt, dies zu erfahren? Andererseits mussten die Toten anhand der Bilder, die sie in Italien angefordert hatten, erst noch identifiziert werden. Und außerdem waren die Verdachtsmomente gegen ihn für Lisa noch nicht ausgeräumt. In ihre Überlegungen hinein, klingelte ihr Handy. Sie nahm das Gespräch an, nickte Thomée noch einmal zu und deutete achselhochziehend auf das Handy und signalisierte so, dass sie sich zurückziehen müsse. Beim Rausgehen blickte sie zurück und sah, dass Thomée ihr nachdenklich irritiert hinterher schaute.

„Hallo Viktor, was gibt's?"

„Die Bilder aus Italien sind da. Soll ich sie dir auf dein Handy schicken, dann kannst Du sie der Nachbarin zeigen, sie war ja bereit, die beiden zu identifizieren."

„Ja, mach das. Das passt gut, ich bin wieder auf dem Weg zurück nach Köln und fahre bei Frau Mayer-Osterholtz vorbei."

„Was hat das Gespräch bei der Firma Recotec ergeben?"

„Der Thomée behauptet, es sei privat gewesen und für den radioaktiven Abfall wären sie gar nicht zuständig. Ich habe diese Spur aber noch nicht aufgegeben. Ich denke wir sollten erst mal dranbleiben. Könntest du in der Klinik abklären, wie sie dort ihren Müll entsorgen und ob das stimmt mit dieser Sammelstelle der Länder!"

„Ja, das kann ich machen. Ich werde mich auch mal bei den Kollegen vom Wirtschaftsdezernat umhören. Mal schauen, ob denen etwas vorliegt. Wir sehen uns dann später im Präsidium. Mach's gut!"

Später zurück im Präsidium berichtete Lisa, dass Frau Mayer-Osterholtz die beiden anhand der Fotos identifiziert hatte.

Auf ihrem Schreibtisch lag der Bericht der Spurensicherung. Bis auf den Schmutzfleck, der sich als Sand herausstellte, hatten sich in der Wohnung keine anderen konkreten Hinweise finden lassen. An den Elefanten waren Fingerabdrücke, die aber noch nicht zugeordnet werden konnten. Der Sand war bestimmt worden. Lisa schaute wie hypnotisiert auf den Bericht vor ihr und staunte nicht schlecht, was dabei rausgekommen war. Aufgrund der Analyse des Mineralbestandes und der Korngrößenverteilung, konnte abgeleitet werden, dass es sich um eine Mischung aus vulkanischen und Korallenbestandteilen handelte, daraus ließ sich ableiten, dass genau dieser Sand von einem Strand in der Nähe von Neapel und dem Vesuv stammte.

Was war hier los, waren die Toten zwischenzeitlich doch daheim gewesen und dann wieder zurück nach Italien gereist, überlegte Lisa. Den anderen Gedanken mochte sie kaum denken, so unrealistisch erschien er ihr. Konnte es denn sein, dass jemand nach dem Tod der beiden, die Wohnung durchsucht hatte. Wenn ja, dann musste es jemand sein, der sich ebenfalls in der Nähe von Neapel aufgehalten hatte und was hatte diese Person gesucht?

Sie tauschte sich mit Viktor über die vorliegenden Ergebnisse aus, als dieser plötzlich herausplatzte.

„Du fährst dort hin und klärst vor Ort, was da los ist, schließlich ist es auch unser Fall, die Toten gehören sozusagen in unseren Ermittlungsbereich."

„Viktor, Du weist so einfach geht das nicht. Ich kann nicht dort einfallen und sagen,

„hallo, ich bin Kommissarin Brandkopf aus Köln und will mal eben den Fall lösen". Die italienischen Kollegen müssten uns mindestens um Amtshilfe bitten."

„Fahr Du nach Hause und pack' Deine Koffer, ich kläre den Rest. Ich habe da schon eine Idee. Ich rufe dich später an. Und schau schon mal, wann der nächste Flug geht."

Lisa liebte Herausforderungen, sie liebte auch Italien und dort gut auskennen tat sie sich auch. Aber ihre Erfahrungen beschränkten sich auf ihre privaten Urlaube und ihre italienischen Freundschaften, die sie auch mal wieder pflegen könnte, was ihr bei dieser Gelegenheit einfiel. In Italien und dann noch mit italienischen Kollegen und eben nicht nur italienischen Kollegen, sondern womöglich auch noch so Machos aus dem Süden, ermitteln, auf einem Terrain, auf dem sie sich nicht auskannte. Das war mal wieder eine blöde Idee von Viktor und kam überhaupt nicht in die Tüte. Während sie tausend Gefühle durchschüttelten, aber allen voran ein abenteuerlustiges, sprang vor ihr der Bildschirm auf und sie gab bei der aufgerufenen Airline als Flugziel Neapel ein. Wenn sie sich beeilte, konnte sie in wenigen Stunden im Flugzeug sitzen, vorausgesetzt, Viktor hatte Erfolg.

Ihre Bürotür flog auf und Viktor stürzte herein.

„Was machst Du noch hier, ich dachte du wärst schon auf dem Weg."

Viktor sah Lisas zweifelnden Gesichtsausdruck, zerstreute jedoch ihre Bedenken.

„Das klappt schon, ich habe Hebel auf höchster Ebene in Gang gesetzt, du kennst mich doch!"

Ja, sie kannte Viktor! Was er anpackte, das klappte in der Regel tatsächlich! Und was er sich in den Kopf gesetzt hatte, stand auch nicht mehr zur Diskussion und eigentlich, warum nicht, was sollte schon passieren. Italienische Männer waren ihr doch nicht ganz fremd!

Matteo hörte Andrea auf dem Flur schon laut fluchen und wunderte sich, weil er Andrea so gar nicht kannte. Der Vice Questore hatte ihn zu sich gerufen, weil er etwas Dringendes mit ihm besprechen wollte. Matteo konnte es kaum abwarten, zu erfahren, worum es ging.

Andrea baute sich vor Matteos Schreibtisch auf. Der Ausdruck auf seinem Gesicht, ließ nichts Gutes erahnen.

„In diesem Fall bleibt uns aber auch gar nichts erspart! Der Vice Questore hat einen Anruf vom Präfekten erhalten. Es ist auf höchster Ebene entschieden worden, dass wir mit den deutschen Kollegen zusammenarbeiten sollen. Ein Kommissar sei schon auf dem Weg zu uns und meldet sich morgen in der Questura."

„Ich kann mir schon verstellen, womit der Vice Questore dich verabschiedet hat: Commissario Commodori ich erwarte eine gute Zusammenarbeit von Ihnen und Ihren Mitarbeitern", dabei imitierte er die Stimme des Vice Questore.

„Das siehst Du genau richtig! Lass uns sehen, was wir bis jetzt haben."

Mit einem ironischen Unterton fügte er dann noch hinzu, dass sie dann „die gute Zusammenarbeit" so kurz wie möglich halten könnten.

An welchem Punkt der Ermittlung standen sie. Die Annahmen, dass es sich um Täter aus einer Sekte oder um eine moralisch motivierte Tat handelte, wo es darum ging, zu freizügigen Menschen nachzustellen, verblassten bevor sie sich wirklich verfestigten. Es schien, dass jemand sie auf die falsche Fährte leiten wollte, dazu hatte sich dieser jemand viel Mühe gegeben, sogar die Waffen waren unterschiedlich, aus denen die tödlichen Schüsse abgefeuert wurden. Dann das Nachstellen der Liebesszene, vielleicht um ein Eifersuchtsdrama vorzutäuschen. Andererseits die offensichtlichen Fehler, die durch die Spurensicherung aufgedeckt werden konnten. Das sprach alles für einen dilettantischen Hintergrund. Was bedeuteten die Sandspuren, von denen die Kölner in einer weiteren Nachricht schrieben, in der sie auch mitteilten, dass eine Nachbarin anhand der Bilder die Toten identifiziert hatte. Bei diesen Überlegungen musste er sich eingestehen, dass die Zusammenarbeit bereits jetzt ziemlich gut lief. Plötzlich dachte er, dass der Fall tatsächlich nur durch beide Seiten aufgeklärt werden konnte. Vielleicht war der Täter und mittlerweile sagte ihm sein kriminalistischer Verstand, dass es sich nur um einen Täter handelte, gar nicht mehr in Italien, vielleicht handelte es sich um einen ausländischen Täter, möglicherweise aus Deutschland.

An die Theorie, dass es sich um illegale Giftmülltransaktionen handeln könnte, konnte er nicht so recht glauben. Natürlich kannte er die ganzen Fakten zu der Thematik. Sogar hautnah, schließlich konnte er vor einigen Jahren mit dazu beitragen, Kronzeugen zu finden, womit es gelang der Mafia zumindest an dieser Stelle etwas nachzuweisen.

Ende der Neunziger Jahre hatte er seinen Dienst in Neapel angetreten und einigen Befragungen des ehemaligen Casalesi-Bosses beigewohnt. Der Pentito der Camorra hatte damals wichtige Details über die Giftmüllaktionen der Camorra enthüllt. Dabei war auch ans Tageslicht gekommen, dass aus Deutschland und anderen europäischen Ländern radioaktives Material nach Italien geschmuggelt wurde. Bei dieser Art von Müll hatte das Gewissen des Pentito nicht mehr mitmachen können in Anbetracht der Tatsache, dass er befürchtete, dass Millionen Menschen daran sterben könnten, obwohl er beim Morden ansonsten weniger skrupellos gewesen war. Er behauptete von sich selbst fünfzig Morde begangen und viele Hunderte in Auftrag gegeben zu haben. Seinen Berichten zufolge war das übliche Vorgehen so, dass der Abfall in dreißig bis vierzig Meter tiefen Gruben rund um Neapel vergraben wurde. Von über vierhunderttausend Lastwagen Sondermüll, der auf diese Weise entsorgt worden war, hatte er gesprochen. Immer nach dem gleichen Prinzip. Als unterste Schicht wurde Deponiemüll angeschüttet, dann eine Lage hochgiftiger Sondermüll, oben drauf wieder üblicher Hausmüll. Auch die Verklappung im Mittelmeer ging auf die Kappe der Camorra. Andrea wurde zornig bei dem Gedanken, dass erst jetzt sechzehn Jahre später ein Protokoll, das all dies belegt, vom Parlament freigegeben wurde. Bei solch einem lukrativen Milliardengeschäft, wovon Geld in viele gekaufte Taschen wanderte, wunderte sich Andrea schon lange nicht mehr über solche

Verschleierungspraktiken, was aber nicht bedeutete, dass seine Wut darüber weniger wurde. Fast tausend Mafiosi wurden seitdem festgenommen, was an den Deponien nichts änderte, diese wurden nicht entsorgt. Wie auch dachte Andrea, Neapel und das Umfeld erstickten zeitweise immer noch am Müll.

Die Camorra, der neapolitanische Arm der Mafia, hatte das Müllgeschäft weiterhin fest in den Händen. Auf dieses äußerst lukrative Geschäft der Abfallbeseitigung wollten sie nicht verzichten. Er erinnerte sich, dass er kürzlich einen Artikel gelesen hatte, in dem berichtet wurde, dass seit 1994 über zwei Milliarden Euro zur Bekämpfung der Müllkrise in der Region Kampanien zur Verfügung gestellt wurden. Davon hätten geschätzte fünfzehn Müllverbrennungsanlagen gebaut werden können. Aber nichts davon war geschehen, immer noch türmte sich der Müll, da es zu wenig offizielle Deponien und Verbrennungsanlagen gab.

Aber was sollten zwei deutsche Ärzte mit den Müllgeschäften der Camorra zu tun haben, überlegte er und konnte sich keine Antwort darauf geben. Er war gespannt, welche Informationen zu den beiden Ermordeten aus Deutschland kommen würden.

Am Flughafen angekommen, traute Lisa in der Abfertigungshalle ihrer eigenen Wahrnehmung nicht mehr. Ihre Beine wurden schon wieder ganz weich und sie spürte eine irritierende Erregung, ihr Gehirn schien für einen Moment wie betäubt zu sein.

Sie hatte ihre Fassung noch nicht gänzlich zurückerlangt, als Robert Thomée auch schon auf sie zukam. Zu ihrem Erstaunen, wieder mit einem Ausdruck echter Freude auf seinem Gesicht.

„Das glaube ich nicht! Was machen sie denn hier? Sie wollen mich doch wohl nicht festnehmen."

Da war es wieder, dieses gewinnende aufrichtige Lachen in seinen Augen. Was sollte sie davon nur halten! Eine innere Stimme sagte ihr, Lisa sei vorsichtig, das macht ihn nicht weniger verdächtig.

„Und was machen Sie hier", platze das laut heraus, was sie doch nur denken wollte! Am liebsten hätte sie die Worte schnell wieder zurückgeholt, aber raus war nun mal raus.

Er schien sich nichts dabei zu denken und antwortete, dass er zuerst mal froh sei, dass es so aussehe, dass sie nicht wegen ihm da sei und zwinkerte ihr dabei zu. Du flirtest doch wohl nicht mit mir, schoss es Lisa durch den immer noch etwas verwirrten Kopf.

„Spaß beiseite, ich bin mit einigen beruflichen Bekannten zum Golfen nach Neapel unterwegs. Und sie, vielleicht auch Golfen? Das wäre ein wunderbarer Zufall!"

Na, wenn das jetzt mal keine Anmache ist, versuchte die innere Stimme wieder zu warnen. Wusste er etwas von Carlas Tod, sollte sie ihn jetzt darauf ansprechen und sagen, dass sie zu Ermittlungszwecken nach Salerno unterwegs ist.

„Ich treffe mich zu Konsultationen und Erfahrungsaustausch mit italienischen Kollegen. Dies ist auch ein Bestandteil unserer Arbeit, da wir es hin und wieder mit grenzüberschreitenden Verbrechen zu tun haben."

Dies war nicht gelogen, schließlich hatte sie schon mal in Paris an solch einem Seminar teilgenommen.

„Das hört sich interessant an und für mich als Bürger wächst dadurch das Vertrauen in die Polizei. Es ist ja bekannt, dass die Mafia auch in Deutschland viele Bereiche fest in Händen hat und deshalb mit der italienischen Polizei zusammenzuarbeiten, ist sicherlich sinnvoll!"

Sie konnte nicht einschätzen, wie er das meinte, das verunsicherte sie für einen kurzen Moment. Wurde dieser Mann eine Gefahr für sie – als Frau? Hätte sie ihn unter anderen Umständen kennengelernt, vielleicht, aber auch nur vielleicht.

„Salerno ist ja nicht so weit entfernt von Neapel. In welchem Hotel werden sie wohnen? Vielleicht haben sie Zeit, sich mit mir zu einem Abendessen zu treffen?"

Bevor sie antworten konnte, wurden die Priority-Passagiere aufgerufen, um an Bord zu gehen. Natürlich gehörte er dazu.

„Dann bis später! Und sie sind mir noch eine Antwort schuldig!", ließ er bereits im Gehen nicht locker.

Es gelang ihr noch schnell Bilder von seinen Mitreisenden zu machen, die sie an Viktor ins Präsidium schickte, damit er versuchte herauszufinden, um wen es sich handelte. Viktor schickte ihr noch eine kurze Nachricht, dass das klarginge und er versuche, ihr so schnell wie möglich, die Infos zu schicken.

Den Flug nutzte Lisa, um all das, was in den letzten nicht mal zwei Tagen passiert war, zu ordnen und sich auf die Kollegen in Salerno vorzubereiten. Wobei sich das ordnen schwieriger gestaltete, als es ihr lieb war. Zum Golfen nach Neapel! Für wie blöd hielt Thomée sie. Wandern, Wassersport, auf den Spuren der Antike wandeln, das war das, wofür die Region bekannt ist! Aber Golfen, wer fährt zum Golfen nach Neapel!

Um Klarheit in ihrem Kopf zu bekommen, hatte sie die Augen geschlossen und ließ alles noch einmal vor ihrem inneren Auge vorbeiziehen. Als sie plötzlich einen feinen Lufthauch ganz in der Nähe ihres Gesichtes spürte, erschrak sie ein wenig und öffnete reflexhaft die Augen, um verdutzt in die sanften Augen ihres immer noch Verdächtigen Robert Thomées zu blicken, der sie verschmitzt lächelnd anschaute. Sie fühlte sich unbehaglich, was nicht an der Nähe lag, sondern weil sie das Gefühl hatte, für einen Moment verletzlich zu sein. Sie war nicht achtsam gewesen und er hatte sie genau in diesem schwachen Moment erwischt.

„Ich hoffe, ich habe sie nicht aufgeweckt! Ich warte noch auf ihre Antwort!?"

„Was für eine Antwort?" stammelte sie unsicher.

„Hotel! Abendessen! Schon vergessen?" war seine knappe Ansage.

„Ach so, nein natürlich nicht. Ich kann mich aber noch gar nicht festlegen, weil ich nicht weiß, was die Kollegen geplant haben. Sagen sie mir doch einfach in welchem Hotel sie wohnen, dann kann ich mich bei Ihnen melden," antwortete sie um erst einmal Zeit zu gewinnen. Sie wusste, dass es eine der blödesten Antworten war auf die Frage nach einer Verabredung. ‚So what', dachte sie sich und war nicht darauf gefasst, dass er ernsthaft darauf einging.

„Ich wohne mit meinen Mitreisenden im Gran Hotel del Vesuvio. Ich gebe Ihnen meine Karte, dann können Sie mich anrufen."

Als er ihr die Karte reichte, drückte sein Gesicht die Frage aus, ‚na wirst du es wirklich tun?'.

„Ich gehe dann mal zu meinem Platz zurück", sagte er, als ihr Tablet, das vor ihr lag und welches sie sofort nach der Durchsage, dass die elektronischen Geräte nun wieder genutzt werden könnten, eingeschaltet hatte, ihr anzeigte, dass eine Nachricht eingegangen war.

Sie nickte mit dem Kopf, schickte noch ein Lächeln hinterher und sagte: „Ich melde mich!"

Als sie sich vergewissert hatte, dass er sich außer Sichtweite befand, öffnete sie die Nachricht. Viktor hatte gute Arbeit geleistet. Was sie da zu lesen bekam, passte genau zu ihren Erwartungen. Die vier Begleiter von Robert Thomée waren hohe Tiere, die mit dem Thema Abfallentsorgung zu tun hatten. Schau an, dachte Lisa, der Umweltdezernent unserer Stadt und sein parteipolitischer Spezi, dessen Partei nun nicht gerade als Umweltpartei galt. Sie konnte es nicht fassen, die graue Eminenz des größten deutschen Entsorgungsunternehmens und ein Staatssekretär aus dem Landesministerium für Umweltschutz. Und dazwischen mischte dieser Robert Thomée mit. Das stank doch zum Himmel, empörte sich alles in Lisa. Warum nicht mal Mäuschen spielen, dachte sie und rief die Seite des Hotels auf, das Thomée ihr genannt hatte. Wow, das ist ein paar Hausnummern zu hoch, um sich dort einzuquartieren. Es ist aber auch eine einmalige Gelegenheit, etwas herauszufinden. Konnte sie das in ihrer späteren Spesenabrechnung rechtfertigen? Zimmer waren noch frei! Während ihre Gedanken noch alle möglichen Argumente vorbrachten, hatte ihr Finger schon auf „Reservieren" gedrückt und schneller als ein Atemzug dauert, poppte „Bestätigt" auf dem Bildschirm auf.

Die Durchsage des Flugkapitäns lenkte sie für einen Moment vom Thema ab. Er wies darauf hin, dass gleich an der linken Seite Venedig auftauchen würde und heute ein besonders schöner Blick auf die Lagunenstadt möglich wäre. Und tatsächlich Lisa traute ihren Augen nicht. Schön war maßlos untertrieben, es war überwältigend. Die ganze Lagune lag unter ihr. Sie erkannte die äußeren Inseln Lido und Pellestrina, sie konnte sogar den Strand von Pellestrina erkennen. Und natürlich Venedig selbst mit dem sich durch die Stadt schlängelnden Canale Grande.

Voller Wehmut erinnerte sie sich an die Ausflüge nach Venedig als sie und Lorenzo in Padua studierten. Sie waren so verliebt und fühlten sich so unbeschwert und frei, endlich konnten sie leben und lieben wie sie es wollten, ohne die maßregelnden Blicke der Familie. Oft waren sie nach Pellestrina rausgefahren und hatten die Ruhe und Ursprünglichkeit genossen, an dem Strand hatten sie gelegen und von ihrer Zukunft geträumt. Jetzt blieb ihr nur von der Vergangenheit zu träumen, von dem, was nicht mehr war und nicht mehr sein würde.

Sie bemerkte, dass das Flugzeug bereits die ursprüngliche Flughöhe verließ, es würde nicht mehr lange dauern und sie würden in Neapel landen. Das Flugzeug glitt bedrohlich nah an den schroffen Felswänden vorbei bis sich dann die Ebene öffnete, in der Neapel lag und sich bis ans Meer ausbreitete. Sie erblicke die Insel Capri und an der linken Seite erkannte sie die markanten Umrisse des Vesuvs.

Am Flughafen angekommen noch ein kurzes Winken von Thomée und ein angedeutetes „Telefonieren". Unweigerlich musste sie über seine Beharrlichkeit schmunzeln, die wachsame innere Stimme meldete sich aber gleichzeitig, sodass sich eine sorgenvolle Falte auf ihrem Gesicht breitmachte.

Gerade als sie mit ihrem Leihwagen vom Parkplatz rollen wollte, musste sie den Alibus, der den Flughafen mit dem Hafen von Neapel verbindet, vorbeifahren lassen. In Ermangelung eines Navis hängte sie sich an ihn ran, weil sie wusste, dass dieser ohne weiteren Zwischenstopp auf dem direkten Weg bis zur Piazza Garibaldi fuhr. Als der Bus zur Haltestelle abbog, fuhr Lisa weiter und folgte den Hinweisen zum Lungomare, der Meerespromenade mit dem Blick auf den Golf von Neapel.

Der Sonnenuntergang kündigte sich über dem Meer an, alles war in dieses warme, weiche Licht der untergehenden Sonne gehüllt. So alltäglich und doch für Lisa jedes Mal atemberaubend schön. Mit dem letzten Sonnenlicht erreichte sie das Hotel an der Via Partenope. Ihr Blick fiel auf das Castel dell 'Ovo, dessen Fassade vom zarten warmen Rosa der Sonne angestrahlt war.

Lisa erinnerte sich gelesen zu haben, dass an dieser Felserhebung direkt am Meer die erste Besiedlung Neapels stattgefunden hatte. Es waren die Calcideser, die hier im siebten Jahrhundert vor unserer Zeitrechnung die erste Ansiedlung gründeten und damit den Grundstein für das spätere Neapel legten.

Für einen Moment hielt Lisa inne, um diesen Anblick zu genießen und sich die Geschichte der Parthenope in Erinnerung zu rufen. Parthenope, eine der Sirenen aus Homers Odyssee, die mit ihren zwei Schwestern auf einer Insel in Süditalien lebte. Es wurde berichtet, dass ihr Gesang von betörender Schönheit sei, aber auch berüchtigt, weil sich niemand diesem Zauber entziehen konnte. Seeleute, die dem lieblichen Gesang nicht widerstehen konnten und an Land der Insel gingen, wurden von den Sirenen verspeist. Lisa musste schmunzeln und überlegte, ob das heutige Vernaschen damit gemeint war. Kirke hatte Odysseus vor den Sirenen gewarnt. Als er auf seiner Irrfahrt an der Insel vorbeisegelte, ließ er seinen Matrosen Wachs in die Ohren stopfen und sich selbst an den Mast binden, weil er dem legendären Gesang lauschen wollte. Seinen Matrosen hatte er die Anweisung gegeben, ganz egal wie sehr er sie auch bekniete, ihn loszumachen, es nicht tun. So gelang es Odysseus den Gesang zu hören, dem Schicksal, getötet zu werden, aber auch zu entgehen. Der Mythologie zufolge stürzten sich die Sirenen ins Meer, um zu sterben, weil sie es nicht ertragen konnten, dass ihr geheimnisvoller Gesang Odysseus' Boot nicht zum kentern bringen konnte und er ihrem Werben wiederstand. Die Legende berichtet, dass Parthenope genau hier ans Ufer gespült worden sein soll. Neapel machte sie zur Schutzgöttin der Stadt. Eine unwiderstehliche, männerverschlingende, und doch so verletzliche Schönheit als Schutzgöttin, kam es Lisa in den Sinn und warf einen Blick auf die noch schwach zu erkennenden Konturen von Neapel, die sich vor dem dunkler werdenden Himmel abbildeten und noch etwas von ihrer Schönheit und Verletzbarkeit erkennen ließen.

Die Realität holte Lisa schnell wieder ein und sie rief sich in Erinnerung, dass sie hierhergekommen war, um den Mord an zwei Menschen aufzuklären. Und sie hatte sich eine ebenso waghalsige wie hirnrissige Mission vorgenommen, darüber hatte sie keinen Zweifel. Aber sie hatte auch im Laufe der Zeit gelernt, dass es wichtig war Entscheidungen zu treffen und Wege einzuschlagen, die eben auch mal ungewöhnlich waren. Diese besondere Fähigkeit hatte sie schon das ein oder andere Mal ans Ziel gebracht.

Lisa checkte in dem eleganten Hotel aus den letzten Jahren des neunzehnten Jahrhunderts ein und machte sich auf ihrem Zimmer frisch, um im Restaurant des Hotels, etwas zu essen. Natürlich erhoffte sie sich auch, Robert Thomée und seinen Begleitern zu begegnen, das war schließlich die Mission, warum sie hier war. Kurze Zeit später betrat Lisa voller Selbstvertrauen das Restaurant. Die großen Panoramafenster gaben den Blick frei auf das nun in mystisches weißes Licht gehüllte Castel dell'Ovo. Ihr Herz schlug ein paar Takte schneller, als sie die Herrenrunde erblickte. Lisa fühlte sich stark, stark genug für den Gang in die Höhle der Löwen. Bevor der Maître d' Hotel sie zu ihrem Tisch geleiten konnte, kam Robert Thomée auf sie zu, der sie bereits entdeckt hatte.

„Frau Brandkopf, das ist jetzt aber mal eine Überraschung!", sagte er erstaunt.

Lisa erschien seine Überraschung echt. Ist doch auch verständlich, meldete sich wieder ihre innere Stimme, du tauchst hier auf, obwohl du vorher etwas Anderes gesagt hattest. Jetzt sieh zu wie du aus dieser Nummer rauskommst. Doch bevor sie etwas erwidern konnte, fuhr Robert Thomée auch schon fort.

„Bald glaube ich, sie verfolgen mich wirklich". Er lachte, eine gewisse Unsicherheit in der Stimme nicht verbergen könnend.

„Setzen sie sich doch zu uns an den Tisch. Wir würden uns über eine so nette Gesellschaft freuen!"

„Danke, das ist sehr freundlich, aber das kann ich nicht annehmen. Ich möchte sie nicht stören."

„Sie stören uns keinesfalls, wir würden uns wirklich freuen und hätten ein ganz schlechtes Gewissen, eine so nette Dame allein speisen zu lassen."

Wäre ich weniger jung und nicht so attraktiv, wäre euch das wohl ziemlich egal, dachte Lisa verärgert. Dieser Ärger fühlte sich gut an, weil es in ihr die Kämpferin weckte und sie auf der Hut war. Was sich auch sofort als wichtig herausstellte, als Thomée sie mit Komplimenten überhäufte.

"Sie sehen wirklich hinreißend aus! Dieses Kleid steht ihnen ausgesprochen gut! Auch die Wahl des Hotels zeugt von ihrem guten Geschmack!"

Zu einer anderen Gelegenheit hätte Lisa sich bestimmt geschmeichelt gefühlt, aber jetzt war das eine Spur zu dick aufgetragen. Wobei er Recht hatte! Sie fand ja selbst, dass sie gut aussah. Sie war froh, dass sie dieses neue Kleid eingepackt hatte, das sie vor ein paar Tagen für die Hochzeit ihrer Freundin gekauft hatte. Es wirkte einfach durch die Schlichtheit und den perfekten Schnitt. Als sie den kleinen Laden der Modedesignerin betreten hatte, war es ihr sofort aufgefallen. Das tiefblaue, knielange weichfallende Kleid mit kurzen fließenden Ärmeln unterstrich alle Pluspunkte ihrer Figur. Das Oberteil in Wickeloptik mit einem angemessen tiefen Ausschnitt, der ihr makelloses Dekolleté zeigte und ein Taillenband, das ihre Taille betonte, waren die entsprechenden Stilelemente. Beim überstürzten Packen ihres Koffers für diese Reise hatte sie es mit eingepackt. Man kann ja nie wissen, hatte sie gedacht. Hier war wahrscheinlich ihr kriminalistischer Weitblick im Spiel gewesen, schmunzelte sie in sich hinein.

„Wenn sie mich so nett bitten, dann bleibt mir ja keine andere Wahl", ließ sich Lisa auf dieses Gepländel ein und dachte sich, dass es doch besser gar nicht laufen könne. Genau das war es, was sie sich erhofft hatte.

Auf Italienisch erklärte Lisa dem verdutzten Maître d' Hotel, der erneut die Initiative ergriffen hatte, sie zu ihrem Tisch zu geleiten, die neue Sachlage. Dieser richtete umgehend seinen Blick auf die Männergesellschaft, die bereits zusammenrückten, um für Lisa einen Platz zu schaffen. Auf einen Wink hin, eilten sofort einige beflissene Kellner hinzu und arrangierten am Tisch alles neu und baten Lisa dann Platz zu nehmen, während die Herren aufstanden, Lisa begrüßten und sich vorstellten. Sie fand das irgendwie amüsant, da ihr die Herren gar nicht so unbekannt waren, wie diese dachten.

„Sie sind also die Kommissarin, die unseren guten Robert observiert!" posaunte der auf Lisa eher unsympathisch wirkende Mann der Politik heraus, in der Hoffnung einen Lacher auf seine Seite zu ziehen. Die anderen hielten sich eher peinlich berührt zurück. Das Gespräch am Tisch plätscherte so vor sich hin mit dem üblichen Smalltalk, es wurde über Essen und Weine philosophiert und Lisa war schon bald darüber im Bilde, dass die meisten der anwesenden Herren ausgesprochen begeisterte Hobbyköche waren. Lisa konnte mit ihren guten Weinkenntnissen punkten. Erst kürzlich hatte sie bei dem Weinhändler ihres Vertrauens ein Seminar besucht, in dem es um besondere Weine aus Italien ging. In diesem Weinseminar hatte sie gelernt, dass Kampanien als die Wiege der italienischen Weinkultur angesehen wird. Oinotriá, was so viel heißt wie Weinland, hatten die ersten griechischen Siedler Kampanien aufgrund der guten Böden und des Klimas genannt. Die heutigen Rebsorten sind teilweise direkte Nachfahren der Rebstöcke, die die griechischen Siedler in die neue Heimat mitgebracht hatten. Der Greco di Tufo, ein charaktervoller Weißwein mit feinen Aromen von Zitrusfrüchten und Mandeln, den sie empfohlen hatte, mundete hervorragend zum Risotto alle pescatora. Zum herzhaften Braciole al ragú, mit einer Füllung aus rustikaler Salsiccia napoletana, das raffiniert als aufwendiges Gericht kreiert war und als Secondi Piatti gereicht wurde, genossen sie einen Aglianico di Taurasi, einen körperreichen Rotwein mit pfeffrigen Aromen und einer zarten Note von Maraska-Kirschen.

"Der Aglianico ist die hochwertigste rote Rebsorte der Region, viele sprechen auch vom Barolo des Südens. Sein ursprünglicher Name Hellenico, von dem sich der italienische Name ableitet, deutet auf den griechischen Ursprung hin. Auf den vulkanischen Böden im Hinterland von Neapel in den Bergen der Irpinia entstehen die besten Weine aus dieser Rebsorte", erklärte Lisa den ihr interessiert lauschenden Herren.

Auf Lisas weitere Empfehlung hin wählten sie zum Dessert einen Fiano di Avellino, der nach der Passito-Methode als Süßwein ausgebaut war. Als sie dann auch ohne Probleme die Herstellung erklärte, dass die Trauben nämlich zum Teil mehrere Monate auf Strohmatten getrocknet werden, dabei mehr als die Hälfte des Saftes der Beeren verdunstet, sodass die Mostausbeute sehr gering und entsprechend konzentriert ist und unterstrich, dass im Gegensatz zu den in Deutschland bekannten edelsüßen Weinen strengstens darauf geachtet wird, dass sie keinen Schimmel ansetzen, galt sie nun als die angesagte Weinexpertin.

Robert Thomée saß ihr am Tisch gegenüber und beobachtete sie aufmerksam und überschüttete sie immer wieder mit Komplimenten.

"Frau Brandkopf ich bin ganz begeistert, sie sind ja eine richtige Expertin was Weine angeht. Ich bekomme durch sie ein ganz neues Bild von unserer Polizei!"

"Was haben sie denn für ein Bild von unserer Polizei, Herr Thomée", ließ Lisa sich auf das Spielchen ein.

"Na sagen wir mal so, ich bin ja mit Schimanski aus Duisburg großgeworden. Bier aus Dosen. Zerknitterte Parka, statt schicke Designermode." Womit er wohl auf ihr Kleid anspielte.

Damit hatte er geschickt die Kurve gekriegt und ein zustimmendes Lachen der anderen auf seiner Seite.

Aufgrund des erworbenen Vertrauens und der zunehmend weinseligen Stimmung, erhoffte sich Lisa insgeheim, dass die Herren nun ein paar Geheimnisse ausplaudern würden. Hin und wieder redeten sie auch von ihrer Arbeit oder ihren geschäftlichen Aktivitäten. Nichts, was Lisa wirklich weiterbrachte in den brennenden Fragen ihrer Ermittlungen. Was hatte sie auch erwartet, dass sie hier sitzen und über illegale Geschäfte redeten.

Als das Thema Abfallentsorgung doch mal aufkam, sah Lisa ihre Chance, daran anzuknüpfen. Mit einer ganz arglosen Haltung wandte sich Lisa an ihre Tischnachbarn und sagte eher beiläufig.

„Ich denke ich übertreibe nicht, wenn ich behaupte, umgeben zu sein, von höchst kompetenten Fachleuten in der Abfallentsorgung. Wenn ich die Berge von Müll in Neapel sehe und die Probleme, diese zu entsorgen, da denke ich doch gerade, das wäre bestimmt eine sportliche Herausforderung für sie, Neapel vom Müll zu befreien."

Ihr Tischnachbar überraschte Lisa mit seiner Antwort, als er mit vollem Ernst erwiderte:

„Da liegen sie wirklich nicht verkehrt, Frau Brandkopf. Aber das haben wir aufgegeben! Tatsächlich haben wir uns", und dabei deutete er auf die Anwesenden, „auf einem Meeting in Neapel, wo es genau um diese Thematik ging, näher kennengelernt. Damals ist auch die Idee entstanden, dass wir diesen gemeinsamen Ausflug hierher unternehmen."

"Ach, das ist ja sehr interessant. Worum ging es auf diesem Meeting?", blieb Lisa am Ball.

"Es ging darum, wie umweltgerechte Müllverbrennungsanlagen und Deponien geplant werden können, um Mülltrennung und Wiederverwertung", antwortete der Staatssekretär.

"Aber die zur Verfügung gestellten Gelder versickern immer noch in dunklen Kanälen. Die Mafia kontrolliert die gesamte Abfallwirtschaft", beteiligte sich der Umweltdezernent.

"Ist es nicht so, dass Müll aus Neapel nach Deutschland importiert wird?", hakte Lisa nach.

"Abfall ist ein Wirtschaftsgut, Frau Brandkopf. Natürlich haben auch wir nach wie vor Interesse, Abfall zu importieren, um unsere Verbrennungsanlagen auszulasten."

Lisa erinnerte sich an den Skandal rund um die Kölner Müllverbrennungsanlage, die 2002 ihre Arbeit aufnahm. Diese war von der Kapazität her viel zu groß geplant, doch dank millionenschwerer Schmiergeldzahlungen war dies so durchgekommen. Nachdem diese ganzen Machenschaften aufflogen, rollten etliche Köpfe, Antikorruptionsstandards wurden aufgestellt. Der Müll rollte aber weiterhin tonnenweise in die Verbrennungsanlagen, sodass die Kasse wieder stimmte.

Lisa konnte sich nicht verkneifen, einen Spruch zu sagen, den sie kürzlich gelesen hatte, den sie für wunderbar provokativ hielt, aber leider auch zu visionär.

"Die besten Abfälle sind die, die gar nicht entstehen, dachte ich immer. Aber damit ist wohl kein Geld zu verdienen."

"Frau Brandkopf, Geld verdienen bedeutet auch, Arbeitsplätze schaffen. Immerhin stellt die Abfallbranche anteilsmäßig in unserem Bundesland die meisten Arbeitsplätze", entgegnete ihr Robert Thomée.

"Natürlich, ich verstehe, Arbeitsplätze sind immer ein wichtiges Argument. Ich frage mich allerdings, wem nutzen die Arbeitsplätze, wenn letztendlich die Umwelt zugrunde geht."

Lisa ahnte, dass die anderen dies wohl für eine naive Einstellung ansahen, hatte sich aber getraut, es trotzdem anzubringen, weil bei aller Naivität auch Wahrheit darin lag.

"Liebe Frau Brandkopf, ich möchte sie daran erinnern, dass unsere Partei genau in die Richtung ein wichtiges Gesetz geschaffen hat. Wir haben es unserem damaligen Umweltminister zu verdanken, dass das mit dem Kreislaufwirtschaftsgesetz festgeschrieben wurde. Darin ist geregelt und es ist verbindlich, dass an aller erster Stelle in der Abfallhierarchie die Abfallvermeidung steht. Wenn dies nicht möglich ist, ist die Wiederverwendung vorgeschrieben und das Recycling, dann die energetische Nutzung und an der letzten Stelle steht die Abfallbeseitigung".

Klar, dachte Lisa, dass Herr Randenhauer dies von seinem Parteifreund hervorheben muss, wunderte sich im gleichen Moment über den Beitrag von Karl-Otto Hoffstatt, dem Inhaber eines der größten Entsorgungsunternehmen.

"Lieber Gerhard, entschuldige, aber dieses Gesetz ist doch Augenwischerei! Es handelt sich um kosmetische Korrekturen. Letztlich wird genau dieses Gesetz dazu führen, dass die Mengen der echten stofflichen Verwertung zurückgehen werden und der Müll weiterhin in den Verbrennungsanlagen landet. Du weißt doch selbst, dass im Vorfeld schon so viele Zugeständnisse eingearbeitet wurden, damit ein klarer Vorteil für die kommunalen Entsorger gegenüber der privaten Wirtschaft entstanden ist. Das Gesetz wird weder dafür sorgen, dass in Deutschland werthaltige Abfälle künftig mehr und besser recycelt werden noch wird es mehr Wettbewerb unter fairen Bedingungen geben."

Lisa, die dem Gespräch interessiert gefolgt war, staunte darüber, was der Staatssekretär noch ergänzte.

"Ich stimme dir zu, lieber Karl-Otto. Wer den Wettbewerb um das beste Sammelsystem verhindert, der nimmt auch in Kauf, dass unser Sekundärrohstoffpotential nicht vollständig genutzt werden kann. Für die kommunalen Betriebe besteht mangels Wettbewerb kein Anlass mehr, ihre Abfallsysteme zu verbessern."

Lisa fragte sich gerade, welcher parteipolitischen Richtung er wohl zuzuordnen sei, als ihr die nächsten Worte vom Umweltdezernenten ihrer Stadt mit einer ungeheuren Wucht entgegen prallten.

„Aber sagen sie doch mal Frau Brandkopf habe ich es richtig verstanden, dass sie einem möglichen Verstoß gegen die Entsorgung von radioaktivem Abfall auf der Spur sind. Robert hat davon erzählt, dass sie ihn dazu befragt haben."

Lisa rang einen Moment um Fassung und antwortete, bewusst nach einer unverfänglichen Erklärung suchend.

„Das würde ich so nicht sagen. Wir stellen Untersuchungen in einem Fall an und gehen in diesem Zusammenhang unterschiedlichen Fragen nach. Sie verstehen es bestimmt, dass ich dazu nicht mehr sagen kann, da es sich um eine laufende Untersuchung handelt."

"Es wäre ein Skandal, wenn so etwas in unserer Stadt liefe. Sie sollten frühzeitig die entsprechenden Behörden mit einschalten. Auf jeden Fall das LKA. Was ich allerdings nicht einzuordnen weiß, warum sie von der Mordkommission damit beschäftigt sind."

"Wie gesagt, wir stecken da ganz in den Anfängen einer Ermittlung und ich kann ihnen wirklich noch nichts Genaueres dazu sagen. Sollten sich Verdachtsmomente erhärten, werden wir natürlich die entsprechenden Behörden hinzuziehen", versicherte sie ihrem Gesprächspartner.

Sie hatte den Eindruck, die Klippe noch mal umschifft zu haben. Es machte sich aber das Gefühl in ihr breit, als würde das Eis unter ihren Füssen, auf dem sie sich bewegte, immer dünner und sie verspürte das Bedürfnis, hier so schnell wie möglich abzuhauen. Ihr wurde mit einem Mal bewusst wie unprofessionell, ja geradezu blöd ihre Entscheidung war, einfach hier aufzutauchen und Mäuschen zu spielen. 'Mensch, Lisa du bist eben nicht James Bond, der berühmte Geheimagent 007', hörte sie ihre ironisch klingende innere Stimme. Auch auf die Fragen, was sie denn in Salerno machen würde, fielen ihr keine weiteren überzeugenden Antworten mehr ein. Sie wollte hier jetzt weg. Sie wollte sich nicht weiter an diesem oberflächlichen Geplänkelt beteiligen und aus Höflichkeit die Nette spielen. Das, was sie gerade hier machte, sprach völlig gegen ihre sonstigen Bemühungen, aufrichtig und ehrlich zu sein. Sie dachte sich, es stimmt nicht, dass jeder Zweck die Mittel heiligt. Lisa fühlte sich zunehmend unwohler, auch wenn sie die Verbindung zu den Morden nicht wirklich sehen konnte, irgendwie stank ihr das ganze doch. Irgendetwas lief hier. Es musste mehr hinter dieser Veranstaltung stecken, als ein gemütlicher Ausflug befreundeter Männer, da war sie sich ganz sicher. Irgendwas heckte diese ehrenwerte Gesellschaft aus. Auf jeden Fall roch es hier mindestens nach einem Fall von Vorteilsnahme, das meinte Lisa deutlich zu spüren. Gern hätte sie direkt nachgeforscht, wer die Hotelrechnung und die Kosten für das übrige Programm bezahlt, doch dazu reichten ihre Befugnisse nicht aus. Sie war eben auch nur Gast in diesem Land.

Damit es nicht nach Flucht aussah, legte sie ganz entspannt ihre Serviette zusammen, erhob sich ein wenig von ihrem Stuhl und bedankte sich mit einem letzten höflichen, braven Lächeln für die nette Gesellschaft und wünschte den Herren noch einen angenehmen Abend.

Sie brauchte dringend frische Luft und trat hinaus auf die Veranda des Hotels, wo sie die angenehme frische Brise spürte, die vom Meer heraufstieg. Sie lehnte sich an die Brüstung und schaute auf die Lichter des Yachthafens und auf das Castell dell'Ovo. Sie musste wieder an die Parthenope denken und daran, dass sie sich aufgrund ihres Scheiterns in die Fluten des Meeres geworfen hatte. Soweit war es mit ihr noch nicht, sie war noch voller Zuversicht, dass die Morde aufgeklärt werden können. Über ihr leuchteten die Sterne am klaren Abendhimmel. Sie schloss die Augen und lauschte dem Klang der Wellen. Die wohltuende kühle Luft einatmend, breitete sich nach und nach, ein angenehm ruhiges Gefühl in ihrem Körper aus und sie spürte wie sie sich entspannte.

„Darf ich sie noch zu einem kleinen Absacker verführen und diesen wunderschönen Ausblick mit ihnen teilen?"

Robert Thomée stand mit zwei Gläsern eisgekühltem Limoncello neben ihr.

„Sie müssen ihn unbedingt probieren, er ist sündhaft gut. Er wird hier im Hotel selber hergestellt, natürlich nach einem alten Rezept."

Dabei reichte er ihr eines der Gläser, das sie annahm, nicht nur als höfliche Geste. Sie hatte den Eindruck, das jetzt gebrauchen zu können.

„Ich hoffe, unsere Gesellschaft war ihnen nicht zu unangenehm und langweilig für Sie."

„Nein machen Sie sich keinen Kopf, es war sehr amüsant und lehrreich für mich. Ich hoffe, dass ich Ihre Pläne für den Abend nicht durchkreuzt habe."

"Ich für meinen Teil kann nur sagen, dass ich mich sehr gefreut habe, sie wiederzusehen und fand den Abend mit ihnen ganz wundervoll. Auch wenn ich mich, ehrlich gesagt, schon wundere, Ihnen hier im Hotel zu begegnen."

Lisa überlegte, ob sie eine Ausrede, eine Erklärung oder gar eine Notlüge finden solle, strapazierte aber einfach einen etwas abgegriffenen Spruch.

"Sie wissen doch, Herr Thomée, die Wege des Herren...", sie ließ den Satz so unvollendet stehen, neigte ihren Kopf ein wenig zur Seite und schenkte Robert Thomée eines ihrer entzückenden Lächeln, das andeutete, weitere Fragen sind zwecklos.

Robert Thomée insistierte nicht weiter, es schien ihm wichtig zu sein, das Gespräch mit Lisa nicht abbrechen zu lassen.

„Sie haben die Geschichte, wie unser Ausflug hierhin zustande kommt, ja gehört. Wir genießen einfach ein paar nette Tage. Spielen Golf, auch wenn sie gerechtfertiger Weise immer ein wenig skeptisch schauen, bei diesem Thema. Es gibt tatsächlich wenige Kilometer von hier mitten im Stadtgebiet einen Golfplatz und dann fahren wir noch in die Nähe von Avellino, dort gibt es einen Golfplatz auf einem Weingut. Wir wollen dort das Golfspielen mit einer anschließenden Weinprobe verbinden. Wobei sie uns heute auf so angenehme Weise schon so viel über die Weine dieser Region vermittelt haben. Besser kann das gar nicht werden."

Lisa musste zum Glück nicht auf seine letzte Bemerkung eingehen, da er sofort weiterredete, außerdem war sie innerlich alarmiert, da Thomée eine gute Beobachtungsgabe zu haben schien, was sie an einigen seiner Bemerkungen festmachte.

"Natürlich tauschen wir uns aus, reden über geschäftliche Themen und über das, was in der Branche gerade so aktuell ist. Und klar hat das ein oder andere auch praktische Auswirkungen auf unsere Arbeit. Aber glauben sie mir, wir sind nicht die bösen Buben, die die Umwelt verschmutzen. Ich will auch nicht behaupten, wir sind die Guten. Aber wir sind die, die den Müll all derer, die ihn produzieren, entsorgen. Legal versteht sich!"

Robert Thomée knüpfte an ihren Spruch an, dass die besten Abfälle, die sind, die gar nicht erst entstehen. Er sprach darüber, wie von Jahr zu Jahr mehr Müll anfällt, auch aufgrund vieler Lifestyle-Produkte wie die Kaffeebecher zum Mitnehmen oder die Kaffeekapseln für luxuriöse Kaffeemaschinen. Trotz vieler Bemühungen zu einem besseren Umweltbewusstsein zu gelangen, gingen die Menschen immer achtloser damit um. Er selbst wünsche sich ein Umdenken, dies fing schon bei der Herstellung von Verpackungen an, die mittlerweile in privaten Haushalten fast siebzig Prozent des gesamten Mülls ausmachten. Sein persönliches Interesse gelte auch den Fragen der Wiederverwertung, da es unverantwortlich sei, die natürlichen Ressourcen unseres Planeten weiter auszubeuten.

"Bereits heute verbrauchen wir in unserem Alltag mehr Ressourcen als unserer Erde dauerhaft bereitstellen kann. Ich sehe darin eine große Herausforderung und Aufgabe der Entsorgungsbranche. Neben dem Abfallvermeiden müssen wir die anfallenden Abfälle als Wertstoffe begreifen und sie hochwertig recyceln und sie wieder in den Kreislauf bringen."

Lisa beobachtete ihn im gedämpften Licht der Veranda und lauschte aufmerksam dem, was er sagte. Er wirkte völlig authentisch, sein emotionaler Ausdruck stimmte mit seinen Worten überein. Und das, was er sagte, gefiel Lisa durchaus. Auch sie hielt das Thema Nachhaltigkeit für außerordentlich wichtig. Lisa spürte eine Sympathie für ihn, sie konnte sich ihn als einen guten Freund vorstellen, hätte sie ihn unter anderen Umständen kennengelernt. Auch wenn ihre innere Stimme sie immer wieder ermahnte vorsichtig zu sein, konnte sie nicht wirklich daran glauben, dass er mit dem Mord etwas zu tun hatte. Oder wollte sie es nicht? Welche Verbindung sollte es zu Carla und Sebastian geben. Hatte Carla irgendetwas mitbekommen, was ihr zum Verhängnis wurde? Aber wenn die Bereitschaft da ist, zwei Menschen zu töten, in welchen Sumpf gerieten die Ermittlungen dann.

„Entschuldigen Sie, ich texte sie die ganze Zeit zu und merke gar nicht, dass ihnen immer kühler wird."

Er hatte es richtig beobachtet, Lisa war angefangen zu schaudern und hatte die Arme eng um sich geschlungen, um ihre eigene Wärme halten zu können.

„Ja, es ist wohl besser den Abend für heute zu beenden, auf mich wartet morgen ein arbeitsreicher Tag, " sagte Lisa.

In der Halle verabschiedeten sie sich freundlich voneinander. Auf ihrem Zimmer angekommen, plagte Lisa ein schlechtes Gewissen. Es fühlte sich nicht richtig an, dass sie Robert Thomée immer noch nicht über Carlas Tod in Kenntnis gesetzt hatte. Sie ging auch davon aus, dass die Zeitungen sicherlich von dem Mord an einem deutschen Liebespaar berichteten. Was, wenn Thomée auf diesem Weg davon erfahren würde. Sie holte seine Visitenkarte hervor und wählte seine Nummer.

„Hallo. Ich bin es, Lisa Brandkopf. Könnten wir uns unten noch mal kurz treffen, ich möchte ihnen etwas sagen."

Thomée wirkte ein wenig verwirrt, sagte aber zu und dass er natürlich gern käme.

„Ich warte draußen auf sie," sagte Lisa knapp.

Lisa stand an der Brüstung, und blickte auf den Hoteleingang, der schönen Kulisse den Rücken zugewandt, ihr diesmal keine Beachtung schenkend. Es dauerte nicht lange bis Thomée kam.

„Lassen sie uns bitte ein Stück gehen," sagte Lisa.

Schweigend gingen sie Richtung Kastell. Als sie ein wenig abseits waren, eröffnete Lisa das Gespräch.

„Herr Thomée ich möchte aufrichtig zu ihnen sein. Ich muss ihnen etwas ganz Schreckliches mitteilen. Carla ist tot."

„Carla tot!? Was reden sie da. Was soll das heißen?"

„Carla und ihr Freund Sebastian Kunnert wurden hier in der Nähe tot aufgefunden. Sie wurden erschossen. Über die Täter und die Umstände der Tat gibt es noch keine Erkenntnisse."

Thomée hatte sich auf eine Bank gesetzt und schaute Lisa verständnislos kopfschüttelnd an. Lisa schwieg, um ihm die Gelegenheit zu geben, das Gehörte erst einmal sacken zu lassen.

"Wann ist das passiert?"

"Am Samstag."

„Sind sie aus diesem Grund hier? Und sie glauben, ich hätte etwas mit dem Mord zu tun", kombinierte er blitzschnell.

Der Ton seiner Stimme klang traurig beinahe enttäuscht, ohne Vorwurf, ohne einen Hauch von Ärger

„Ich bin aus diesem Grund hier, ja. Und nein, ich halte sie nicht für den Mörder und verfolge sie auch nicht. Das wir uns hier getroffen haben, sehe ich als einen reinen Zufall an. Ich nehme es erst einmal so an, dass es in ihrer Auseinandersetzung mit Carla um etwas Persönliches ging. Es war eine Spur, die wir in Erwägung gezogen haben, dass es sich um eine Verbindung mit der illegalen Entsorgung von radioaktiven Müll handeln könnte."

Thomée schwieg. Lisa setzte sich neben ihn und teilte sein Schweigen. Nach einer Weile begann er von Carla zu erzählen, von ihrer Beziehung und wie sie schließlich endete. So erfuhr Lisa, dass die beiden sich während des Studiums kennengelernt hatten. Beide studierten in Köln. Carla Medizin und er Jura und Betriebswirtschaft. Sie waren sich in der Bibliothek der Universität über den Weg gelaufen. Carla war bepackt gewesen mit Büchern und er hatte sie beim Rausgehen vorgelassen. Dadurch hatte sich ein Gespräch zwischen den beiden ergeben, sie hatten sich wohl sympathisch gefunden, waren aber ohne weitere Verabredung auseinandergegangen. Einige Tage später waren sie sich am gleichen Ort wieder begegnet. Sie hatten gescherzt, dass sei aber ein angenehmer Zufall. Und da waren sie einen Kaffee trinken gegangen. Und so hätte sich dann alles weiterentwickelt. Sie waren dann zusammengekommen und nach einigen Monaten seien sie in eine gemeinsame Wohnung gezogen.

Carlas Medizinstudium hätte sie zeitlich ziemlich in Beschlag genommen. Der Dienst im Krankenhaus, das viele Lernen. Carla sei viel ehrgeiziger als er gewesen. Er hätte das Studentenleben auskosten wollen, hätte auch schon mal Veranstaltungen sausen lassen, hätte mit seinen Studienkollegen öfters mal einen Zug durch die Gemeinde gemacht. Finanziell hätte er wenig Probleme gehabt, da er von seinen Eltern reichlich unterstützt worden war. Sein Vater habe ihn auch darin bestärkt, sich erst mal richtig auszuleben, allerdings mit der Maßgabe, eines Tages selbstverantwortlich zurecht zu kommen und sich dem Ernst des Lebens zu stellen. Carla sei mit dieser Art zu leben nicht gut klargekommen, obwohl sie auch eine sehr lebensbejahende Frau gewesen wäre und sie auch viel Spaß miteinander hatten. Sie hätten sich mehr und mehr voneinander entfernt und als Carla dann ihre Famulatur in Kapstadt für vier Monate absolvierte, hätte er eine andere Frau kennengelernt.

Nach Carlas Rückkehr hätten sie sich getrennt, aber sehr freundschaftlich, wie er betonte. Sie würden sich immer noch gelegentlich treffen. Diese Treffen wären aber seit sie mit Sebastian zusammen wäre, weniger geworden, was aber ein rein zeitliches Problem wäre, betonte Robert Thomée.

Lisa konnte dies nachvollziehen. Auch sie und Lorenzo hatten sich bemüht, freundschaftlich auseinander zu gehen. Schließlich hatten sie sich mal sehr geliebt und hatten eine gute Zeit miteinander geteilt. Bei aller Verletzung und bei allem Schmerz wollten sie dies nicht missen und nicht vergessen. Lisa war auch auf der Hochzeit von Lorenzo und seiner neuen Frau, die die Freundschaft zwischen Lisa und Lorenzo mit einem gewissen Argwohn betrachtete, letztendlich aber so viel Vertrauen in die neue Liebe zwischen ihr und Lorenzo hatte, dass sie selbst zu Lisa freundschaftliche Gefühle entwickelte. Dass sie sich immer seltener sahen, lag auch daran, dass Lisa beruflich nicht immer so gut planbare Arbeitszeiten hatte und Besuche schwierig waren. Sie telefonierten aber immer noch häufig und waren einander noch sehr vertraut.

IV

Als Lisa am nächsten Morgen aufwachte, fühlte sie sich wie gerädert. Sie hatte noch eine ganze Zeit mit Robert Thomée verbracht, hatte ihm einfach zugehört und durch ihre Nähe ein wenig Trost gespendet. Danach hatte sie noch lange wachgelegen, voller Gedanken, die in ihrem Kopf Karussell fuhren. Statt Klarheit, tauchten immer neue Gedanken auf, so dass es auf dem Karussell immer enger wurde. Sie war verwirrt darüber, wie sie weiter mit der Herrenrunde umgehen sollte. Wie passte diese Geschichte in den Fall hinein. Auf jeden Fall musste sie Viktor informieren, er sollte entscheiden, ob die Kollegen von der Wirtschaftskriminalität eingeschaltet werden sollten. Wer finanzierte diese Reise? Lisa konnte nicht glauben, dass jeder für sich selbst bezahlte. Schließlich waren zwei hochkarätige Staatsdiener dabei. Wenn sie sich aushalten lassen würden, sähe das schon nach Vorteilsnahme aus. Gab es geschäftliche Verbindungen und Absprachen? Um all das aus ihrem Kopf zu haben, hatte sie sich entschieden, Viktor dies alles per E-Mail zu schreiben. Als sie damit fertig gewesen war, hatte sie gespürt, wie sich endlich das Bedürfnis nach Schlaf breitmachte.

Das Frühstück bestellte sie sich aufs Zimmer, duschte ausgiebig und versuchte mit dem Strahl des heißen Wassers die Spuren, die die unruhige Nacht in ihrem Körper hinterlassen hatte, wegzuspülen. Ohne noch einmal Kontakt mit Robert Thomée aufzunehmen, machte Lisa sich auf den Weg nach Salerno.

Der Verkehr durch Neapel war zu dieser Zeit noch einigermaßen fließend, sodass sie schnell die A3 erreichte. Es war ein schöner Morgen, wäre sie in Urlaub, hätte sie es genießen können. Der Vesuv hob sich vor dem blauen Himmel ab, eine kleine Wolke hing über dem Krater.

Sie dachte daran, wie es hier im Jahr 79 n. Chr. wohl aussah. In dem Jahr als der Vesuv ausbrach und genau an dieser Stelle die antike Stadt Pompeji unter seiner Asche begrub. Von der Autobahn schaute sie zur linken Seite, wo sie unter der parkähnlichen Fläche, die sich von der ansonsten mit Häusern überzogenen Landschaft abhob, die Überreste von Pompeji vermutete. Vor einigen Jahren hatte sie Pompeji besucht und war begeistert von den Überresten dieser antiken Stadt, die einen hervorragenden Einblick in das öffentliche und private Leben der Zeit gaben. Es wäre schön, jetzt noch einmal über die antiken steinernen Straßen zu schlendern zu den Thermen, den Villen und Tempeln und dort zu verweilen und das antike Leben dort nachzuspüren. Ein Besuch des Lupanare mit seinen erotischen Wandmalereien, dem größten der über fünfundzwanzig Bordelle in Pompeji, dürfte natürlich nicht fehlen. Das Schwelgen in den Bildern der Erinnerung löste ein angenehmes Gefühl aus, sie freute sich, auch jetzt noch von dem Besuch zehren zu können. Sie registrierte, dass sich beim Gedanken daran, ein Lächeln auf ihrem Gesicht ausbreitete.

Die Autobahn machte nun einen Schlenker in Richtung Süden und kündigte an, dass sie bald Salerno erreichen würde. Links und rechts erhoben sich schroff die Berge, die bis auf über tausend Meter steil anstiegen. Über eine mächtige Brückenkonstruktion aus Beton wurde sie in den Ort herunter geleitet. Ihr erster Blick fiel auf den Hafen, den sie in dieser Größe und Geschäftigkeit nicht erwartet hätte, obwohl sie gelesen hatte, dass er in den letzten Jahren so expandieren konnte und mittlerweile den Containerhafen von Neapel überholt hatte.

Problemlos fand sie die Villa Communale di Salerno, an die die Questura angrenzte. Sie entdeckte einen freien Parkplatz vor dem viereckigen kastenartigen Gebäude. Sie stellte den Wagen dort ab und ging auf die überbaute Ecke des Gebäudes zu, wo sie den Eingang vermutete. Sie betrat durch einen der hohen Rundbögen den offenen Vorhof, von dem aus im hinteren Teil eine Tür zur Präfektur abging und die andere in die Questura, vor der ein uniformierter Beamter Wache hielt. Auf diesen ging sie zu und stellte sich vor. Er geleitete sie zur Anmeldung, von wo aus sie ein Agente durch das Gebäude zum Büro von Kommissar Andrea Commodori geleitete.

Andrea und Matteo waren bereits früh in die Questura gekommen, jeder für sich war die bisherigen Ergebnisse durchgegangen und nun saßen sie in Andreas Büro, als der diensthabende Agente anklopfte. Mit einem Grinsen im Gesicht trat er ein und kündigte den Besuch an.

"Guten Morgen, Dottori! Der Besuch aus Deutschland ist eingetroffen."

Er hielt die Tür offen, damit Lisa eintreten konnte und zwei verdutzten sprachlosen Männern gegenüberstand. Lisa registrierte diesen Moment, den sie ihrerseits nutzte, die beiden Männer genauer zu betrachten. Da war zuerst einmal ein jüngerer, den sie auf Anfang dreißig schätzte. Ein ganz schnuckeliger Typ, sehr jungenhaft, sehr sympathisches Gesicht. Ganz stylisch gekleidet. Den anderen schätzte sie etwas älter, vielleicht so Anfang Vierzig. Ein markantes männliches Gesicht mit einem etwas längeren Dreitagebart, der das Männliche und die feinen Gesichtszüge noch unterstrich und sehr anziehend wirkte. Umrahmt wurde das Ganze von einer wuscheligen lockigen Haarpracht. Was ihr fast den Atem raubte, waren die sinnlichen braunen Augen. Im Gegensatz zu dem jüngeren, der entsprechend der aktuellen Mode für junge Männer gekleidet war, trug der andere klassische Jeans, dazu ein weißes perfekt sitzendes Hemd mit Buttondown Kragen, keine Krawatte, aber ein blaues Sakko aus einem eleganten Stoff. Sie vermutete, dass das Andrea Commodori sein musste.

Matteo hatte sich als erster wieder gefangen und ging auf Lisa zu.

„Willkommen in Salerno. Ich bin Vice Commissario Matteo De Luca, nennen sie mich doch einfach Matteo."

Lisa ergriff seine Hand und erwiderte seinen Gruß.

„Ich bin Lisa Brandkopf, die Kommissarin aus Köln. Sagen sie Lisa zu mir."

Dann wandte sich Lisa mit ihrer ausgestreckten Hand Andrea zu, der sie immer noch zu betrachten schien.

Andrea schaute tatsächlich immer noch auf die junge Frau, die er so auf Mitte dreißig schätzte. Die kinnlangen stufig geschnittenen Haare wippten munter fransig nach außen. Bei diesen Frisuren fragte er sich, wie es möglich war, eine Frisur so aussehen zu lassen, als ob sie gerade einen Sturm überstanden hätte. Er musste aber zugeben, dass es ihm gefiel, es wirkte an Lisa wunderbar frech und dynamisch. Ihre wohlgeformten Beine steckten in einer enggeschnittenen Blue Jeans, dazu trug sie ein weißes Shirt, das lässig aus der Jeans heraushing, der kurze modische Blazer, verlieh dem ganzen etwas Klassisches. Aber was ihn fast hypnotisch anzog, waren ihre strahlenden blauen Augen, die wie ein offenes Buch auf ihn wirkten.

„Und sie sind bestimmt Commissario Andrea Commodori?"

Andrea ärgerte sich, dass er in dieser ersten Begegnung nicht souveräner aufgetreten war. Sein Zögern könnte ihm als Schwäche ausgelegt werden und seine Autorität in den Ermittlungen unterwandern. Mit einer Kollegin hatten sie nicht gerechnet und dann auch noch mit einer so verdammt gutaussehenden, die zudem auch noch kompetent zu sein schien.

Lisa ihrerseits spürte Andreas zögerliches Verhalten und war ein wenig irritiert über seine zurückhaltende Art. Das kann ja lustig werden, schoss es ihr durch den Kopf. Ein Alpha-Männchen fühlt sich bedroht und dann auch noch von einer weiblichen Person, die in sein Revier eindringt.

„Ja, dann herzlich willkommen! Und auf eine gute Zusammenarbeit! Ich bin tatsächlich Commissario Andrea Commodori, wie sie mit ihrem wohl ausgezeichneten kriminalistischen Spürsinn schon erkannt haben" entgegnete ihr Andrea. "Nennen sie mich auch ruhig bei meinem Vornamen."

Lisa ergriff die ihr ebenfalls entgegen gestreckte Hand und während ihre Hände einen Moment zu lange aneinander festhielten, trafen sich ihre Augen, die es zuließen, dass jeder dem anderen ein Stück in die Seele schauen durfte. Lisa spürte etwas in ihr, dass sie verwirrte.

Selten war er so berührt gewesen wie jetzt. Andrea wusste nicht einzuordnen, was da gerade passierte. Er wunderte sich auch über seinen ersten recht polemischen Auftritt, über den Lisa gelassen hinweggegangen war. Er riss sich von einem aufsteigenden Gefühl los, das er nicht einordnen konnte oder vielleicht wollte. Er wusste nur, er wollte den Fall klären und der deutschen Kollegin mal zeigen, wie italienische Polizeiarbeit funktioniert. Und wie die funktioniert, dachte er! Wobei es ihm für einen Moment schwer fiel, klar zu denken.

Matteo durchbrach diesen winzigen Augenblick des Schweigens, den nur Lisa und Andrea spürten, mit der Frage, ob Lisa einen Espresso möchte. Die Questura war nämlich im Besitz einer Espressomaschine, was gar nicht so üblich war und es war jedes Mal eine Genugtuung, wenn sie zum Einsatz kam.

„Gerne und dann können wir von meiner Seite aus loslegen. Dürfte ich Euch bitten, dass Ihr mir den Stand Eurer Ermittlungen berichtet."

Andrea fühlte sich weiter unbehaglich, sie legte ein Tempo und Selbstvertrauen vor. Was bildete sie sich ein, dies hier war sein Revier. Andrea erschrak als er sich innerlich von seinem Revier reden hörte. Er war es gewohnt, Probleme mit sich selbst auszumachen und er arbeitete gern allein, er wusste es aber auch zu schätzen, im Team zu arbeiten, dies eröffnete immer wieder eine neue Perspektive und gab wichtige Anstöße. Und er wusste, einen Fall zu lösen, war letztendlich ein gemeinsames Produkt. Was war bloß los mit ihm. Es machte sich ein gewisser Ärger auf Lisa breit und auch seine Vorurteile stiegen wieder an die Oberfläche auf.

Matteo servierte den Espresso und Andrea stellte sich vor das Whiteboard an der sie die wichtigsten Bilder und Notizen angeheftet hatten. Lisa trat an seine Seite, um sich einen Blick darauf zu verschaffen. Andrea war einen kurzen Augenblick abgelenkt durch ihre Nähe, er nahm den angenehmen dezenten Duft ihres Parfüms wahr und sog diesen warmen Wohlgeruch von Parfüm und Körper noch einmal ganz bewusst ein, bevor er auf das erste Bild zeigte.

"So haben wir den Tatort vorgefunden. Entdeckt wurde der Wagen mit den Getöteten von Giovanni Rossi. Er lebt in der Nähe des Ortes Furore. Er war am frühen Sonntagmorgen auf Kaninchenjagd und wurde auf den Wagen aufmerksam, weil sein Hund Bruno laut anschlug und auf sein Rufen nicht zu ihm zurückkam. Er berichtete, dass er auf das Auto zugegangen sei und habe dann zwei Personen, einen Mann und eine Frau wie er vermutete, auf dem Rücksitz gesehen. Er habe gedacht, dass es sich wohl um ein Liebespaar handelt und hätte sich deshalb wieder zurückgezogen, doch sein Hund Bruno sei nicht vom Wagen gewichen und hätte weiter gebellt. Es sei ihm dann komisch vorgekommen, dass die Leute im Auto überhaupt nicht auf Brunos Anwesenheit und lautes Bellen reagiert hätten. Deshalb sei er wieder näher herangegangen. Als auch darauf keine Reaktion erfolgte, sei er auf eine der offenstehenden Türen zugegangen und habe den Einschuss im Kopf des Mannes entdeckt. Erschrocken und in Panik sei er dann um den Wagen herum und hätte gesehen, dass im Kopf der Frau ebenfalls ein Einschuss war. Ihm sei dann bewusst gewesen, dass die beiden nicht mehr am Leben waren und hätte mit seinem Handy die Polizei gerufen. Sein Anruf ist um 5.17 Uhr bei der Polizei eingegangen "

Hier machte Andrea eine Pause, auch um sich selbst das Ganze noch einmal in Erinnerung zu rufen. Lisa ließ die Bilder und das Gehörte ebenfalls schweigend auf sich wirken.

"Anhand des Mietwagens haben wir dann den Namen des Mannes feststellen können und das Hotel gefunden, in dem sie in Amalfi gewohnt haben. So erfuhren wir dann auch den Namen der Frau und unsere Vermutung, dass es sich um zwei deutsche Touristen handelte, bestätigte sich. Im Hotel fanden wir die Reiseunterlagen, denen wir entnehmen konnten, dass sie in Köln leben," führte Matteo weiter aus.

Andrea reichte Lisa die Untersuchungsergebnisse der Spurensicherung und begann sie zusammenzufassen.

"Wie auf diesen Bildern zu erkennen ist, wurden beide als sie bereits tot waren nochmals angefasst, was hier an den Druckstellen und Verletzungen zu erkennen ist, die definitiv postmortal zugefügt wurden. Daraus schließen wir, dass sie zuerst im angekleideten Zustand erschossen und dann außerhalb des Wagens entkleidet wurden, und anschließend auf der Rückbank so arrangiert wurden wie ein Liebespaar, das gerade beim Sex erwischt wurde."

Andrea räusperte sich, als er seine Ausführungen beendete.

"Es lassen sich im Speichel der beiden aber keine Hinweise dafür finden, dass es zum Austausch von Körperflüssigkeiten kam, z.B. durch Küssen, was man vermuten könnte, da es zu einem sexuellen Akt dazugehören sollte. Auch am übrigen Körper wurden keine entsprechenden Spuren gefunden. Im Fond des Wagens waren so gut wie keine Fingerabdrücke der beiden zu finden."

Bei dieser letzten Ausführung warf er Matteo einen kurzen schmunzelnden Blick zu, was dazu führte, dass Lisa die beiden irritiert anschaute.

"Welcher Todeszeitpunkt wurde bestimmt?", machte sie mit ihrer nächsten Frage weiter.

"Zwischen fünfzehn und sechzehn Uhr am Samstag."

"Und passt das mit dem Verlassen des Hotels überein?"

"Von Amalfi nach Furore dauert es eine gute halbe Stunde, dann noch diesen abgelegenen Weg finden, dauert, wenn keine Ortskenntnisse vorliegen, vielleicht auch noch mal fünfzehn bis zwanzig Minuten zusätzlich. Also die Zeiten passen überein und deuten darauf hin, dass die Morde unmittelbar nach dem Eintreffen am Ort des Geschehens passierten."

"Wurden irgendwelche Spuren am Tatort gefunden, die auf mögliche Täter hinweisen?"

"Die Spurensicherung hat am Tatort keine brauchbaren Hinweise sicherstellen können, die zur Klärung beitragen könnten. Auch an der Kleidung der beiden konnten keine Spuren sichergestellt werden", ergänzte Andrea.

Lisa war den Ausführungen von Andrea konzentriert gefolgt und hatte ihn dabei aufmerksam angesehen, jetzt warf sie einen Blick in die Unterlagen, die Andrea ihr zuvor gereicht hatte.

"Geht ihr davon aus, dass es mehrere Täter waren?" hakte Lisa nach.

"Wir haben es zuerst vermutet. Es spricht aber vieles dafür, dass es ein Täter war. Es will uns aber jemand glauben machen, dass es mindestens zwei Täter waren. Die geöffneten Türen. Die Schüsse aus unterschiedlichen Waffen sind genau so, als wäre gleichzeitig von beiden Seiten geschossen worden."

"Nach einer Affekthandlung sieht das nicht aus. Es spricht dafür, dass jemand den Mord genau geplant hat," dachte Lisa laut nach.

Andrea und Matteo schauten sich über Lisas Kopf hinweg an. Genau das war ein Punkt, den sie so noch nicht betrachtet hatten, aber es leuchtete beiden ein.

Lisa hatte nichts von der Reaktion der beiden mitbekommen, sie schaute immer noch nachdenklich auf die Informationen an der Wand und sprach dann weiter.

"Wenn das so ist, dann hält sich diese Person für sehr überlegen und ist überzeugt, andere täuschen zu können. Reflektiert, aber gar nicht die Möglichkeit, Fehler zu machen. Das könnte für eine Person mit einer selbstbezogenen Realitätswahrnehmung und geringer Selbstkritik sprechen. Jemand der sich anderen gegenüber als perfekt und grandios empfindet, sich selbst eben als was ganz Besonderes sieht."

"Du meinst, es könnte jemand mit einer ausgeprägten narzisstischen Persönlichkeitsstruktur sein," griff Matteo den Faden auf.

"Ja genau. So ließe sich auch Wut als Motiv erklären. Narzisstische Persönlichkeiten entwickeln eine starke Wut, aufgrund von Erfahrungen von unberechenbaren oder unzuverlässigen Bezugspersonen in ihrer Kindheit. Dieses Großartigkeitserleben ist der Gegenpol zum Neid, der darüber empfunden wird, dass andere alles das haben oder können, was man selbst haben oder können wollte. Und das erweckt Wut. Neid ist viel schlimmer als Hass. "

"Wie meinst du das, dass Neid schlimmer ist als Hass", hakte Matteo nach.

"Wenn wir hassen, dann hassen wir das Böse und wollen es zerstören. Im Neid hassen wir aber das, was wir selber wollen. Wir hassen sozusagen das Gute. Und einer der Effekte des Neides ist der Versuch im anderen das zu zerstören, was wir nicht haben können. Neid kann nie zufriedengestellt werden, denn unbewusst muss das, was beneidet wird, zerstört werden."

Matteo und Andrea verinnerlichten das Gehörte für einen Moment schweigend, bis Andrea, der sich auf Lisas Profilbeschreibung einließ, seine weiteren Überlegungen ausführte.

"Möglicherweise hat er in der Vergangenheit bereits eine Tat begangen, die unentdeckt blieb und dies bestärkt ihn in seiner Annahme, dass er etwas Besonderes ist und über anderen steht und über andere richten darf."

"Also suchen wir höchstwahrscheinlich eine männliche Person mit einer instabilen Bindung zu den Eltern, der möglicherweise schon andere Straftaten begangen hat. Auf den ersten Blick kann er durchaus charmant und eloquent wirken, wird aber dann seine überhebliche und andere abwertende Art nicht zurückhalten können." fasste es Lisa mit einem resignierten Seufzer zusammen.

"Wir können also davon ausgehen, dass wir eine männliche Person suchen?" sinnierte Matteo.

"Ich würde davon ausgehen, dass es sich um eine männliche Person handelt. Auch schon aus dem Grund, dass die Person stark genug war, die Ermordeten zu bewegen," gab Andrea zu bedenken.

"Ja, da stimme ich dir zu. Frauen mit einer narzisstischen Störung machen sich eher klein und zum Opfer und sind daher eher depressiv. Das Gefühl der Minderwertigkeit versuchen sie durch Perfektionsstreben und Leistung zu kompensieren. Sie neigen dazu, sich extrem anzupassen manchmal bis zur Selbstaufgabe", überlegte Lisa.

"Aber was ist eigentlich mit diesen Pärchenmorden, die ihr kurz erwähntet?", ging Lisa zum nächsten Thema über.

Andrea erzählte, dass es sich dabei um acht Doppelmorde handelte, die in den Jahren 1968 - 1985 passierten. 2010 hatte es einen Prozess gegen einen siebenundsechzig jährigen Apotheker aus der Nähe von Florenz gegeben, dem vorgeworfen wurde die Pärchenmorde in Auftrag gegeben zu haben, um die weiblichen Geschlechtsteile zu bekommen für Rituale im Rahmen von satanischen Messen. Letztendlich sei er mangels eindeutiger Beweise freigesprochen worden. Die Morde seien immer in lauen Neumondnächten geschehen, die Tatwaffe sei immer eine Beretta Kaliber 22 gewesen. Verdächtigt wurden drei Männer ebenfalls aus einem Dorf nahe Florenz, die die Paare im Auftrag umgebracht haben sollen.

"Was ist aus dem Trio geworden?", hakte Lisa nach.

"Sie sind verhaftet worden, verurteilt, die Urteile wurden dann doch wiederrufen. Einer ist 1998 durch einen nie aufgeklärten Selbstmord ums Leben gekommen. Es gibt Menschen, die der Überzeugung sind, dass es sich um einen Serienkiller handelt, der immer noch lebt und dessen Taten immer noch ungesühnt sind. Andere meinen es gäbe einflussreiche Hintermänner, die durch die Justiz geschützt würden", erklärte Andrea weiter.

"Gibt es Ähnlichkeiten mit unserem Fall?"

Dieses Mal ergriff Matteo das Wort, um zu antworten.

"Bei den Frauen wurden die Schambereiche bestialisch verstümmelt, teilweise wurde die Scham herausgetrennt oder sogar die Brüste abgeschnitten und vom Tatort entfernt. Deshalb die Vermutung, dass diese weiblichen Körperteile für schwarze Messen benutzt wurden."

"Da unsere weibliche Leiche keine solchen nachträglich herbeigeführten Verstümmelungen aufweist, schließen wir mit ziemlich großer Sicherheit aus, dass eine Verbindung zwischen den Fällen besteht."

„Matteo bleibt aber an dem Fall dran, um ganz sicher zu gehen", fügte Andrea noch hinzu.

Lisa schauderte es, sie war noch nicht so abgebrüht, das einfach abzuschütteln, wenn sich diese dunkelsten Seiten der menschlichen Seele offenbarten. Unglaublich, wozu die Spezies Mensch in der Lage ist, dachte sie voller Abscheu.

"Wie sieht es eigentlich mit Zeugenaussagen aus? Hat in dem Ort irgendjemand etwas gesehen oder mitbekommen?" fragte Lisa weiter.

"Nein, leider haben die Befragungen der Bewohner in der Nähe keine Hinweise gebracht. Es gibt viele Touristen, die den Ort besuchen, um sich die von italienischen und mexikanischen Künstlern gemalten Wandbilder anzuschauen, die die Hauswände im Ort zieren. Wobei sich der Ort serpentinenartig an dem Berg hochzieht und damit auch irgendwie unüberschaubar ist. Und der Platz, wo der Mord geschehen ist, liegt ein ganzes Stück abseits."

"Hatten sie mit irgendjemandem Kontakt?" stellte Lisa die nächste Frage.

"Im Hotel haben wir nur erfahren, dass sie nach dem Weg nach Ravello gefragt haben. Was aber interessant sein könnte, ist, dass sie am Samstagmorgen über das Hotelfestnetz einen Anruf bekommen haben." war die Antwort von Matteo.

"Dieser Anruf kam von einem Prepaid-Handy. Es lässt sich also nicht verfolgen, wem das Handy gehört. Wir sehen da allerdings einen Zusammenhang, es könnte der Täter gewesen sein, der die beiden angerufen hat. Dafür spricht auch das Prepaid-Handy, damit er nicht entdeckt wird", führte Andrea weiter aus.

"Hat jemand vom Hotelpersonal den Anruf entgegengenommen?"

"Ja, das ist so. Die Mitarbeiterin von der Rezeption erinnert sich aber nur daran, dass es eine männliche Stimme war und ist sich sicher, dass die Person italienischer Herkunft ist. Sie meinte sogar einen leichten neapolitanischen Akzent in der Stimme erkannt zu haben."

Es war Andrea, der bevor Lisa nachfragen konnte, erklärte, dass der Ort Ravello, nach dem sich die beiden erkundigt hatten, ein sehr nobler und bekannter Ort ist, der auf einem Bergausläufer 350 m hoch über dem Meer thront und von Amalfi ungefähr fünf Kilometer entfernt liegt. Aufgrund seiner Geschichte, die bis in die Antike hineinreicht und der Villen, die es dort gibt, sei der Ort ein beliebter Anziehungspunkt für Touristen. Gerade jetzt in der Sommerzeit fänden dort auch die alljährlichen Wagnerfestspiele statt.

"Also gehen wir erst einmal davon aus, dass sie dort auf einer Sightseeing Tour waren," schloss er seine Ausführungen ab.

In diesem Moment klopfte es an der Tür. Es trat ein älterer Mann ein, grauhaarig, hochgewachsen und schlank. Auf eine unaufdringliche Art sehr vornehm gekleidet. Er wirkte nicht auffallend markant, hatte aber eine angenehme Ausstrahlung. Andrea und Matteo nahmen ihm gegenüber beim Eintreten eine respektvolle Haltung an, was Lisa aus ihren Augenwinkeln heraus wahrnahm. Der Mann trat auf sie zu und reichte ihr zur Begrüßung die Hand und erläuterte.

"Ich habe gerade beim Eintreffen in der Questura gehört, dass die Kommissarin aus Köln eingetroffen ist. Ich gehe davon aus, dass sie Frau Brandkopf sind. Ich bin Vice Questore Trovesi. Herzlich willkommen in Salerno."

Lisa erwiderte seinen Händedruck und bedankte sich für die Begrüßung.

"Ja, ich freue mich, hier zu sein und hoffe, dass ich zur Aufklärung dieses grässlichen Verbrechens beitragen kann."

Dann wandte sich der Vice Questore an Andrea und Matteo begrüßte sie und merkte an:

"Ich sehe, dass sie dabei sind, sich schon auszutauschen. Das ist gut! Dann wünsche ich Ihnen eine gute Zusammenarbeit. Ich will dann auch nicht länger stören. Halten sie mich auf dem Laufenden!"

Damit war er auch schon wieder verschwunden und die drei konzentrierten sich erneut auf den Fall.

Bis hier hin hatte Lisa alles aufmerksam verfolgt und versucht, alle Informationen miteinander abzugleichen. Aber eine wirklich deutliche Spur, ein mögliches Motiv konnte sie noch nicht fassen. Sie fand es jetzt an der Zeit von den bisherigen Ermittlungen in Köln zu berichten.

Lisa berichtete von ihrem ersten Besuch in der Wohnung und davon, wie sie auf die Spuren aufmerksam wurden. Von den Sandspuren, die in der Wohnung gefunden wurden, holte sie die entsprechenden Bilder von der Spurensicherung heraus und reichte sie den Kollegen. Großaufgelöste Bilder der Sandkörnchen, gaben einen faszinierenden Einblick in einen Mikrokosmos, der dem bloßen Auge sonst verschlossen bleibt. Andrea und Matteo schauten staunend auf die Bilder, auf denen kleine rote Körner zu erkennen war, die von den roten Korallen herstammten, dann waren da schwarze Körner verschiedener Größe mit grober Oberfläche zu sehen und daneben blendendweiße eckige Teilchen, die Lisa beim ersten Betrachten an kleine Kandiszuckerstückchen erinnerten. Matteo ergriff als erster das Wort.

"Das ist ja total interessant. Wie oft bin ich schon durch Sand gelaufen, habe im Sand gebuddelt und habe noch nie gemerkt, dass er aus so vielen unterschiedlichen Teilchen besteht. Und das Sand nicht gleich Sand ist. Dass es da so viele spezifische Merkmale gibt."

Aufgrund dieser Spuren, die sie in Carlas Wohnung hatten sicherstellen können, waren sich die drei einig, dass auf jeden Fall eine Verbindung bestand. Sie glaubten nicht, dass es sich nur um einen Zufall handelte, obwohl sie noch keine Idee hatten, wie es zusammenhängen könnte.

Lisa begann von Robert Thomée zu sprechen, den sie bisher als verdächtig angesehen und der sich als früherer Freund von Carla herausgestellt hatte. Sie berichtete, dass er sich in Neapel aufhielt, zusammen mit einigen einflussreichen Persönlichkeiten aus dem Umweltbereich und aus der Entsorgungswirtschaft. Lisa erzählte davon, wie sie die Gruppe am Flughafen getroffen hatte und dass sie sich kurzerhand entschlossen hatte, in dem Hotel in Neapel ein Zimmer zu nehmen, um sich ein genaueres Bild von der Gruppierung machen zu können. Sie schilderte das gemeinsame Abendessen, gab einen kurzen Abriss über die diversen Gespräche, die aber wenig aufschlussreich waren. Und dass sie sich schließlich entschieden hätte, Robert Thomée über Carlas Tod zu informieren.

Während sie den Kollegen Bericht erstattete, war ihr nicht entgangen, dass den beiden mehrmals die Gesichtszüge entglitten, aber keinen entsprechenden Kommentar dazu abgaben. Lisa meinte zu ahnen, dass die Gesichter nicht gerade Zustimmung über ihr Vorgehen signalisierten, sondern eher Verwunderung, bei Andrea sogar Missbilligung wie es ihr schien. Vielleicht missinterpretierte sie die Reaktionen aber auch nur, weil sie ihr Vorgehen selbst so infrage stellte.

Bei der Vorstellung, wie Lisa mit diesem Robert Thomée in der Stille der Nacht auf einer Bank gesessen und er ihr über sein Leben und seine Gefühle erzählt hatte und die beiden sich wohlmöglich auch miteinander verbunden fühlten, verspürte Andrea einen Stich in seinem Herzen, der ihn aufhorchen ließ, den er aber sehr schnell verdrängte und Robert Thomée auf die Liste der Verdächtigen, die zugegebenermaßen noch nicht besonders lang war, an eine der obersten Stellen setzte. Auch nach dem, was Lisa von den beiden Ermordeten berichtet hatte, konnte er keinen Zusammenhang mit dem Thema Müllentsorgung sehen. Schon gar nicht mit radioaktivem Müll. Diese Theorie über eine illegale Entsorgung von radioaktivem Material im Mittelmeer vor der italienischen Küste verwarf er weiterhin. Nicht, dass er überzeugt war, dass die kriminellen Machenschaften sich grundsätzlich verändert hätten. Es war ganz einfach nur schwieriger geworden, ungesehen Tanker durch das Mittelmeer zu leiten, die irgendwo Müll versenkten. Seit die Menschen vom afrikanischen Kontinent in der Hoffnung auf eine bessere Zukunft über das Mittelmeer versuchten, Europa zu erreichen, war der Blick der Öffentlichkeit auf diese Region gerichtet. Marineschiffe der unterschiedlichsten Nationalitäten patrouillierten im südlichen und östlichen Mittelmeer. Das Risiko entdeckt zu werden, war viel zu groß. Außerdem konnten über das Automatische Identifikationssystem, kurz AIS genannt, mit dem seit einigen Jahren alle Berufsschiffe mit über dreihundert Bruttoregistertonnen in internationaler Fahrt ausgestattet sein müssen, die Bewegungen von Schiffen auf den Weltmeeren ziemlich genau verfolgt werden.

"Mord aus Eifersucht, verletzte Ehre. Verschmähte Liebe war schon oft ein Motiv, zu töten. Das würde doch auch in dein Täterprofil passen. Wenn dieser Robert die Frau nicht haben konnte, liegt es doch im Bereich des Möglichen, dass er auch nicht wollte, dass ein anderer sie bekommt!" War er das, der das sagte. Er erschrak über dieses Rigorose, das er in seiner Stimme wahrnahm.

"Ich kann ihn mir als Mörder nicht vorstellen. Seine Reaktion, als ich ihm sagte, dass Carla tot sei, wirkte völlig ehrlich auf mich. So kann er sich nicht verstellen." entgegnete Lisa mit einem eindeutigen Ton.

‚Ach, sieh mal an, so genau kennst du ihn, dass du das beurteilen kannst!', dachte Andrea, war aber heilfroh, dass es ihm nicht einfach herausrutschte, weil eine warnende Stimme ihn ermahnte, sachlich zu bleiben.

"Vielleicht kennst du ihn doch nicht gut genug, um zu beurteilen, ob er nicht etwas vorgetäuscht hat. Immerhin haben wir es mit einem Täter zu tun, der sich wie du selbst sagst, sehr viel Mühe mit seinem Plan gegeben hat. Du beschreibst den möglichen Täter durchaus als charmant und einnehmend."

Lisa schaute Andrea nachdenklich an, irgendetwas gefiel ihr nicht an dem, was er sagte. Sie zweifelte nicht an ihrer Einschätzung, die Reaktion als echt und nicht als vorgetäuscht empfunden zu haben. Sie wollte gerade Luft holen, um damit anzusetzen, dass sie das so nicht sehen könne, entschied sich aber erst einmal abzuwarten. Es hätte zu sehr danach aussehen können, dass sie Robert Thomée verteidigen würde. Ihre innere Stimme warnte sie, dass sei zu emotional, sie solle sich lieber an die Fakten halten.

"Seht ihr eine Möglichkeit, herauszufinden, ob diese Gruppe Kontakte zu italienischen Kreisen hat und um welche Themen es da geht?" versuchte Lisa das Gespräch weiterzubringen und auch zu signalisieren, dass sie es für richtig hielt an Robert Thomée dranzubleiben.

"Ich habe vor einigen Jahren in Neapel an einem Fall, in dem es um illegale Müllentsorgung ging, mitgearbeitet. Ich werde versuchen, mit den alten Kollegen Kontakt aufzunehmen, um zu hören, ob da gerade irgendwelche Geschäfte laufen," sagte Andrea.

"Das hört sich gut an, das ist doch schon mal ein Ansatzpunkt," bekräftigte Lisa den Plan.

Zum weiteren Vorgehen, brachte Lisa ihren Wunsch vor, dass sie sich die Toten anschauen wolle. Außerdem würde sie gern den Tatort sehen und es mache sicherlich auch Sinn, wenn auch sie noch mal einen Blick auf die Gegenstände im Hotelzimmer werfen würde.

"Selbstverständlich, genau das wollten wir dir auch vorschlagen. Ich werde dich begleiten", erwiderte Andrea. "Aber jetzt gehen wir erst einmal Essen, schließlich haben wir schon Mittagszeit. "

‚Mittagszeit!', dachte Lisa, was soll das denn jetzt. Wir stecken mitten in einer Ermittlung und die Jungs hier haben nichts anderes im Sinn, als Mittagspause zu machen.

Lediglich mit einem langgezogenen irritierten "Okay", antwortete sie, weil auch ihr Magen sich knurrend einmischte und darauf aufmerksam machte, dass sie außer ein paar Bissen zum Frühstück noch nichts gegessen hatte. Außerdem besann sie sich gerade darauf, dass sie in Italien war und dass das Einhalten der Mahlzeiten beinahe etwas Heiliges hatte. Diese Lebensart war ihr nicht fremd und sie gestand es sich ein, dass sie ihr auch gut gefiel.

Andrea und Matteo steuerten zielstrebig auf ein kleines unscheinbares Restaurant zu, als Touristin hätte sie es sicherlich gemieden. Was der Wirt auftischte, war einfach großartig. Als Antipasto gab es die ersten zarten Zucciniblüten mit Ricotta gefüllt, Spaghetti alla Vongole kam als primo piatto auf den Tisch, hier hätte Lisa schon haltmachen können, wenn die Sardinen, die als Hauptgericht aufgetischt wurden, nicht so phantastisch ausgesehen und noch phantastischer geduftet hätten. Von der Torta di Limone nahm sie nur noch ein kleines Stückchen. Als sie den Espresso schlürfte, fiel es ihr schwer überhaupt noch an Arbeiten zu denken. Gern hätte sie sich ein gemütliches Plätzchen gesucht, um in der Sonne ein wenig zu dösen.

Während des Essens, hatte Andrea sie gefragt, wie es käme, dass sie so hervorragend Italienisch könne. Sie hatte davon erzählt, dass sie bereits im Kindergarten erste Kontakte mit Kindern aus italienischen Einwanderungsfamilien gehabt und sich mit ihnen angefreundet hatte. Die Zwillingsschwestern Maria und Chiara waren ihre besten Freundinnen geworden. Ihr Vater arbeitete genau wie Lisas Vater bei Ford in Köln, deshalb wohnten sie im gleichen Stadtteil. Sie hatten die gleichen Schulen besucht. Maria, Chiara und Lisa, das war allen anderen klar, waren unzertrennlich. Die beiden Freundinnen lernten deutsch von Lisa und Lisa lernte selbstverständlich Italienisch von den beiden. Sie gehörte zur Familie ihrer Freundinnen und umgekehrt gehörten diese genauso zu ihrer Familie. Lisa hatte viele Urlaube mit ihrer italienischen Familie, wie sie sie liebevoll nannte, in Italien verbracht. Italien war lange Zeit wie ihre zweite Heimat. Vielleicht ein wenig zu redselig wegen des köstlichen Weines, der von der Amalfiküste stammte, erzählte sie, dass sie sich während eines dieser Urlaube mit zarten sechszehn in einen italienischen Vetter der beiden verliebt hatte und dass sie immerhin über zehn Jahre mit ihm zusammen war.

Bevor sie noch mehr über die Beziehung preisgeben konnte, kam der Patron mit der Rechnung.

Andrea und Matteo bestanden darauf, dass sie die Rechnung übernahmen. Lisa war das unangenehm und sie hoffte im Stillen, dass sie das Essen auf ihre Spesenabrechnung setzen konnten.

Im Gegensatz zu ihr schienen die beiden putzmunter und voller Tatendrang. Andrea schlug vor, nun zur Rechtsmedizin zu gehen, damit Lisa die beiden Toten anschauen könne. Nicht, dass Lisa sich davor scheute, aber jetzt nach diesem leckeren Essen, schauderte es sie irgendwie bei der Vorstellung. In ihre Gedanken hinein meldete sich ihr Telefon. Auf dem Display erkannte sie, dass es Viktor war.

"Entschuldigung, das ist mein Kollege Viktor aus Köln. Da gehe ich besser mal ran." sagte sie zu den beiden und hielt auch schon das Handy ans Ohr, erhob sich, um nach draußen zu eilen.

"Hallo Viktor!"

"Hallo, Lisa! Wie schaut es aus bei Dir? Hast Du die italienischen Kollegen schon kennengelernt? Seid ihr schon vorangekommen."

"Wir haben gerade zusammen zu Mittag gegessen - und den Fall haben wir leider noch nicht gelöst!" erwiderte Lisa,

"Wenn ich ehrlich bin, habe ich das auch noch nicht erwartet," meinte Viktor. "Aber jetzt mal ganz ernst, dass Du da den Männern hinterher bist, in das Hotel und dann auch noch mit denen zu Abend gegessen hast, das ist schon ein starkes Stück. Ich weiß gar nicht, was ich davon halten soll. Aber eines kann ich dir sagen, du hast da möglicherweise in ein Wespennest gestochen. Ich habe die Kollegen vom LKA von der Sonderkommission für Korruption darauf angesetzt. Ich bin gespannt, was dabei herauskommt."

"Ja, ich denke auch, dass da irgendetwas zu Tage kommt. Wobei ich Robert Thomée als Täter nicht wirklich sehen kann. Ich glaube, dass es einen anderen Hintergrund haben muss, als diese Müllgeschichte. Vielleicht handelt es sich um eine Beziehungstat oder es war doch einfach nur ein Irrer."

„Auch da könnte dieser Thomée infrage kommen", meinte Viktor noch mahnend nachschieben zu müssen, bevor er Lisa darüber informierte, was er weiter unternommen und in Erfahrung gebracht hatte.

"Also, wir haben die Eltern von dem männlichen Opfer benachrichtigt und mit ihnen gesprochen. Sie haben das, was wir bisher über ihn und Lisa wussten bestätigt, neue Erkenntnisse sehen wir nicht. Der Kontakt zwischen Sohn und Eltern scheint mir nicht besonders intensiv gewesen zu sein. Sie hätten ihn vor über zwei Monaten das letzte Mal gesehen, zwischendurch nur gelegentlich telefoniert. Sie hätten gar nicht gewusst, dass ihr Sohn in Italien sei. Sie fragten, wann die beiden nach Deutschland überführt würden, sie wollten sich um die Bestattung der beiden kümmern?"

"Dazu kann ich dir noch nichts sagen. Ich werde gleich mit Andrea in die Rechtsmedizin gehen, vielleicht kann ich dir danach genaueres sagen."

"Mit Andrea? Ihr seid also schon beim Du?" fragte Viktor und Lisa konnte sich gut sein süffisantes Lächeln dabei vorstellen.

"Genau mit Commissario Andrea Commodori. Ich denke, er hat mir das Du so gezwungenermaßen angeboten, weil zuvor sein Mitarbeiter Vice Commissario Matteo De Lucca mich damit begrüßte, er heiße Matteo. Er ist ein ganz unkomplizierter netter Typ!"

" Der Commissario!?"

"Nein, der Vice Commissario!"

"Und Andrea?" forschte Viktor weiter.

"Schwierig!"

"Aha, schwierig! Und sonst noch was?"

"Eben schwierig!"

"Soso, eben schwierig!"

"Viktor, was soll das. Jetzt lass gut sein! Gibt es sonst noch etwas zum Fall zu berichten?"

"Ja, richtig. Frau Mayer-Osterholtz hat sich gemeldet. Ihr sei noch etwas eingefallen. Du hättest sie gefragt, ob ihr irgendetwas aufgefallen sei an Carla. Vielleicht eine Veränderung oder so in der letzten Zeit. Sie hätte dir ja erzählt, dass Carlas Mutter vor einem halben Jahr verstorben sei. Und da wäre ihr jetzt wieder eingefallen, dass Carla beim Verabschieden vor ihrer Reise nach Italien gesagt hätte, es wäre auch eine Reise in die Vergangenheit. Frau Mayer-Osterholtz hätte es so verstanden, dass Carla die antiken Stätten meinte, die es zu besichtigen gäbe, darauf hätte Carla aber geantwortet, 'nein in meine ganz persönliche'."

Beide schwiegen für einen kurzen Moment. Lisa lies ihren abwesenden Blick herum kreisen, bis sie auf Andreas Augen traf und in ihnen ruhend hängen blieb. Sie hielt diesen Blickkontakt, lächelte Andrea an und wandte sich wieder Viktor zu.

" Und was hältst du davon?"

"Ich denke, dass es etwas ganz Persönliches sein muss, was mit dem Tod der beiden zu tun hat. Wir sollten von einer emotionalen Beziehungstat ausgehen. Aber mehr kann ich leider auch noch nicht sagen. Vielleicht war sie mit ihrer Mutter mal dort in Urlaub und wollte diese Erinnerungen noch einmal wachrufen. "

"Ja, so sehe ich das auch. Kannst Du versuchen noch mehr über die Mutter herauszufinden. Der Tod der Mutter könnte etwas zu bedeuten haben. "

"Wir sind schon dabei, ich spreche auch noch mal mit Frau Mayer-Osterholtz, vielleicht weiß sie noch was. Und wir werden die Unterlagen von Carla nochmals gezielt auswerten."

"Prima! Bis dann Viktor."

"Ja, und dann viel Spaß mit deinem Andrea!"

Lisa musste lachen, Viktor konnte es nicht lassen. Sie mochte ihn, deshalb ließ sie es einfach so stehen, was er sagte.

Sie ging nun auf Andrea zu, der sie die ganze Zeit weiter angeschaut hatte. Nachdem Matteo zurück in die Questura gegangen war, hatte Andrea vor dem Restaurant auf Lisa gewartet und sie beobachtet. In den Stunden, die sie nun miteinander verbracht hatten, hatte er unterschiedliche Aspekte von ihr wahrgenommen. Vom ersten Blick an, hatte er sie attraktiv gefunden, dann hatte er ihre selbstbewusste und trotzdem zurückhaltende Art erlebt, während des Essens hatte er gespannt ihren Geschichten zugehört, war begeistert vom strahlenden Lächeln ihrer Augen und von der Wärme, die in ihren Geschichten lag. Jetzt stand sie in ihrer Ganzheit vor ihm und ein Bild reihte sich an das andere. Während sie mit ihrem Kollegen sprach, wirkte sie entspannt und aufmerksam. Ihn beeindruckte die lebendige Ausdrucksweise ihres Körpers, von dem er ablesen konnte, was sie fühlte, was in ihr vorging. Es machte Freude, ihr zuzuschauen und als ihr Blick ihn berührte, fühlte er sich auf besondere Weise zu ihr hingezogen.

Als sie jetzt auf ihn zukam, immer noch mit diesem Lächeln auf ihrem Gesicht, das sich am Ende ihres Telefongespräches gezeigt hatte, spürte er etwas Anziehendes, aber auch etwas in ihm, was sich dagegen verschloss. Sein wacher Verstand, konzentrierte sich darauf, was Lisa ihm berichtete und da war er wieder, dieser Ärger, als Lisa erneut unterstrich, dass Robert Thomée dadurch immer mehr aus dem Focus sei. Warum wollte sie ihn unbedingt schützen? War da etwas zu Persönliches zwischen den beiden? Er sollte auf der Hut sein, dachte er, lass dich nicht zu sehr von ihr umgarnen.

Lisa war Viktor im Stillen dankbar, dass er sie genau zum richtigen Zeitpunkt angerufen hatte. Jetzt fühlte sie sich bereit für den Gang in die Rechtsmedizin.

"Dr. Pigantelli," stellte Andrea den Rechtsmediziner vor.

"Lisa Brandkopf, " erwiderte Lisa während sie sich die Hände schüttelten.

"Angenehm! Sie sind die Kommissarin aus Deutschland, die unseren Jungens hier mal zeigen will, wie sie einen solchen Fall lösen können."

Lisa lachte und merkte an, dass sie davon ausging, dass die hiesige Polizei gute Arbeit leiste und sie vollstes

Vertrauen habe, dabei bedachte sie Andrea mit einem schelmischen Augenzwinkern.

Dr. Pigantelli entfernte die Tücher, die die toten Körper vor den Blicken schützten. Lisa kannte dieses Vorgehen und war trotzdem jedes Mal wieder für einen Moment innerlich schamvoll berührt, in diese intimste Würde eines Menschen einzudringen. Selbst im Tod, dachte sie, unterstehen sie unserem Schutz, auch wenn wir euch nicht vor dem, was euch angetan wurde, beschützen konnten.

Sie erkannte die Gesichter von den Bildern wieder und dachte, wie schön Carla war. Kräftige lange blonde Haare umrahmten das ebenmäßige Gesicht, dessen klaren Teint Lisa noch erahnen konnte. Trotz des zerstörerisch wirkenden Y-Schnittes, dem typischen Erkennungsmerkmal der erfolgten Obduktion, war der makellose gut trainierte Körper zu erkennen. Ein kurzer Gedankenblitz zuckte durch Lisas Kopf und erinnerte sie daran, dass sie regelmäßiger Sport treiben wollte. Ihren Körper fand sie weniger makellos. Ihr Blick war weiter auf Carla gerichtet, als Dr. Pigantelli Carlas Haar an der linken Kopfhälfte zur Seite schob, so dass die Einschussstelle des tödlichen Schusses sichtbar wurde.

"Hier ist das Projektil in den Schädel eingedrungen. Aufgrund der Schmauch- und Puderspuren können wir davon ausgehen, dass der Schuss aus einer nahen Entfernung abgegeben wurde. Was auch für das männliche Opfer zutrifft."

Dabei wandte sich Dr. Pigantelli dem Körper von Sebastian Kunnert zu und zeigte auf die Einschussstelle, die sich ebenfalls an der linken Kopfhälfte befand.

"Bei beiden handelt es sich um ein senkrechtes Auftreffen der Projektile. Woraus ich schließe, dass der Täter in etwa die gleiche Größe, wie seine Opfer oder sich zu ihnen heruntergebeugt hat, um sich so auf etwa gleicher Höhe zu befinden."

"Können sie sagen, wer zuerst tot war?"

"Vom Zeitpunkt her nicht, aber ich vermute, dass der Mann als erstes getötet wurde. Dies schließe ich daraus, weil die weibliche Leiche noch einige Spuren von körperlicher Gewalt vor dem Eintreten des Todes hat."

Lisa schaute Dr. Pigantelli ein wenig irritiert an, der auf verschiedene blutunterlaufene Flecken an den Armen von Carla deutete, die am linken Oberarm besonders stark ausgeprägt waren und fuhr dann mit seinen Ausführungen fort.

"Obwohl die Einschüsse durch zwei unterschiedliche Pistolen erfolgten, stelle ich mir den Ablauf so vor, dass die beiden mit dem Auto am Tatort ankommen. Der Täter ist bereits dort und erwartet die beiden. Er geht zuerst auf die Fahrerseite zu, wo der Mann am Steuer sitzt und die Fensterscheibe runter dreht, weil der Täter ihm etwas sagen will. Er schießt ihm aus nächster Nähe in den Kopf. Dies würde erklären, warum die Spurensicherung die auffälligen Wischspuren an der Fahrertür gefunden haben und Blutspuren nachweisen konnten. Er hat eine gewisse Schreckreaktion bei der Beifahrerin einkalkuliert, wodurch sie nicht sofort aus dem Wagen flüchtet. Bevor sie weglaufen kann, erreicht er die Beifahrerseite, zerrt sie am rechten Arm haltend aus dem Wagen, hat sie fest im Griff, dafür sprechen diese Spuren am Arm der Frau, greift dann links zu, noch fester und schießt ihr dann ganz gezielt und bewusst mit einer zweiten Waffe in die linke Kopfhälfte, um uns glauben zu machen, dass es sich um zwei Täter handelt, weil er ja schon eingeplant hatte, diese sexuelle Stellung in Szene zu setzen."

Nach einer kurzen Pause, die Dr. Pigantelli einlegte, ließ Lisa den Hergang vor ihrem inneren Auge nochmals ablaufen. Es schien ihr nachvollziehbar.

" Diese Druckstellen sind den Opfern postmortal zugefügt worden, was darauf schließen lässt, dass sie beim Entkleiden und bei der Anordnung zu der Liebesszene entstanden sind. Bei dem Mann gibt es hier an den Waden leichte Hautabschürfungen, die ebenfalls postmortal entstanden sind. Den Mann hat der Täter wohl über den Boden geschleift, um ihn auf den Rücksitz zu schaffen."

"Das bedeutet, dass der Täter ziemlich kräftig sein muss", meinte Lisa.

"Ja, davon sollten wir ausgehen. Übrigens es hat kein Geschlechtsverkehr direkt vor dem Todeszeitpunkt stattgefunden. Wir haben auch keine Spuren von Speichel im Mund oder z.B. am Hals gefunden, die auf ein gegenseitiges Austauschen von Küssen hindeuten könnten. Ich stelle mir vor, wenn sie dort miteinander Sex hätten haben wollen, hätten sie sich bestimmt auch leidenschaftlich geküsst. "

Lisa war erstaunt, und gleichzeitig zollte sie Dr. Pigantelli Respekt, dass er diese Aspekte berücksichtig hatte. Bereits bei der Berichterstattung in der Questura war ihr aufgefallen, wie er alle Details gut durchdacht hatte. Amüsiert überlegte sie kurz, ob dies dafürsprach, dass er ein guter Liebhaber war. Konzentrierte sich schnell wieder auf seine weiteren fachlichen Ausführungen.

"Unter den Nägeln der Frau haben wir Kunststoffmaterial sicherstellen können, die von einem blauen Fahrradlangarmtrikot für Herren der italienischen Marke De Marchi herstammen. Ich wage mal die These, dass der Täter komplett als Fahrradfahrer gekleidet war, inklusive entsprechender Handschuhe. So waren die beiden Opfer nicht verwundert und er hatte vorgesorgt, dass er keine Fingerabdrücke hinterlässt."

"Gute Arbeit, Dr. Pigantelli", sagte Andrea anerkennend. "Ihre Ausführungen zum Tathergang decken sich mit unseren bisherigen Vermutungen."

"Können sie etwas über die Waffen sagen?", wollte Lisa wissen.

"Eine Walther pp und eine Beretta, zwei ältere Modelle. Ich vermute, dass es sich um Waffen aus dem zweiten Weltkrieg handelt, die sie hier noch überall bekommen können, wenn sie illegale Waffen suchen. Keine Registrierungen."

Nachdem es keine weiteren Fragen mehr gab, verließen Lisa und Andrea die Rechtsmedizin.

Lisa machte erst einmal ein paar tiefe Atemzüge und sog die frische Luft mit dem Hauch des Meeres ein und genoss die viel angenehmeren Gerüche, die sie hier draußen umgaben. Sie hatte den Eindruck, dass es Andrea auch ein Bedürfnis war, nach dem Aufenthalt in der Rechtsmedizin frische Luft in seine Lungen zu lassen.

Über dem Meer erkannte Lisa schon den leichten abendlichen Dunstschleier und das zarte verwaschene Rosa des sich ankündigenden Sonnenuntergangs. Für einen kurzen Moment hielten Lisa und Andrea inne und spürten eine Unsicherheit darüber, wie es jetzt weitergehen sollte.

Sie hatten ein Tagesziel erreicht, sollten sie ein weiteres Kapitel aufschlagen oder sollten sie gemeinsam Essen gehen. Andrea fragte sich, ob ihm die Aufgabe des Gastgebers obliegt. Er entschied sich, sich vorsichtig vorzutasten, indem er Lisa fragte, ob er sie noch zum Hotel begleiten solle oder ob er sonst noch etwas für sie tun könnte.

"Danke, das ist wirklich sehr nett gemeint. Aber ich denke, ich finde den Weg zum Hotel. Es war ein ereignisreicher Tag. Ich habe den Eindruck, dass ich jetzt gut ein wenig Ruhe gebrauchen kann."

Andrea war sich nicht wirklich sicher, ob er erleichtert über die Antwort war, versicherte Lisa jedoch, dass er das gut verstehen könne. Im gleichen Moment dachte Lisa, für wie langweilig muss mich der Kollege jetzt halten. Aber nun war es so gelaufen! Sie verabschiedeten sich, nachdem sie das Programm für den nächsten Tag abgesprochen hatten. Sollte nichts anderes Wichtiges passieren, würden sie nach Amalfi fahren, um dort das Hotelzimmer zu inspizieren und dann weiter nach Furore, um sich den Tatort gemeinsam anzuschauen.

Lisa war froh allein zu sein. Nachdem sie in ihrem Hotel eingecheckt hatte, ging sie die paar Schritte hinunter an den Strand, um bei einem kleinen Spaziergang die Ereignisse des Tages zu sortieren. Sie rief Viktor an, um zu hören, ob er weitere Informationen für sie hatte.

"Hallo Lisa! Ich kann dir noch nicht viel Neues berichten, da ich Frau Mayer-Osterholtz heute nicht angetroffen habe. Ich bin aber gerade in Carlas Wohnung und schaue mich noch mal um. Habe aber bis jetzt nichts Interessantes gefunden. Vom Krankenhaus kann ich dir auch nur berichten, dass alles ordnungsgemäß zu sein scheint. Sie konnten die Entsorgung ihres radioaktiven Abfalls lückenlos nachweisen. "

Viktor hörte am anderen Ende einen tiefen Seufzer.

"Es gibt so wenig zu packen, Viktor. Was übersehen wir?"

"Ich weiß es nicht, Lisa. Aber ich habe heute eine Menge gelernt über das Thema Müll. Also Müll ist insgesamt hier bei uns in Deutschland Ländersache. Wer Müll verschieben will, sei es von Bundesland zu Bundesland oder über die Grenzen muss eine Notifizierung durchführen. Das bedeutet, dass die Behörden im Ex- und im Importstaat zustimmen müssen."

"Das heißt, wenn Abfall aus Deutschland nach Italien oder umgekehrt geschickt werden soll, muss das behördlich angemeldet werden?"

"Ja, genau. Ausgenommen davon sind als wenig schädlich eingestufte Abfallstoffe. Innerhalb der EU gibt es sogar eine Abfallverbringungsordnung. Die legt fest, dass jedes Land seinen Hausmüll selbst entsorgen muss."

Lisa wollte schon resigniert das Thema beenden, als Viktor sie mit dem nächsten überraschte.

"Mit Ausnahme von Italien!", sagte Viktor süffisant.

"Du meinst ...", weiter kam Lisa nicht, da Viktor erneut ansetzte.

"Nehmen wir das Beispiel Neapel. Da mischt die Mafia mit und ist voll im Geschäft. Neapel weiß nicht wohin mit dem Müll, Deutschland hat eine Überkapazität an Müllverbrennungsanlagen und braucht sozusagen Müll. Laut statistischem Bundesamt wurden im letzten Jahr über dreihunderttausend Tonnen italienischer Müll nach Deutschland exportiert."

"Und sind unsere beiden Firmen in diesem Geschäft involviert? Und, wenn das Ganze vom Land abgesegnet werden muss, würde es mich jetzt nicht wundern, warum der Staatssekretär mit von der Partie ist."

"Aber jetzt hör dir das an, es hat Fälle in der letzten Zeit gegeben, da haben deutsche Unternehmen, die Müll aus Italien importieren, auch Giftmüll dabeigehabt, dieser wurde dann vermischt mit Erde oder anderen nicht gefährlichen Stoffen und schon wurde aus Giftmüll harmloser, unschädlicher Müll."

"Das ist ja unglaublich! Krimineller geht es ja wohl nicht! Und wir tun immer so als wären wir die Saubermänner in Europa. Das sind Methoden, die der Mafia in nichts nachstehen."

"Das kannst du wohl laut sagen. Da tut sich ein Abgrund auf."

"Aber aus welchem Grund wurden Carla und Sebastian getötet? Das ist doch die Frage, die uns beschäftigt. Was könnten sie damit zu tun haben?"

"Ich kann es auch noch nicht packen", holte es Viktor wieder in die Gegenwart des Falles zurück. "Ich mache jetzt mal hier in der Wohnung weiter. Ich melde mich später nochmal bei dir."

"Ja, bis später!"

Lisa setzte sich auf eine abgelegene Bank und wählte die Nummer von Robert Thomée. Sie hatte schon den ganzen Tag darüber nachgedacht, bei ihm nachzufragen, wie es ihm geht. Wobei sie jetzt aufgrund des Gespräches mit Viktor und den gehörten Informationen, was auf dem

Müllsektor los ist, ziemlich aufgebracht war und sich in ihre Empathie auch Ärger mischte.

"Thomée," meldete er sich.

"Hallo, ich bin's Lisa Brandkopf. Störe ich?"

"Hallo, Frau Kommissarin. Nein, sie stören nicht. Ich freue mich, dass sie anrufen. Gibt es etwas Neues?"

"Nein, bisher noch nicht. Ich wollte einfach nur mal hören, wie es Ihnen geht."

Am anderen Ende blieb es für eine Weile ruhig. Lisa stutze ein wenig, schwieg aber ebenfalls.

"Mir geht es ganz gut, danke. Ich hatte heute genügend Ablenkung, so dass ich nicht so viel an Carla denken musste. Ich habe gestern gespürt, wie viel sie mir noch bedeutet hat. Ich wollte mich heute Morgen bei ihnen bedanken, dass sie mir die Wahrheit gesagt und mir in dieser traurigen Situation Trost gespendet haben. Sie waren aber schon früh abgereist."

"Ja, das stimmt. Ich wollte pünktlich bei den Kollegen in Salerno eintreffen."

"Und klappt es mit der Zusammenarbeit?"

"Ja, ganz gut."

"Das ist gut zu hören. Das freut mich. Kann ich ihnen noch irgendwie helfen?"

Diesmal Schweigen auf Lisas Seite.

"Ja, vielleicht. Wissen sie etwas über Lisas Familienverhältnisse? Also etwas über die Mutter oder auch über Lisas Vater?"

"Über Lisas leiblichen Vater kann ich ihnen nichts sagen. Soviel ich weiß, wusste auch Lisa nicht, wer ihr leiblicher Vater war. Ihre Mutter hat sie allein aufgezogen und nie darüber gesprochen, wer ihr Vater ist. Lisas Mutter war eine außerordentlich attraktive Frau, Lisa ist übrigens ganz ihr Abbild, zumindest äußerlich. Vom Charakter und von ihrer Mentalität aber völlig verschieden. Ich glaube Carlas Mutter hat irgendwo als Sekretärin gearbeitet.

"Wie war Carla denn von ihrem Charakter her?"

"Sie war sehr lebhaft und temperamentvoll, sie musste alles ausdiskutieren, aber auch herzlich und offen, und sehr sehr leidenschaftlich."

Lisa hörte in seiner Stimme, dass es ihm nicht einfach fiel über Carla zu reden. Andererseits brannte ihr das andere Thema noch unter den Nägeln. Wie sollte sie da am besten vorgehen. Am besten direkt fragen, meldete sich ihre vertraute innere Stimme.

"Herr Thomée noch mal eine andere Frage. Importiert ihre Firma Müll aus Neapel?"

"Nein, Frau Brandkopf. Wir importieren keinen Müll. Wie kommen sie darauf?", fragte er und Lisa spürte etwas Angespanntes und Misstrauisches in seiner Stimme.

"Ich bin gerade darauf gestoßen, dass Italien über dreihunderttausend Tonnen Müll jährlich nach Deutschland exportiert. Deshalb frage ich. Es muss ja Entsorgungsfirmen geben, die diese Geschäfte tätigen."

"Ich sehe, sie haben ihre Hausaufgaben gemacht und lassen nicht locker mit ihrer Vermutung, dass der Tod von Carla und Sebastian damit zu tun hat."

Lisa antwortete nicht sofort, so dass Robert Thomée fortfuhr.

"Ich kenne die Thematik. Sie sprechen bestimmt von der Firma Ökotechnik. In dem Fall ermittelt die Staatsanwaltschaft und das Unternehmen ist inzwischen aufgelöst. Soviel ich weiß, gibt es sogenannte Müllschieber in der Branche und es wird von einem deutsch-italienischen Netzwerk gesprochen."

"Sie kennen sich gut aus, Herr Thomée ."

"Ja, das sollte man auch, um in der Branche zu bestehen. Aber glauben sie mir, mein Hauptanliegen und auch das unseres Unternehmens ist das Recycling. Darin sehe ich langfristig unsere Aufgabe. Und wir Entsorgungsunternehmen ziehen durch diese Importe letztendlich den Kürzeren. Durch die Abfallimporte sind die Kapazitäten in den Müllverbrennungsanlagen so ausgelastet, dass wir mit erheblichen Preisanstiegen konfrontiert werden, wenn wir unseren eigenen Müll loswerden wollen."

In Lisa machte sich eine tiefe Müdigkeit bemerkbar, sie verspürte den Wunsch, das Gespräch zu beenden. Dieses ganze Thema Müll deprimierte sie und sie erwartete keine weiteren Informationen, die ihr im Moment wichtige Hinweise hätten geben können.

"Ich danke ihnen, Herr Thomée und wünsche ihnen noch eine angenehme Zeit."

"Schön, dass sie sich gemeldet haben. Rufen sie ruhig an, wenn sie noch Fragen haben. Ich helfe ihnen gern weiter, wenn ich kann", sagte er wieder mit diesem angenehmen warmen Ton in Stimme.

Während Lisa noch am Strand die frische Meeresluft und die Bewegung genoss, meldete sich wieder ihr Telefon. Es war Viktor, wie erwartet.

"Ja, hallo Lisa, ich bin noch in der Wohnung von Carla und habe mir ihre alten Fotoalben mal angeschaut. Das ist wirklich interessant, sie hat mit ihrer Mutter jedes Jahr den Sommerurlaub in Italien verbracht, entweder in Amalfi und Positano oder auch auf Capri. Die Mutter war schon eine besonders attraktive Frau."

Lisa musste im Stillen schmunzeln, in Viktors Stimme lag die gleiche Bewunderung, wie sie sie vor ein paar Minuten bei Robert Thomée raus gehört hatte. ‚Männer' dachte sie, verständnisvoll den Kopf ein wenig schüttelnd.

"Und waren sie allein unterwegs, oder ist zu erkennen, ob andere Personen dabei waren, ein Mann zum Beispiel. Sind irgendwelche Erinnerungsstücke mit eingeklebt?"

"So wie ich es sehe, waren Mutter und Tochter allein dort. Es gibt nur Bilder, keine Belege oder so, wenn Du das meinst. Sie hatten wohl auch kein Stammhotel, also so eine Unterkunft, in der sie immer wieder wohnten. Und stell dir vor, sie sind mit dem Auto angereist. Für die Zeit schon eine ganz stolze Leistung. Die Mutter scheint ja ganz schön couragiert gewesen zu sein."

Soso, couragiert, dachte Lisa. Das ist doch mal wieder typisch, redet den Frauen ruhig weiter ein, dass Autofahren ja eigentlich nur die Männer können.

"Aber das mit dem Urlaub in Italien, ist vielleicht gar nicht verwunderlich. Die Mutter von Carla hat bei einem Großhandel für Südfrüchte und Wein gearbeitet, der aus der Region Kampanien viel Ware bezogen hat." hörte sie Viktor weitersprechen.

"Willst du sagen, sie hätte hier auch geschäftlich zu tun gehabt?"

"Das kann ich noch nicht sagen, ich werde morgen mit der Firma Kontakt aufnehmen, vielleicht kann mir ja noch jemand etwas über sie sagen. Sie ist allerdings schon einige Jahre in Ruhestand gewesen. Ich habe hier im Album Bilder von der Verabschiedung gesehen, deshalb komme ich darauf."

"Gut, dann warte ich morgen auf deinen Anruf. Ich wünsche dir noch einen schönen Abend!"

"Ja, danke. Ich dir auch. Verbringst Du ihn mit Deinen netten Commissarios?" Dieser leicht anzügliche Unterton in seiner Stimme war nicht zu überhören.

"Ich werde jetzt in mein Hotelzimmer gehen und schlafen. Allein, wenn du es wissen möchtest!" sagte Lisa in einem spielerisch scharfen rügenden Ton. Sie lachte und beendete das Gespräch.

Auf ihrem Weg zum Hotel kreuzte Lisa die Via Roma mit den gemütlichen Bars und Trattorien, schlenderte weiter durch die Gassen der Altstadt mit den vielen kleinen Geschäften und den herrschaftlichen Palazzi, die noch den Ruhm und Glanz Salernos während der langobardischen und normannischen Epoche erahnen ließen. Schließlich erreichte sie den imposanten Dom mit der Kreuzfahrerkapelle und dem Grab von Papst Gregor VII. Sie verweilte einen Moment, um dieses Gewirr aus kleinen Gassen und Plätzen auf sich wirken zu lassen und bog dann ab zu ihrem Hotel. Sie hatte dieses Hotel gewählt, weil es sehr nahe an der Questura lag. Es war ein gut renoviertes Stadthaus aus dem siebzehnten Jahrhundert. Die Zimmer waren geschmackvoll eingerichtet mit antiken Möbeln und Accessoires. Der Spagat zwischen Modernem und Altem war hervorragend gelungen. Ihr Zimmer war wahrhaft fürstlich anzusehen, über dem Bett ein geraffter Baldachin, die auf einer Kugel sitzenden herzallerliebsten Putten, die auf den klassischen Nachtischchen dekoriert waren, schauten mit keckem Blick in die Welt oder viel mehr in das Schlafgemach. Sie hatte die Balkontür geöffnet, um die angenehme Luft herein zu lassen und die Aussicht auf die ihr zu Füssen liegende Stadt zu genießen. Sie spürte, dass sie innerlich immer ruhiger wurde und sich entspannte und dass das immer noch lebendige Treiben in der Stadt, ihre trüben Gedanken vertrieb und schon bald befiel sie eine tiefe Müdigkeit

----

Andrea saß noch in der Questura und sprach mit seinem ehemaligen Kollegen Sergio Resina, der weiterhin bei der Polizei in Neapel arbeitete. Andrea berichtete ihm über ihren Fall mit den zwei Ermordeten und dem Verdacht der deutschen Kollegen, dass es möglicherweise mit illegalen Müllgeschäften zu tun hätte.

"Es kann natürlich ein Zufall sein, dass diese Gruppe aus Deutschland genau zu diesem Zeitpunkt hier ist. Wir sollten aber jeder Spur nachgehen", meinte Andrea.

"Das sehe ich auch so. Wir ermitteln hier in Neapel aktuell an einigen Fällen von Müllschieberei zwischen Deutschland und Italien", erwiderte Sergio.

"Ich sehe nur keine Verbindung zu den Morden."

"Zufällig am falschen Ort und weg bist du. Die Mafia fackelt da nicht lange. Die töten schon für weniger", sinnierte Sergio. "Und hier geht es um richtig viel Geld, dazu mit wenig Aufwand verdient."

"Da hast du leider recht. Giftmüll umdeklarieren, gefährliche Abfälle verbuddeln und Millionen daran verdienen. Italienische, aber wie es aussieht mittlerweile auch deutsche Methoden."

"Ja, mit dem Müll importieren wir auch das Know how!", scherzte Sergio. "Also meine Jungs und ich halten ein Auge auf die Truppe. Das geht klar."

"Ruf mich an sobald du was hast!"

"Klar, mache ich. Und übrigens, Andrea, wir sollten uns mal wieder treffen und einen Zug durch die Gemeinde machen!"

"Gute Idee, Sergio. Sobald der Fall hier vom Tisch ist! Ich freue mich darauf."

V

Als Lisa am nächsten Morgen die Augen aufschlug und in den neuen Tag hinein blinzelte, war sie freudig überrascht, wie gut sie geschlafen hatte. Die rundlichen Putten auf dem Nachttischchen lachten sie fröhlich an, als wollten sie sagen, wir haben gut über deinen Schlaf gewacht, kleine Prinzessin unter dem Baldachin. Sie fühlte sich erholt und ihre Gedanken erschienen ihr erstaunlich gut sortiert. Sie war gut in der Zeit, deshalb duschte sie ausgiebig, machte sich in aller Ruhe fertig und genoss zum Frühstück den leckeren selbstgebackenen Kuchen aus der hoteleigenen Küche, um sich dann zum Fähranleger an der Piazza de Concordia aufzumachen, wo sie auf den bereits wartenden Andrea traf.

Er hatte vorgeschlagen, die Fähre nach Amalfi zu nehmen, die bis dort nur eine gute halbe Stunde benötigt, was auf der SS163, der kurvenreichen Küstenstraße Amalfitana nicht gelingen würde.

Auf der Fähre berichtete Lisa von ihrem Gespräch mit Viktor und gab die Informationen weiter. Andrea hörte ihr interessiert zu. Doch bevor er weiter darauf eingehen konnte, meldete sich sein Telefon. Während Andrea den Anruf entgegen nahm, schaute Lisa voller Begeisterung auf das Panorama der vorbeiziehenden Küste und konnte sich kaum sattsehen an der überwältigenden Schönheit der Landschaft. Andrea beobachtete sie, wie sie an der Reling stand und es ihr anzusehen war, wie sie die Eindrücke in sich aufsog. Konzentriert und mit all ihren Sinnen eingetaucht in die Bilder der malerischen Küstenorte mit den bizarren, angstfrei gebauten und verschachtelten Gebäuden, die sich über etliche Stockwerke an den Felswänden hochzogen. Begeistert war sie von der grandiosen Landschaft aus einem satten Grün, unterteilt in fruchtbare, schmale, jeden Meter ausnutzende Terrassen mit Zitronen und Wein. Darüber ragten hier und da schroffe Felsformationen steil auf.

Als Andrea wieder zu ihr trat, sagte sie mit einem Lächeln auf dem Gesicht, das ihn spüren ließ, wie zugewandt sie ihm in diesem Augenblick war:

"Es ist wunderschön. Wie in einem Bilderbuch. Ein Meisterwerk von Mensch und Natur gleichermaßen."

Wieder musste er über diese Frau staunen und wusste für einen Moment nichts darauf zu erwidern.

"Ja, es ist tatsächlich wunderschön!", sagte er und dachte dabei, 'du bist wunderschön, Lisa'. „Ich könnte mir zum Leben keinen schöneren Platz vorstellen!", fügte er schnell hinzu.

Lisa nahm ein Lächeln auf Andreas Gesicht wahr, betrachtete es als Zustimmung für seine Zufriedenheit mit seinem Leben hier.

Rasch wechselte Andrea das Thema und berichtete ihr, dass es Matteo war, der ihn soeben angerufen hatte.

"Matteo hat noch mal versucht, etwas über die Waffen herauszubekommen. Wie schon vermutet, gehen die Experten davon aus, dass es sich um Waffen handelt, die im zweiten Weltkrieg von der deutschen Wehrmacht benutzt wurden. Als die deutsche Besatzungsmacht 1943 während der Quattro Giornate di Napoli erfolgreich zum Rückzug gezwungen wurde, waren sie sozusagen Kriegsbeute und verschwanden in irgendwelchen Verstecken. Auch die Munition kann von überall sein. Also was wir nach wie vor haben ist wenig."

"Was bedeuten die "Vier Tage von Neapel"?" fragte Lisa interessiert nach, da sie mit diesem Begriff überhaupt nichts anfangen konnte.

Andrea erzählte, dass damit der Zeitraum vom 27. - 30. September 1943 gemeint sei. In diesen vier Tagen hatte die Bevölkerung von Neapel sich in einem Volksaufstand von der Besatzung durch die deutschen Truppen befreit. Weil Lisa mehr wissen wollte, erzählte Andrea weiter.

"Der Aufkündigung des Bündnisses zwischen Italien und Deutschland, folgte am 8. September 1943 die Kapitulation Italiens. Neapel war durch über hundert Luftangriffe durch die Deutschen eine weitgehendst zerstörte Stadt. Die Bewohner lebten in Trümmern und in Kellern, die Versorgung war vollkommen zusammengebrochen. Der deutsche Oberst, der als Stadtkommandant die zivile und militärische Gewalt ausübte, gab den Befehl, die Stadt erst zu verlassen, wenn sie völlig in Schutt und Asche liegt. Darauf erfolgte die systematische Brandstiftung und Zerstörung aller Gebäude, der Wasserversorgung und des Hafens. Die Stadt wurde ausgeplündert und alles, was Wert hatte, wurde abtransportiert. Das Allerschlimmste war aber die Jagd auf die Bewohner Neapels und die massenhaften willkürlichen Erschießungen. Am 26. September waren auf der Piazza Giardinetto Männer für den Abtransport zur Zwangsarbeit nach Deutschland zusammengetrieben worden. Über hundert Frauen und Kinder nur mit Küchenmessern und Holzprügeln ausgestattet, stellten sich mit dem Mut ihrer ganzen Verzweiflung den schwer bewaffneten Wachmannschaften entgegen. Diese waren so überrascht, dass sie die Flucht ergriffen und die Männer konnten befreit werden. Dieser spontane Aufstand breitete sich auf verschiedene Stadtteile aus. Als die Deutschen mit Geiselnahmen und Exekutionen reagierten, mündete dies in den Volksaufstand. Die Aufständischen konnten den deutschen Stadtkommandanten in dessen Befehlszentrale einschließen, die deutschen Soldaten wurden zur Aufgabe und zum Abzug gezwungen. Einen Tag später marschierten dann die ersten alliierten angloamerikanischen Truppen in Neapel ein."

Lisa war sehr betroffen von dem, was Andrea berichtete, wie immer, wenn sie mit den Nazi-Verbrechen konfrontiert wurde. Obwohl sie sich darüber im Klaren war, dass sie nicht selbst verantwortlich war, für das, was an unendlichem Grauen geschehen war, fühlte sie durchaus Schuld und Scham. Aber das war auch so in Ordnung für sie, weil es ihr Bewusstsein dafür schärfte, wie wichtig der Widerstand gegen jegliche rechten Ideologien ist, weil sie hierin ihre Verantwortung sah und es machte ihr wieder einmal bewusst, dass es wichtig ist, sich mit der gemeinsamen leidvollen Geschichte auseinanderzusetzen.

"Mir war gar nicht bewusst, dass Neapel auch so unter den Deutschen im zweiten Weltkrieg gelitten hat. Natürlich kenne ich die schrecklichen Verbrechen, die in Sant'Anna di Stazzema oder in Marzabotto geschehen sind. Ich habe auch die Diskussionen verfolgt, über die Entschädigung für die Opfer der Massaker oder der Menschen, die zur Zwangsarbeit nach Deutschland verschleppt wurden." nahm Lisa das Gespräch auf und fügte hinzu: "Es macht mich unendlich traurig, wenn ich sehe, was meine Landsleute für unbeschreibliches Leid über andere gebracht haben und ich bewundere diesen Mut der Frauen und Kinder. Das sind die wahren Helden!"

Andrea blieb die Trauer in den Augen von Lisa nicht verborgen, auch nicht die Tränen, die aufstiegen.

"Ja, es ist immer noch ein großes Trauma. Die Überlebenden fühlen sich alleingelassen mit ihrem Schmerz. Es geht den meisten nicht um Rache, sondern um Gerechtigkeit. Sie wollen, dass das, was ihnen angetan wurde, nicht abgeschmettert wird, sondern dass es gesehen wird, als das, was es ist. Ein Verbrechen. Ein Verbrechen an der Zivilbevölkerung. Und wenn dann deutsche Gerichte Verfahren niederschlagen mit der Begründung, die Mordabsicht sei nicht beweisbar, dann fühlen die Betroffenen sich erneut verletzt und verhöhnt. Angesichts von bis zu 165 Morden am Tag, wie eine Historikerkommission feststellte, liegt es nahe, dass es sich um sogenannte Nero-Befehle handelte. Ich kann die Menschen gut verstehen", sagte Andrea.

"Ich stimme dir voll und ganz zu. Ich sehe das auch so.", erwiderte Lisa. „Natürlich ist die Bundesrepublik ein neuer Staat und es ist gut, dass wir uns deutlich zum Nazi-Deutschland distanzieren, aber ich denke auch, wir können dieses wichtige Kapitel unserer gemeinsamen Geschichte nicht weiter verdrängen und totschweigen, nur weil wir Angst haben, unsere Beziehungen könnten diese Belastungsprobe nicht aushalten."

"Es ist ja schon mal ein erster Schritt, dass euer Bundespräsident Sant'Anna di Stazzema besucht hat und dort der Opfer gedachte und zur Versöhnung aufgerufen hat."

"Ja, da hast du recht. Es ist zumindest ein Anfang. Immerhin schon nach siebzig Jahren!" fügte Lisa mit einem ironisch-resignierten Unterton hinzu.

"Es wird immer wieder gesagt, dass ihr Deutschen euch ziemlich schwer tut mit der Verarbeitung eurer Geschichte."

Lisa musste einen Moment darüber nachdenken, was Andrea gerade sagte.

"Aufgrund des Wissens über die Verbrechen der Vergangenheit, tragen wir die Verantwortung dafür, dass so etwas nicht wieder von unserem Land ausgeht. Dies ist verankert in vielen gesetzlichen und gesellschaftlichen Regeln, in unseren Werten. Dies wirkt möglicherweise besserwisserisch und vorbildlich, aber im Grunde ist es das Bestreben, so wenig wie möglich falsch zu machen auf dem Hintergrund unserer Geschichte. Dann sind wir bemüht, die Gefühle anderer nicht zu verletzen, da uns sehr schnell vorgeworfen wird, dass wir rassistisch seien. Dies führt oftmals dazu, dass wir übervorsichtig reagieren, politisch versuchen überkorrekt zu sein, versuchen, alles zu verstehen."

Andrea musste daran denken, dass er selbst auch so ein unterschwelliges ablehnendes Unbehagen spürte, eben dieses Gefühl, dass er auch hatte, als er hörte, dass sie mit einem deutschen Kommissar zusammenarbeiten sollten und jetzt konnte er es besser einordnen woher seine Vorbehalte kamen. Ressentiments aufgrund dieser verdrängten und nicht aufgearbeiteten gemeinsamen Geschichte. Lisa hatte vollkommen recht, es musste darüber gesprochen werden, damit diese Ressentiments ausgeräumt werden können. Miteinander reden, miteinander im Kontakt sein, um zu begreifen, wie die anderen ticken, das ist wichtig. Ansonsten reicht ein kleiner Anlass und es bricht etwas aus und kann bis in Hass hineinmünden.

Er war froh, Lisa begegnet zu sein. Er schätzte ihre Art und ihre Sicht auf die Dinge. Er konnte sich nicht vorstellten, dass es mit einer Frau wie Lisa jemals langweilig würde.

"Ah, ist das dort schon Amalfi!", rief Lisa ganz erfreut.

"Ja, das ist Amalfi. Wir haben es gleich geschafft."

Die Fähre bog ein in die Bucht, hinter der sich der Ort Amalfi erstreckte. Beim Näherkommen, konnte Lisa die verschachtelten Häuser, die waghalsig in die Höhe gebaut waren, damit die geringe Fläche möglichst vielen Bewohnern Platz bietet und die engen Gassen erkennen, überragt von der majolikaverzierten Kuppel des zum Dom gehörenden Campanile.

Andrea erzählte ihr, dass der Dom auch Cattedrale di Sant'Andrea genannt wird und dass auf dem Vorplatz eine Statur des Heiligen Andrea steht.

„Der Schutzpatron der Fischer", fügte Lisa hinzu „aber auch die Hoffnung vieler junger Mädchen, die den heiligen Andreas früher gern befragten, wer ihr Zukünftiger werde."

Lisa entging der amüsierte Ausdruck auf Andreas' Gesicht nicht, der mit einem belustigten Ton in seiner Stimme bei der Verbindung zu seinem Namensgeber darauf erwiderte: „Da bin ich wohl kein gutes Orakel! Aber ich kann Dir verraten, dass das Gelb der Kuppel symbolisch für die Zitronen steht, die für unsere Region so typisch sind und das Grün für das Meer."

Lisa lauschte gern Andreas Ausführungen, er hatte eine besondere Gabe zum Erzählen.

Die Sicht auf die Häuserfront war verdeckt durch die vielen Autobusse, die am kleinen Hafen auf die Reisenden für die Weiterfahrt in die umliegenden Orte warteten. Sie bahnten sich einen Weg durch das Gewusel von Menschen, Bussen und Autos als Andrea das Auto der Polizia Locale entdeckte. Bevor sie es erreichten, stieg schon eine junge, attraktive Polizistin aus, die freudig winkend auf sie zukam und Andrea herzlich mit Umarmung und Küsschen begrüßte.

Das war dann wohl geklärt, zumindest das heilig scheint der Commissario nicht mit seinem Namensgeber zu teilen, schoss es Lisa amüsiert durch den Kopf. Doch bevor sie sich dies in ihren Gedanken weiter ausmalen konnte, wandten sich beide Lisa zu und Andrea stellte ihr Teresa vor, die in Salerno gearbeitet hatte, nun wegen ihrer Familie nach Amalfi zurückgekehrt war.

Wie sich herausstellte, war Teresa zusammen mit einem Kollegen als erste am Tatort eingetroffen und war damit mit dem Fall bestens vertraut.

Teresa brachte sie zuerst zum Hotel, was in diesen engen Gassen gar nicht so einfach war. Gleich drei der Busse hatten sich Richtung Positano auf den Weg gemacht und fuhren die enge Straße bergan, was die Autofahrer der Gegenrichtung nicht davon abhielt, auch zu versuchen, sich wiederum ihren Weg in die andere Richtung zu bahnen, was jedoch dazu beitrug, dass weder sie noch die Busse vorankamen, was nur dank einiger Rückwärtsmanöver gelang. Als das Knäuel begann sich aufzulösen, schlängelte sich Teresa durch das Chaos hindurch und schon standen sie vor dem Hoteleingang, der in eine Felswand hineingelegt war. Das Hotel selbst war ein ehemaliges Kloster aus dem dreizehnten Jahrhundert mit einer spektakulären Lage auf einer Klippe hoch über Amalfi. Sie meldeten sich an der Rezeption und wurden zu dem versiegelten Zimmer begleitet. Sie traten ein. Lisa ließ ihren Blick kreisen und stellte fest, dass alles ordentlich war, nichts deutete auf ein überstürztes Verlassen des Zimmers. Lisa schaute sich die Unterlagen an, die im Zimmer herumlagen. Einige Prospekte, Visitenkarten von Restaurants aus der Umgebung, ein Reiseführer und Bücher mit aktuellen Titeln, von denen Lisa gehört hatte. Keine Tickets oder sonstige Dokumente. Lisa vermutete, dass sich all dies auf den verschwundenen Handys befand. Soweit die Kleidungsstücke Taschen hatten, schaute Lisa nach, ob sich irgendetwas darin finden ließ, obwohl sie davon ausging, dass auch die italienischen Kollegen dort schon nachgeschaut hatten.

"Nichts!" sagte sie kurz und knapp und schaute achselzuckend auf Andrea und Teresa, die sie beobachtet hatten, wenn sie nicht gerade miteinander munter plauderten.

An dieser Stelle fragte Lisa nochmals nach den Handys oder PCs. "Und ihr habt weder die Handys noch ein Tablet oder ähnliches gefunden?"

"Nein, haben wir nicht." antwortete Andrea resigniert oder ein wenig verzagt, wie Lisa meinte herauszuhören.

Die Befragung des Hotelpersonals hatte keine weiteren dienlichen Erkenntnisse gebracht, bis auf die bekannte Information, dass am Samstagmorgen ein Telefonanruf für die beiden eingegangen war. Lisa wusste, dass der Anruf von einem Prepaid-Handy, dessen Nummer nicht erkennbar war, getätigt wurde. An der Rezeption konnte man sich erinnern, dass die beiden das Hotel so gegen vierzehn Uhr am Samstag verlassen hatten. Da es nicht üblich ist, sich abzumelden, hatten sie auch nicht genannt, wohin es gehen sollte. Die Mitarbeiterin an der Rezeption konnte sich noch erinnern, dass sie mit ihrem Leihwagen nach rechts losgefahren waren. Das passte überein mit der Richtung Furore.

Sie verließen das Hotel und Teresa fuhr die Strecke, die mit großer Wahrscheinlichkeit Sebastian und Carla auch genommen hatten, ohne zu wissen, dass es eine Fahrt in den Tod war. Teresa bog von der Küstenstraße ab und eine schwindelerregende Straße führte in langgezogenen Serpentinen zu dem beschaulichen Ortsteil von Furore, der touristisch erschlossen, aber weniger überlaufen war.

'Was wolltet ihr hier', fragte sich Lisa immer wieder.

"Gibt es hier ein besonderes Restaurant, eine besondere Sehenswürdigkeit oder sonst irgendetwas, warum Touristen hier heraufkommen?" dachte Lisa laut und schloss Andrea und Teresa so in ihre Gedanken mit ein.

"Das habe ich mich auch schon gefragt, nachdem wir zu dem Tatort gerufen wurden", sagte Teresa. "Die meisten Touristen schauen sich den unteren Teil von Furore an, den Fjord mit der beeindruckenden Brücke darüber. Wenige verirren sich nach hier oben, weil sie den Ort mit dem Film "Amore" in Verbindung bringen und mit dem berühmten Liebespaar Anna Magnani und Roberto Rossellini, die sich während der Dreharbeiten ineinander verliebten und hier anschließend ein Liebesnest hatten. Außerdem gibt es die Wandmalereien. Und dann ist da noch das Weingut. Immerhin in Deutschland nicht ganz unbekannt, da euer Altbundeskanzler Gerhard Schröder ihn zu einem seiner Lieblingsweine kürte. Einen Termin hatten sie dort nicht, das habe ich abgeklärt. Die letzte Erklärung, die ich sehe, ist die, dass sie die Straße auf die andere Seite nehmen wollten, um zur Autobahn zu kommen. Vielleicht wollten sie nach Neapel."

Lisa hatte den Ausführungen von Teresa voller Respekt gefolgt, als sie das berühmte Liebespaar und den Film erwähnte, verstand Lisa, warum Andrea von "Furia e Amore" sprach.

Andrea hatte bis jetzt geschwiegen und Teresa zugehört, als er jetzt sagte:

"Ich kann mir auch keinen Reim daraus machen. Ich glaube nicht, dass sie wegen der Wandmalereien oder anderer touristischer Highlights hierhin gekommen sind!"

Teresa bog an der renovierungsbedürftigen Kirche von der Nationalstraße ab und fuhr auf einer kleinen Straße oberhalb der Kirche weiter. Die Besiedlung nahm immer weiter ab und die kleine Straße wurde zu einem holprigen Weg, der schließlich im Nirgendwo endete. Lisa erahnte, dass sie ihr Ziel, das auf einem Felsplateau lag, erreicht hatten. Nicht weit von der Stelle entfernt, wo sie nun anhielten, fiel der schroffe Fels tief hinunter in eine

Schlucht, wo unten ein fjordähnlicher Fluss zu erkennen war. Es war ein wahrlich großartiges Panorama. Aber konnte es sein, um dies zu sehen, an einem Samstagnachmittag hierhin zu fahren? Und auch für so etwas Banales wie eine Pinkelpause lag es ein wenig zu weit vom Weg ab, da hätte es einfachere Möglichkeiten gegeben.

Teresa berichtete, wie sie diesen Ort am Sonntag vorgefunden hatte. Es war die Geschichte, wie sie Lisa nun schon mehrmals gehört und im Bericht gelesen hatte.

"Könnte es sein, dass sie sich für den Sentiero degli Dei interessiert haben, vielleicht hatten sie vor, in den nächsten Tagen eine Wanderung zu machen." warf Andrea ein.

Lisa hatte schon von diesem atemberaubenden Wanderweg, dem Götterpfad gehört, sie war bisher aber auf keine Wanderausrüstung gestoßen, deshalb hakte sie nach.

"Wurde denn eine Wanderausrüstung gefunden? Ich denke für diesen Weg ist zumindest festes Schuhwerk empfehlenswert, vielleicht sogar Wanderstöcke. Hatten sie irgendwo entsprechendes Kartenmaterial oder Kontakt zu einem Wanderführer?"

"Du hast recht, wir haben nichts dergleichen gefunden."

Teresa gab noch zu bedenken, dass der Einstieg in den Weg etwas weiter oberhalb in der Ortschaft Agerola liege. Die beiden müssten sich dann ganz schön verfahren haben.

Lisa stand da, ihr waren die Fragen, die ihr durch den Kopf gingen, auf dem Gesicht abzulesen.

Was hatten sie bisher übersehen? Warum hatten sie noch keine Anhaltspunkte? Worum ging es hier? Wie kam es, dass Carla im Mittelpunkt ihrer Überlegungen stand? Was, wenn es hier um Sebastian Kunnert ging?

Fragen über Fragen, die Lisa durch den Kopf schwirrten. Lisa war so mit diesen Fragen beschäftigt, dass sie, als ihr Handy klingelte, zusammenzuckte. Sie nahm es und sah, dass es Viktor war. Sie gab Andrea und Teresa ein Zeichen und nahm das Gespräch entgegen.

"Hallo Viktor, wir sind gerade hier am Tatort. Gibt es bei dir etwas Neues?"

"Tag, Lisa! Ja, könnte sein, dass wir etwas Interessantes herausbekommen haben. Wir haben jetzt die Daten von der Telefongesellschaft bekommen und da gibt es eine Nummer in Italien, die von Carlas Anschluss in der letzten Zeit mehrmals angerufen wurde."

"Und habt ihr schon herausgefunden zu wem die Nummer gehört?"

"Nein, das wollten wir euch überlassen. Ich schicke dir die Nummer gerade."

"Danke, super Arbeit Viktor! Ich halte dich auf dem Laufenden," damit beendete sie das Gespräch. Das Signal für eine eingehende Nachricht, ließ nicht lange auf sich warten. Lisa schaute sofort nach und berichtete Andrea und Teresa von dem Gespräch.

"Dies ist die Nummer. Willst Du sofort dort anrufen?", fragte sie Andrea.

"Das ist ein Anschluss in Neapel", sagte Teresa, die ebenfalls die Nummer betrachtete, während Andrea schon dabei war, sie in sein Handy zu tippen.

"Der Ruf geht raus", signalisierte Andrea mit einer bejahenden Kopfbewegung.

Lisa konnte das "Pronto" auf der anderen Seite hören und sah gespannt auf Andrea.

"Guten Tag, hier ist Commissario Andrea Commodori von der Polizei in Salerno. Kennen sie eine Carla Wissgold aus Köln?"

Es trat ein kurzer Moment des Schweigens auf, indem für Lisa die Zeit stehen zu bleiben erschien. Sie hielt den Atem an in Erwartung dessen, was nun kommen würde.

"Könnten sie mir meine Frage bitte beantworten," sagte Andrea bestimmt.

"Aus welchem Grund wollen sie das wissen?"

"Wie gesagt, beantworten sie einfach meine Frage und sagen sie mir, wer sie sind."

"Ich bin Carlas Vater!"

"Sie sind der Vater von Carla Wissgold? Habe ich das richtig verstanden?"

"Ja, das haben sie! Jetzt sagen sie mir aber endlich, was los ist und warum sie nach Carla fragen. Ist etwas mit ihr passiert."

Lisa verstand jedes Wort, da Andrea auf mithören gestellt hatte, auch die zunehmende Nervosität in der Stimme auf der anderen Seite war Lisa nicht entgangen. Genauso war Lisa nicht entgangen, dass Andrea für einen Moment sprachlos war, da er mit allem aber nicht mit dieser Wendung gerechnet hatte. Er schaute Lisa an, die sein ebensolches fassungsloses Spiegelbild abgab.

"Nennen sie mir bitte ihren Namen."

Mittlerweile mit gereizter Stimme kam von der anderen Seite "Mein Name ist Paola Massimo. Ich will jetzt sofort wissen, was mit Carla ist."

"Signor Massimo, ich muss ihnen leider mitteilen, dass Carla tot ist."

"Tot! Carla ist tot? Was ist passiert, hat sie einen Unfall gehabt? Was ist mit ihrem Freund Sebastian?"

"Er ist ebenfalls tot. Signor Massimo, ich muss sie das fragen. Wo waren sie am Samstag?"

"Ich bin am Samstag zusammen mit meinem Sohn nach München geflogen. Einer unserer Importeure hatte von Sonntag bis Dienstag eine Hausmesse. Wir haben unsere Produkte dort präsentiert. Wir sind gestern erst wieder zurückgekommen. Ich wollte Carla und ihren Freund morgen in Ravello treffen. Aber warum fragen sie mich, wo ich mich am Samstag aufgehalten habe?"

"Carla und ihr Freund hatten keinen Unfall, sie sind am Samstag ermordet worden!"

"Ermordet?"

Lisa zuckte zusammen beim Aufschrei von Paolo Massimo über das Unglaubliche, das er gerade zu hören bekam.

"Ja, ermordet. Ich kann ihnen aber nicht mehr erzählen. Meine deutsche Kollegin und ich hätten noch einige Fragen, die wir gern mit ihnen persönlich besprechen würden. Ist das möglich?"

"Äh, ja natürlich. Das verstehe ich. Wir könnten uns morgen in meinem Haus in Ravello treffen, dann müssen sie nicht nach Neapel kommen", erwiderte er immer noch um Fassung ringend.

"Danke, das ist wirklich sehr nett von ihnen."

Andrea notierte sich noch die Adresse und bedankte sich, nicht ohne zu fragen, ob er noch etwas für ihn tun könne. Da dies verneint wurde, beendete Andrea das Gespräch.

Erst einmal schwiegen alle drei und schauten sich nur an, jeder mit seinen eigenen Gedanken beschäftigt.

Es war Teresa, die das Schweigen brach, indem sie so banal wie auch richtig bemerkte, dass das ja mal ein dicker Hund sei. Sie hätte mit vielem gerechnet, aber nicht damit. Sie brachte auf den Punkt, was auch Lisa und Andrea dachten.

"Und was hat das mit dem Mord an den beiden zu tun?" Auch damit stellte sie die Frage, die sich die beiden anderen genau in diesem Moment stellten.

"Diese Frage kann ich dir noch nicht beantworten. Warten wir das Gespräch morgen ab, zumindest haben wir nun jemanden, der uns etwas über die beiden erzählen kann und vielleicht bringt uns das weiter," bemerkte Andrea und sagte dann noch:

"Schönen Gruß an deinen Kollegen Viktor, sag ihm, er hätte gute Arbeit geleistet!"

Während sie wieder zurück nach Amalfi fuhren, telefonierte Lisa mit Viktor und gab die Information und natürlich auch das Lob weiter. Lisa und Viktor vereinbarten, dass Viktor, bei der Firma, bei der Carlas Mutter gearbeitet hatte, nachfragt, ob es eine Zusammenarbeit mit der Firma von Paolo Massimo gegeben hat und ob sich die beiden kannten. Es dauerte nicht lange bis sich Viktor wieder meldete und bestätigte, dass Paolo Massimo bereits seit den frühen siebziger Jahren zu einem der wichtigsten Lieferanten für Produkte aus der Region Kampanien zählte und dass Frau Wissgold, also Carlas Mutter, selbstverständlich mit Herrn Massimo zu tun hatte, da sie sich von den alljährlich stattfindenden Hausmessen und der Auftragsabwicklung kannten.

Wieder zurück in Amalfi verabschiedeten sich Lisa und Andrea von Teresa und gingen zum Fähranlieger. Da die Fähre ihnen gerade vor der Nase davongefahren war, hatten sie Zeit in einem etwas abseits liegenden Ristorante, das mit Stolz darauf verwies bereits 1949 gegründet worden zu sein, eine Kleinigkeit zu essen. Von der Terrasse des Ristorante, das direkt an dem kleinen Hafen nahe der mächtigen Schutzmole lag, hatten sie einen schönen Blick über den Hafen, aufs Meer und die Stadt. Lisa hätte sich gewünscht, hier als Touristin wie jetzt in der Sonne zu sitzen und das schöne Panorama zu genießen. Hoch über ihnen residierte das Hotel, in dem Carla und Sebastian gewohnt hatten. Vielleicht hatten die beiden ja auch hier gesessen, hatten das leckere Essen und diese pittoreske Umgebung genossen. Vielleicht hatten sie sich über Carlas Vater unterhalten. Seit wann wusste Carla wohl, dass Paolo Massimo ihr Vater war? Robert Thomée hatte doch erzählt, dass Carla nicht wusste, wer ihr Vater ist. Und was wollte sie von Paolo Massimo? Wollte sie ihn kennenlernen? Hätte Paolo Massimo einen Grund Carla zu töten? All das, was ihr an Gedanken und Fragen durch den Kopf ging, teilte sie Andrea mit. Auch er vermutete, genau wie es Lisa tat, dass der Tod von Carlas Mutter möglicherweise in irgendeiner Verbindung zu den Morden stand. Aber in allem war immer noch nicht ein ersichtlicher Grund, ein Motiv zu sehen, warum die beiden getötet wurden. Und ohne Motiv war es schwer, auf den Täter zu schließen. Immer wieder stellten sie sich die Frage, was sie übersahen.

Sie schlenderten zurück zum mittlerweile überfüllten Fähranleger und bekamen gerade noch die letzten Plätze, was bedeutete, dass sie sich auf der Bank gegenübersaßen, eingezwängt zwischen den anderen Mitfahrenden. So verbrachten sie die Rückfahrt eher schweigend, jeder in den eigenen Überlegungen versunken.

Andrea betrachtete Lisa, die seine Blicke mit einem Lächeln erwiderte. Es war gerade mal ihr zweiter Tag und es kam ihm so vor, als würde er schon ewig mit Lisa zusammenarbeiten. Sie war ihm schon so vertraut, obwohl er wenig von ihr wusste. Er fand sie äußerst angenehm in ihrer Art, wie sie in Bezug auf den Fall dachte, wie sie sich mitteilte, seine Meinung schätze, wie sie mit Menschen umging. Sie war offen und freundlich. Er musste sich eingestehen, dass er sie sehr sympathisch fand.

Als ein Paar, welches er als Touristen einschätzte, aufstand, um von einer anderen Position her bessere Bilder von der Küste in ihre Kamera zu bannen, nahm er die Gelegenheit wahr und rückte näher an Lisa und versuchte seine Wissenslücken über sie zu schmälern.

"Wie lange bist du eigentlich schon im Polizeidienst?" mit dieser Frage dachte er einen guten Einstieg zu haben,

"Seit beinahe zehn Jahren. Ich habe zuerst Psychologie studiert, einige Semester in Padua. Nach dem Diplom habe ich mich entschlossen, zur Polizei zu gehen. Es war so eine Phase, wo ich noch mal was ganz Anderes brauchte."

"Wie kam es, dass du in Padua studiert hast?" fragte Andrea überrascht.

"Der Hauptgrund war Lorenzo. Erinnerst Du Dich, es ist der italienische Vetter meiner Freundinnen, in den ich mich unsterblich verliebt hatte. Wir hatten eine tolle Zeit."

"Und trotzdem seid ihr nicht mehr zusammen, obwohl du sagst, es war eine tolle Zeit." sagte Andrea überrascht. So toll kann es dann ja wohl doch nicht gewesen sein, schluckte er lieber herunter.

"Klingt logisch!" war die verblüffend kurze Antwort.

Lisa nahm Andreas irritierten Gesichtsausdruck zum Anlass, ergänzend hinzuzufügen.

"Wir waren sehr jung, als wir uns ineinander verliebt haben. Es war neu und aufregend, wir haben es über die Entfernung hinweg geschafft, zusammen zu bleiben und an unserer Liebe festzuhalten. Und dann von einem zum anderen Augenblick geschieht plötzlich etwas, da ist da jemand anderes und alles ist anders und aus und vorbei."

"Du hast also einen anderen Mann getroffen!", forschte Andrea vielleicht eine Spur zu schroff weiter und Lisa meinte, etwas Verletztes raus zu hören.

Diesmal war sie es, die irritiert blickte und sich ein fragender Schatten auf ihr Gesicht legte. Bevor sie klären konnte, was da gerade schieflief, legte die Fähre in Salerno an und es war Zeit, auszusteigen.

Andrea hatte ihren Blick noch auffangen können und es war ihm nicht entgangen, dass sie ihn wie er fand, fragend anschaute. Klar verstand er, dass man auf einmal jemanden traf, für den man stärkere Gefühle empfand, dass Beziehungen auseinandergingen und neue entstanden. Aber wie oft hatte er auch schon gehört, dass sich Touristinnen in italienische Männer verliebten und diese für einen Urlaubsflirt gut genug waren, aber eben für was Festes nicht. So hätte er Lisa nicht eingeschätzt, ihr Flirt hatte ja auch länger angehalten, aber letztendlich hatte sie dann wohl doch Schluss gemacht.

Den kurzen Weg zur Questura legten Sie zu Fuß zurück. Ihr Gespräch weiterzuführen, hatten sie keine Gelegenheit, da Andrea auf ein Telefongespräch reagieren musste. In der Questura trafen sie auf Matteo, der schon mal die Person Paolo Massimo überprüft hatte. Sein Fazit, die Firma war sauber, soweit eine Firma sauber sein kann. Er besaß in Ravello eine Villa mit Namen Eva. Er war dort in der Nähe aufgewachsen und war seit langem ein großer Unterstützer und Förderer der dortigen alljährlich stattfindenden Musikfestspiele. Ein Büro hatte er in Neapel, sein Hauptwohnsitz war ein Weingut in der Nähe von Avellino, das aus dem Besitz seiner Frau resultierte. Matteo berichtete weiter, dass die Frau von Paolo Massimo vor zwei Jahren verstarb und dass die beiden zwei Söhne hatten.

„Hatten deshalb, weil der Jüngere nicht mehr lebt", führte er aus. „Der ältere, Maurizio, arbeitet ebenfalls in der Firma des Vaters. Die beiden sind tatsächlich an dem besagten Samstag nach München geflogen. Beide waren auf der Maschine eingecheckt."

„Was ist mit dem jüngeren Sohn passiert?", hakte Lisa nach.

„Der jüngere Sohn ist im Alter von sechs Jahren bei einem Unfall während eines Urlaubs auf Capri ums Leben gekommen. Er ist irgendwie in eine tiefe Schlucht gestürzt, den Sturz hat er nicht überlebt."

„Nichts Auffälliges also. Ist er irgendwo im Müllgeschäft tätig?", fragte Lisa.

„Nein, ich habe nichts gefunden. Wein, Südfrüchte und sonstige Lebensmittel aus Kampanien", erwiderte Matteo.

„Danke Dir Matteo! Wir werden morgen sehen, was bei dem Gespräch mit diesem Paolo Massimo rauskommt!"

Andrea wollte das Gespräch schon fast für beendet betrachten, als er in Matteos Gesicht noch etwas aufleuchten sah. Er kannte Matteo gut und wusste, dass dieser noch etwas Wichtiges hinterherschieben wollte.

„Na, rück schon raus! Du hast doch noch was in petto, ich kenne Dich!"

Lisa schaute die beiden erstaunt an und blickte ebenfalls erwartungsvoll auf die Antwort von Matteo, auf dessen Gesicht sich nun ein breites vielsagendes Lachen abzeichnete.

„Ich bin doch an dieser Pärchengeschichte drangeblieben. Und Bingo! Einer der damals involvierten Personen lebt in Neapel! Ein gewisser Francesco Lombardi, seinerzeit ein einflussreicher Geschäftsmann in Florenz, der mit Edelsteinen handelte. Er ist jetzt 67 Jahre alt."

„Siebenundsechzig ist für unseren Täter vielleicht ein bisschen zu alt", gab Lisa zu bedenken.

„Ja, das stimmt! Aber andererseits kann es sich wie damals um Auftragsmorde handeln. Ich denke, wir sollten der Spur nachgehen", sagte Matteo.

„Lisa und ich fahren morgen nach Ravello, dann schaust Du Dir morgen mal diesen Lombardi an", wandte sich Andrea an Matteo.

„Das hatte ich mir auch so gedacht", entgegnete Matteo und damit blieb ihnen erst einmal nichts Anderes als darauf zu hoffen, dass der morgige Tag neue Erkenntnisse bringen würde.

Nicht wirklich zufrieden mit dem bisher erreichten, musste auch Lisa sich eingestehen, dass sie gerade keine zündende Idee mehr hatte.

Nachdem sie die Fahrt nach Ravello am morgigen Tag, um dort Paolo Massimo zu treffen, besprochen hatten, gab es nun wirklich nichts mehr was sie gemeinsam hätten tun können. Als Andrea sie fragte, ob er sie bis zum Hotel mit dem Wagen mitnehmen könne, lehnte Lisa sein Angebot dankend ab und sagte, dass sie gern noch ein Stück laufen würde.

Sie verabschiedeten sich förmlich voneinander, was Lisa befremdlich fand, da sie den ganzen Tag etwas sehr Vertrautes zwischen ihnen gespürt hatte. Hatte sie sich so getäuscht oder war Andrea enttäuscht, dass sie sein Angebot abgelehnt hatte. Sie hörte in sich hinein und konnte das, was in ihr vorging gar nicht so richtig deuten. Da war Enttäuschung, da war so ein Unbehagen, das sich wie Leere anfühlte, wogegen sie sich sträubte, dies als solches anzunehmen.

Gedankenvoll nahm sie den Weg entlang der begrünten Uferpromenade. Um diese Tageszeit herrschte noch ein buntes Treiben in der langgezogenen Grünanlage. Die Bänke waren belegt mit einzelnen Zeitungslesern, mit im intimen Gespräch vertieften Freundinnen, mit lebensfrohen Jugendlichen und wie könnte es anders sein, mit Zärtlichkeiten austauschenden Liebespaaren. Der Himmel über dem Meer Richtung Westen war jetzt mit einem tiefen satten Rot überzogen. Ein großartig schönes Bild, für das sie jetzt aber kaum Freude empfinden konnte. Selbst die lustigen Pinguine, die dort auf der Außenmole als ungewöhnliche Kunstwerke standen und die von den Möwen gern als Rastplatz genutzt wurden und so mit einer Möwe auf dem Kopf noch witziger aussahen, die am Morgen ihr Herz noch zum Lachen gebracht hatten, konnten sie jetzt gar nicht aus ihrem trüben Gefühl herausholen.

Erst jetzt begann sie zu verstehen, dass Andrea wohl der Meinung war, dass sie es war, die mit Lorenzo Schluss gemacht hatte. Dass es ein Missverständnis war, war das eine, warum es Andrea so betroffen reagieren ließ, war das andere. Und das war es, was Lisa nachdenklich stimmte. Es war nicht das erste Mal, dass sie so etwas Ambivalentes in seinem Verhalten spürte. Er konnte so weich und zugewandt sein und dann auf einmal sehr abweisend. Lisa überlegte, was dahinterstecken mochte. Drückte sich hier eine kollektive Kränkung der männlichen Eitelkeit aus? War es so schwer zu ertragen, dass nicht immer alles perfekt lief, dass sich Frauen von Männern abwandten. Was ja völliger Quatsch war, auch Männer trennten sich. Rückten sie ihr Selbstbild wieder zurecht, indem sie sich einredeten, auch was Besseres zu verdienen. War Andrea so verletzt worden. Warum war dieser ganze Beziehungskram nur so kompliziert. Lisa hatte den Eindruck, ihr Schädel würde gleich bersten.

Zum Glück erinnerte sie ihre innere Stimme daran, dass sie hier war, um einen Mordfall aufzuklären und kein psychologisches Profil von einem Commissario zu erstellen. In ein paar Tagen würde sie wieder zurückfahren, bis dahin würde es ihr wohl gelingen auf einer kollegialen Ebene mit Andrea umzugehen und dann war da ja auch noch Matteo, der ihr so wunderbar unkompliziert erschien. Sie spürte, dass sich ihre Stimmung ein wenig aufhellte, weil es ihr schien, dass sie zumindest für die Zusammenarbeit eine gute Basis sah.

In einer Pasticceria kaufte sie eines dieser leckeren Gebäckstücke mit dem Namen Sfogliatella, von der Form her, aufgebaut wie eine Muschel und innen gefüllt mit köstlichem Ricotta.

Während sie diese in ihrem Hotelzimmer versuchte trotz der überschatteten Stimmung zu genießen, checkte sie ihre Nachrichten und trug noch mal alle Informationen zusammen. Sie notierte sich die verschiedenen Themen auf Blätter, die sie versuchte einander zu zuordnen, so dass es einen möglichen Sinn ergab.

Über das Klingeln ihres Handys war sie ausnahmsweise mal froh und als sie sah, dass es Viktor war, freute sie sich sogar ein wenig.

„Hallo Viktor, wie schaut es bei Euch aus? Irgendwas Neues?"

„Hallo Lisa, wenn Du mich sofort so fragst. Ja und auch nein! Also, wir haben das mit dem radioaktiven Material in der Klinik überprüft. Die haben uns ohne Widerstände, Einblick gewährt. So wie es aussieht, läuft da alles sauber ab. Alles ist peinlich genau dokumentiert! Damit ist dieses Thema wohl aus dem Rennen!", stellte Viktor fest.

Das Thema Entsorgung radioaktiver Abfälle strich sie von ihrer Liste, was aber blieb war das Thema illegale

Müllgeschäfte und da war sie sich über die Rolle von Robert Thomée immer noch nicht sicher. Aber einen Doppelmord dafür zu begehen? Das konnte oder wollte sie nicht sehen. Es schien ihr auch keinen Sinn zu machen weiter in Richtung Sebastian Kunnert zu schauen. Sie bekam die Enden noch nicht zusammen, aber irgendwo im Nebel der Informationen, verdichtete sich etwas, das ihr sagte, dass der Schlüssel bei Carla liegen musste.

VI

Wie vereinbart, machte sich Lisa am nächsten Morgen auf den Weg in Richtung Cetara, dort wollten sie sich auf dem Parkplatz am Hafen treffen. Andrea hatte ihr den Weg beschrieben. Sie nahm die Nationalstraße Richtung Vietri sul Mare, fuhr unter der mächtigen Betonstraße drunter her über die sie am ersten Tag nach Salerno reingefahren war. Links konnte sie auf den belebten Containerhafen blicken und fast lückenlos gingen die beiden Orte ineinander über. In Vietri sul Mare bog sie auf die Küstenstraße ab und erreichte schon bald das Ortsschild von Cetara und erkannte den Turm, den ihr Andrea beschrieben hatte. Hier kam der Verkehr in der engen Kurve abrupt zum Stehen, da sich ein Tourist nicht traute mit seinem Auto an dem Linienbus vorbei zu fahren. Der Busfahrer gestikulierte aus dem Seitenfenster und gab dem Autofahrer Anweisungen, wie er am Bus ohne Schaden vorbeikäme. Ein zweiter Bus stand schon dahinter, dessen Busfahrer mittlerweile auf der Straße nach dem Rechten sehend, ebenfalls sehr geschäftig Anweisungen gab. Endlich hatte sich das Knäuel aufgelöst und es ging weiter. Lisa bog in der nächsten Kurve ab hinunter in den Ort. Der Parkplatz war leicht zu finden und sie erkannte in einer Gruppe von Männern Andrea, der sie ebenfalls erblickt hatte und ihr zuwinkte.

Sie stellte das Auto ab und ging auf die sich auflösende Gruppe zu. Die Männer nickten ihr zu, womit sie so etwas, wie guten Tag andeuteten. Nach einer kurzen knappen, allerdings nicht unhöflichen Begrüßung, dirigierte Andrea sie zu seinem Wagen.

"Hast du gut hierher gefunden?", erkundigte sich Andrea.

"Ja, ohne Probleme. Du hast mir den Weg so gut beschrieben. Aber ich muss zugeben, ich habe mir keine Vorstellung darübergemacht, wie eng und kurvenreich die Straße ist. Das ist wirklich abenteuerlich!", antwortete Lisa unbekümmert.

Andrea schmunzelte verschmitzt, was Lisa mit einem leichten Herzklopfen registrierte.

"Oh, dann mach dich mal auf etwas gefasst. Das war bis jetzt noch harmlos!"

Dies zu kommentieren gelang Lisa nicht mehr, da es ihr den Atem bereits nach der ersten Kurve verschlug. Durch die engen und belebten Gassen ging es erst einmal bergan und Lisa erahnte, dass die neunzehn Kilometer sehr lang werden würden.

Lisa versuchte in den Verschnaufpausen von ihrem Gespräch mit Viktor zu berichten und Andrea fand sich darin bestätigt, da er diese Theorie von vornherein wenig überzeugend fand. Lisa war überwältigt von dem, was sich vor ihren Augen eröffnete. Aus dieser Perspektive erlebte sie die Küste noch einmal ganz anders. Die Straße führte unter schwindelerregenden Terrassen mit blühenden Zitronenbäumen hindurch. An manchen Stellen waren die Terrassen bis kurz unter den Gipfeln der steil aufragenden Berge angelegt. Manche Abschnitte waren menschenleer und nicht bewirtschaftet. Satte grüne Laubwälder erstreckten sich hier, immer wieder unterbrochen von schroff und steil abfallenden Felsen. An manchen Streckenabschnitten ragten Pinien bis hinunter in die Straße hinein, die sich hoch über der Küste kurvenreich und eng ihren Weg bahnte. Als hätte jemand plötzlich den Vorhang gelüftet, lag auf einmal ein großartiges Küstenpanorama vor ihnen. Weit konnte der Blick schweifen. Auf die auf Meereshöhe liegenden Badeorte, auf die endlos wirkenden Felsformationen dahinter, die mehrere hundert Meter steil in die Höhe ragten. Hoch oben hing wie ein Vogelnest das ein oder andere Haus, als wolle es dem Himmel ganz nahe sein. Es war atemberaubend, selbst Lisa hatte das Gefühl, ihr Herz stehe still allein nur beim Anblick dieser wie sie fand todesmutigen Konstruktionen.

Dort oben auf dem Plateau, das wie ein Balkon in die Landschaft ragte, vermutete sie den Ort Ravello.

Als hätte Andrea genau in diesem Moment ihre Gedanken lesen können, sagte er.

"Das dort oben ist Ravello. Auch, wenn es schon zum Greifen nahe erscheint, es wird noch ein wenig dauern bis wir dort sind. Der Weg führt in Serpentinen noch durch das hinter dem Berg liegende Tal. Wird es noch gehen? Du bist so still, wenn ich mal anhalten soll, dann sag es bitte?"

"Nein, danke. Es ist alles gut. Ich bin einfach überwältigt. Als wir mit der Fähre vorbeifuhren, fand ich es schon so wunderschön, aber jetzt, hier mitten drin, erlebe ich es noch einmal ganz anders, so ganz nah."

Andrea warf ihr einen kurzen Blick zu, musste sich dann wieder auf den entgegenkommenden Verkehr konzentrieren. Lisa fühlte sich bei Andrea sicher. Souverän und zügig bewegte er den Wagen über diese abenteuerliche Küstenstraße.

"Ich hoffe, unser Gespräch mit Paolo Massimo wird uns gleich weiterbringen." sagte er. "Hast Du schon eine Idee?"

"Mir geht es wie dir. Ich erhoffe mir auch neue Erkenntnisse von dem Gespräch. Ansonsten habe ich das Gefühl, immer noch im Dunkeln zu tappen. Da ist nur etwas, das mir sagt, dass der Schlüssel zur Antwort bei Carla liegt. Ich glaube nicht, dass Sebastian im Mittelpunkt des Geschehens steht."

"Kommt dieser Robert, wie hieß er noch, für dich als Verdächtiger nicht mehr infrage?" Andrea versuchte es diesmal ganz neutral auszusprechen.

"Robert Thomée. Was sollte er für ein Motiv haben?"

"Du hast immerhin erwähnt, dass er ziemlich sauer war und dass er was, gegen ihren Freund Sebastian hatte. Wie hat er sich noch ausgedrückt?"

"Er sagte, dass er glaube, Sebastian täte Carla nicht gut."

"Was meinte er damit?"

Lisa musste sich eingestehen, dass sie da nicht genauer nachgefragt hatte und sagte dies auch.

"Er sagte, dass er ihn für einen Langweiler hielt und dass sich Carla seit sie mit ihm zusammen war, verändert hätte. Ich muss gestehen, dass ich das gar nicht so genau nachgefragt habe, weil ich es nicht für wichtig gehalten habe."

Andrea merkte, dass er jetzt vorsichtig vorgehen musste, am liebsten hätte er ihr gesagt, dass sie, weil sie diesen Robert sympathisch fand, nicht wollte, dass er möglicherweise etwas damit zu tun hatte. Er erkannte aber auch, dass er damit ihr Urteilsvermögen infrage stellte. Dies wollte er auf keinen Fall und verletzen wollte er sie auch nicht. So eine Situation wie am Tag zuvor, dass irgendein Missverständnis zwischen ihnen aufkommt, wollte er vermeiden, deshalb sagte er so neutral wie möglich.

"Vielleicht kannst du ihn nochmals befragen. Hält er sich noch in Neapel auf?"

Lisa, die bemerkte, dass er sich um eine äußerst diplomatische Vorgehensweise bemühte, lächelte in sich hinein und anstatt jetzt sauer zu reagieren, erwiderte sie ebenso um Sachlichkeit bemüht und Andrea damit signalisierend 'ich nehme dich ernst'.

"Du hast recht, ich sollte versuchen, nochmals mit ihm zu sprechen. Ich vermute, dass er noch in Neapel ist. Wenn nicht, habe ich seine Handynummer. Ich werde nach unserem Gespräch mit diesem Paolo Massimo sofort versuchen, ihn zu erreichen."

Aufgrund der entspannten Verkehrssituation erreichten sie Ravello früher als erwartet. Andrea parkte den Wagen auf dem Parkplatz unterhalb des Domplatzes. Über die Treppe gelangten sie in den Ort, sie ließen den Dom und die bekannte Villa Rufolo links liegen und gingen in Richtung Villa Cimbrone.

"Wir sind sehr früh dran, es wäre noch Zeit für einen Espresso." schlug Andrea vor, als sie an einem Café vorbeikamen.

"Gern," sagte Lisa.

Sie betraten die Terrasse und nahmen einen der freien Tische direkt am Rand mit Blick hinein in das tiefe Tal und auf das Meer.

Lisa fühlte sich von dem Ausblick magisch angezogen und spürte wie die Schönheit, die sie beim Anblick empfand, sie sprachlos machte. Sie fühlte sich versetzt in das Bild "Der Wanderer" von Caspar David Friedrich. Jetzt genau in diesem Moment verstand sie, warum es die Dichter und Maler der Romantik in diese Gegend gezogen hatte. All das, was sie in den Bildern dieser Epoche gesehen oder in den Gedichten gelesen hatte, begann sie nun zu erst richtig zu verstehen. Dieses Licht, die Kulisse mit den steil aufragenden und hintereinander sich auftürmenden schroffen Felsen, eingehüllt in den zarten vom Meer aufsteigenden Dunst, die Ruinen der Wehrtürme und die zerfallene Burg auf dem Hügel gegenüber, alles das hatte etwas Unwirkliches, etwas Mystisches. Es war eine einzigartige Schönheit, die so entrückend fand, dass es beinahe schmerzt. Darin erahnte sie die Sehnsucht nach der idealen Liebe und den Schmerz über das Vergängliche, über das Unaufhaltbare, über die Unerreichbarkeit dieser idealen immerwährenden Liebe. Hier spürte sie auch die Suche nach sich selbst, diese Reise in das Innere des Ichs, die letztendlich an die eigene Existenz führt. Die Luft schien ausgefüllt mit der Musik der großen Träume und Gefühlsschwankungen, die wie ein unwirklicher Schleier durch diese Landschaft schwebte.

Erst jetzt merkte sie, dass der Espresso vor ihr stand und sie in die Realität zurückholte, auch merkte sie, dass die Musik kein Produkt ihrer Phantasie war, sondern dezent aus den Lautsprechern des Cafés ertönte.

Andrea hatte sie einfach nur beobachtet, so wie er es vorher schon getan hatte, wenn sie völlig versunken war. In diesen Momenten fühlte er sich mit ihr verbunden, er spürte wie sie eintauchte in diese Landschaft, in der er sich zuhause fühlte, die er liebte. Er hielt das Schweigen aus, weil er in diesen Momenten spürte, dass etwas viel Tieferes zwischen ihnen passierte als alle Worte hätten ausdrücken können. Lisa berührte voller Zärtlichkeit seine Seele, das wollte er nur noch nicht sehen, geschweige denn es sich eingestehen.

Nach dem Espresso lenkten sie ihre Schritte zur anderen Seite der schmalen Gasse und standen vor der Villa Eva, die durch ihre Schlichtheit und Sachlichkeit beeindruckte. Lisa vermutete, dass es sich um späten Jugendstil handeln musste, die architektonischen Akzente deuteten schon auf den Wechsel zur Moderne hin. Die weiße Fassade mit grünen Fenstern eingebettet in einen saftig grünen Rasen hob sich ab von dem strahlendblauen Himmel im Hintergrund. Paolo Massimo öffnete ihnen persönlich die Eingangstür und bat sie herein in einen großen mit kostbaren Möbeln ausgestatteten saalartigen Raum. Die hohen Fenster und Türen gewährten den Blick auf die Küste zur anderen Seite. Von der Terrasse führte eine Treppe auf eine ein wenig tiefer gelegene Ebene, wo sich ein bis zur Kante reichender Swimmingpool befand, so dass es so aussah, als würde er sich direkt wie ein Wasserfall in die Tiefe in das Meer ergießen.

Sie nahmen auf der Terrasse Platz und Paolo eröffnete sofort das Gespräch, indem er nach den Details zum Tod von Carla und Sebastian fragte. Soweit es die Ermittlungen zuließen, schilderte Andrea, was mit den beiden geschehen war.

Paolo Massimo verfolgte fassungslos und sprachlos die Ausführungen von Andrea. Schmerz legte sich auf sein Gesicht, Tränen standen in seinen entsetzten Augen. Die Bewegungen seines Kopfes wollten immer wieder sagen 'nein, das kann nicht sein, das glaube ich nicht'. Aber es war die brutale Wahrheit.

"Signor Massimo erzählen sie uns nun, bitte, wie es sich verhält, dass sie Carlas Vater sind." lenkte Andrea das Gespräch in eine andere Richtung.

Paolo erzählte ihnen, dass er das erste Mal 1969 die Importfirma besucht hatte, in der Carlas Mutter als Sekretärin arbeitete. Es sei Liebe auf den ersten Blick gewesen. Es wäre ihnen aber auch klar gewesen, dass eine Heirat ausgeschlossen war, da Paolo erst kurze Zeit zuvor seine Frau Chiara geheiratet hatte und die ihr erstes Kind erwartete. Eine Scheidung wäre undenkbar gewesen, auch hätte zu viel abgehangen, da seine Frau Chiara ein namhaftes Weingut mit einbrachte. Eva, wie Carlas Mutter hieß, habe sich trotzdem aus Liebe auf die Beziehung eingelassen. Nach Eva hätte er diese Villa hier benannt, hier hätten sie auch einige Sommerferien miteinander verbracht und seien sehr glücklich gewesen. Offiziell habe allerdings eine andere Eva als Namensgeberin für die Villa gegolten, führte Paolo seine Geschichte weiter aus. Die offizielle Namensgeberin sei die weiße Marmorstatue im Garten der Villa Cimbrone.

Eva sei dann schwanger geworden und Carla sei das gemeinsame Kind. Eva hätte darauf bestanden, dass Carla nicht erfahren sollte, wer ihr Vater ist. Darunter hätte er sehr gelitten, er hätte sich gut ein Parallelleben mit Ihnen vorstellen können. Aber Eva hätte es so gewollt und er habe es schließlich respektiert. Er habe aber zwei Bedingungen gestellt. Die eine, dass er für Carla finanziell sorgen durfte und das andere sei gewesen, dass Eva ihm versprechen musste, in dem Fall, dass sie frühzeitig sterben sollte, Carla darüber aufzuklären, wer ihr Vater ist und ihr frei zu stellen, ob sie Kontakt mit ihm aufnehmen wolle.

Als Eva vor einem halben Jahr auf dem Sterbebett lag, hätte sie dieses Versprechen eingelöst. Carla habe tatsächlich mit ihm Kontakt aufgenommen. Eva hatte ihr erklärt, dass es ihr Wunsch gewesen war, Carla nicht darüber aufzuklären, wer ihr Vater ist, dass dieser aber ihr Leben im Hintergrund stets begleitet hätte. Das Geld, dass er Eva regelmäßig gegeben hatte, hatte diese für Carla angelegt, damit sie ihr Studium davon finanzieren konnte.

"Deshalb also auch die Urlaube hier an der Amalfiküste und auf Capri, damit sie zusammen sein konnten", warf Lisa ein.

"Ja, solange Carla noch klein war, war es möglich, dass ich sie wie ein Schatten begleiten konnte", erklärte Paolo mit trauriger Stimme. "Als Carla älter wurde und nicht mehr zu täuschen war, wurde alles schwieriger. Carla wollte verständlicherweise ihre eigenen Wege gehen und auch anderes sehen als immer wieder die Amalfiküste. Der Kontakt brach dann ab, auch zu Eva. Ich wusste nicht, dass Eva so krank wurde."

"Und wie hat Carla Kontakt zu ihnen aufgenommen", hakte Andrea ein.

"Ungefähr vor drei Monaten rief sie mich in meinem Büro an. Ich fiel aus allen Wolken, war aber überglücklich, endlich von ihr zu hören, obwohl es bedeutete, dass Eva verstorben sein musste. Wir haben seitdem einige Male so gut es ging telefoniert und verabredet, dass wir uns hier sehen."

"Sie hatten gesagt, dass sie Carla und ihren Freund bereits in Neapel gesehen haben und sich hier in Ravello wiedersehen wollten." forschte Andrea weiter.

"Ja genau. Unser erstes Treffen fand am Donnerstag in einem Restaurant in Neapel statt. Das war Carlas Wunsch. Sie sagte, sie wolle mich erst einmal auf neutralem Boden kennenlernen. Mir war alles recht. Unsere erste Begegnung verlief erstaunlich gut. Wir spürten sofort eine große Verbundenheit, auch Sebastian fand ich nett und ich hatte das Gefühl, dass die beiden sich gut verstehen."

"Haben die beiden erzählt, was sie in den nächsten Tagen machen wollten, also an dem Freitag und in der Zeit während sie in München zu tun hatten?" stellte Andrea die nächste Frage.

"Carla wollte Sebastian die Orte zeigen, in denen sie die Urlaube ihrer Kindheit verbracht hatte. Ich hatte den Eindruck, sie freute sich wieder hier zu sein. Am Freitag wollten sie sich schon mal in Ravello umschauen, sich die Villa Eva anschauen. Carla wollte sehen, ob sie sich dort an etwas erinnern konnte. Ich wollte den beiden einen Schlüssel von der Villa geben, aber ihn anzunehmen, haben sie abgelehnt. Ich konnte sie nicht treffen, weil ich einen wichtigen Termin hatte, den ich nicht verlegen konnte."

"Haben sie irgendetwas bemerkt, haben die beiden davon gesprochen, dass sie sich eventuell bedroht fühlten." fragte Lisa.

"Nein, überhaupt nicht."

"Wissen sie, ob die beiden hier irgendwelche Kontakte hatten, kannten sie möglicherweise jemanden?", hakte Andrea nach.

"Ich weiß es wirklich nicht. Darüber gesprochen haben sie auf jeden Fall nicht. Ich habe mir über diese Fragen auch schon den Kopf zerbrochen. Ich möchte selbst wissen, wer meine Tochter getötet hat. Jetzt, wo wir uns gerade richtig kennenlernen wollten, ist schon wieder alles vorbei. Für immer! Ich kann das nicht begreifen!"

Wieder überkamen Paolo tiefe Gefühle, die er versuchte zu unterdrücken, um hier im Gespräch nicht die Fassung zu verlieren.

Mit einem Blick auf die Familienfotos, die auf einem Tischchen nahe der Terrassentür aufgestellt waren, stellte Lisa ihre nächste Frage.

"Signor Massimo, wusste ihr Sohn, dass Carla ihre Tochter ist. Haben sie mit ihm darüber gesprochen."

"Nein, ich habe noch nicht mit ihm darüber gesprochen. Vor unserer Abreise am Samstag, hatte ich mich mit ihm zu Frühstück verabredet, da wollte ich es ihm sagen. Er hat aber kurzfristig abgesagt, weil er verschlafen hätte und wir würden uns dann am Flughafen sehen. Aber auch da kam er fast zu spät. Ich vermute, dass da etwas mit einer Frau läuft. Er hat nur so was angedeutet."

"Ihr Sohn ist nicht verheiratet?" fragte Lisa vorsichtig.

"Nein. Irgendwie haben meine Frau und ich in der Erziehung wohl was falsch gemacht. Er ist jetzt schon über vierzig Jahre, er hat aber noch keine längere Beziehung gehabt. Er ist schon sehr schwierig."

Andrea dachte darüber nach, ob seine Eltern möglicherweise auch etwas falsch gemacht hatten, schließlich war er auch schon einundvierzig Jahre und noch ledig. Diese Gedanken hielt er für sich, und wollte lediglich wissen, was er mit der letzten Aussage meinte.

"Was meinen sie mit schwierig?"

"Das ist schwer zu beschreiben. Er braucht viel Beachtung, er ist darauf aus, dass alle ihn toll finden, hat aber auch an fast allen anderen Menschen etwas auszusetzen und wertet sie schnell ab. Nichts und niemand scheint ihm gut genug zu sein. Er kann manchmal sehr arrogant sein, ist aber auch misstrauisch und manchmal so unberechenbar, seine Stimmung kann von jetzt auf gleich umkippen."

Lisa hatte den Ausführungen aufmerksam zugehört, und versuchte sich ein Bild von Maurizio zu machen. Sie wunderte sich über die Art, wie der Vater über seinen Sohn sprach. Eher kritisch und negativ, versuchten Eltern nicht bei allen Problemen, das Gute an ihren Kindern hervorzuheben. Während sie noch darüber nachdachte, fiel ihr unter den Familienportraits ein Bild ins Auge auf dem zwei Jungen zu sehen waren. Aufgrund der typischen Schwarzweiß-Aufnahme ging sie davon aus, dass es ein älteres Bild war.

"Ist dies ein Foto, auf dem ihre beiden Söhne als sie jünger waren abgebildet sind."

"Ja richtig. Dort ist Maurizio mit seinem jüngeren Bruder Antonio, der bei einem tragischen Unfall ums Leben gekommen ist."

Andrea warf direkt die nächste Frage ein.

"Wie ist es zu dem Unfall gekommen?" Er wählte seine Formulierung sehr neutral, um weder Schuld noch zu starke Trauer damit auszulösen und war erstaunt über die ausführlichen Schilderungen Paolos, der für einen Moment wirkte, als tauchte er regelrecht in Gedanken in die Vergangenheit ab.

"Es war während eines Sommerurlaubes auf Capri. Meine Frau war mit den beiden Jungen schon vorgefahren. Ich hatte vorgegeben, noch wichtige Geschäfte, die nicht aufzuschieben waren, erledigen zu müssen. Wie sie sich sicherlich schon denken, habe ich die Zeit genutzt, um mich mit Eva und Carla zu treffen. Carla war so etwa zehn Jahre alt. Ich war an dem Tag in Capri angekommen als der Unfall geschah. Maurizio war sehr wütend auf mich, weil ich immer so wenig Zeit hätte und wenn ich mal da wäre mich viel mehr mit Antonio beschäftigen würde. Er meinte sogar meine Frau und ich hätten Antonio viel lieber als ihn. Antonio war tatsächlich ein sehr liebenswertes Kind, er war schon so klug und so charmant. Er war nicht so fordernd wie sein älterer Bruder, er wartete ab, war dankbar für alle Zuwendungen. Maurizio hingegen war oft wütend, irgendwie verschlagen und unbeholfen. Irgendwann war er so verschlossen, dass wir den Eindruck hatten, gar nicht mehr an ihn heranzukommen."

Die Erinnerungen schienen schwer auf ihm zu lasten. Dieser vorher so stolz und über allem erhaben wirkende Mann, schien für einen Moment regelrecht in sich zusammenzufallen. Es brauchte eine kurze Pause, bevor er, nach einem schweren Seufzer, weiterfuhr.

"Anstatt auf Maurizio einzugehen, mir anzuschauen, was er für mich gebastelt hatte, habe ich ihn zurechtgewiesen, er solle nicht immer so egoistisch sein, habe ihn ausgeschimpft. Er hatte recht, mein Verhalten meiner Familie gegenüber war nicht richtig. Es war egoistisch von mir, dieses Doppelleben zu führen. Aber ich war nicht bereit, es aufzugeben. Dass ich und nicht Maurizio das Problem war, konnte ich nicht zugeben, und so schickte ich den Jungen weg, ohne zu sehen, dass hinter der Wut so viel Traurigkeit und der Wunsch nach Zuwendung steckte. Diese Traurigkeit hatte Antonio, dieses gütige Kind gesehen und anstatt, dass ich Maurizio gefolgt bin, folgte Antonio ihm, um ihn zu trösten. Maurizio war runter zu den

Felsen gelaufen. Wir vermuten, dass Antonio als er Maurizio suchte, ausgerutscht und in eine tiefe Schlucht gefallen ist. Als es gelungen war, ihn zu bergen, konnte man nur noch seinen Tod feststellen."

Paolo hielt inne und es entstand ein Moment des gemeinsamen Schweigens, das Lisa mit ihrer nächsten Frage leise durchbrach.

"Wo war Maurizio als es passierte?"

"Maurizio sagte, er sei schon weiter weg gewesen und habe ihn gar nicht gesehen. Auf einmal hätte er einen lauten Schrei gehört und gedacht, dass es Antonios Stimme war. Er habe ihn überall gesucht, aber nicht gefunden, deshalb hätte er gedacht, er habe sich vertan. Er sei dann zum Strand gegangen und habe dort gespielt. Erst später als Maurizio heimkam, haben wir gemerkt, dass Antonio verschwunden war."

"Dieser Unfall hat unser Leben verändert. Wir haben versucht, weiter zu leben, als wäre nichts geschehen, aber das ist uns nicht wirklich gelungen. Meine Frau ist nie wieder nach Capri zurückgekehrt, litt immer wieder an depressiven Zuständen und auch unser eheliches Zusammenleben kam mit diesem Unfall zum Erliegen. Der Schmerz und die Schuldgefühle standen zwischen uns und auch zwischen uns und Maurizio. "

"Der Verlust eines Kindes ist wohl das Schlimmste was Eltern erleben müssen. Es tut mir wirklich sehr leid und nun auch noch der Verlust ihrer Tochter", sagte Lisa mit echter Betroffenheit.

"Signor Massimo, ich danke ihnen für ihre Offenheit mit der sie uns alles geschildert haben. Es ist so schwer, Worte des Trostes zu spenden, wo nichts trösten kann. Ich kann ihnen nur versichern, dass wir alles daransetzen werden, den Mörder zu finden!", schloss sich Andrea an, der damit auch deutlich machte, dass es Zeit war, dieses Gespräch zu beenden.

"Ja, ich hoffe sehr, dass sie den finden, der die beiden getötet hat."

Andrea setzte dann noch zu einer abschließenden Frage an.

"Signor Massimo, bis jetzt hat nur eine Nachbarin aufgrund der Bilder die Toten identifiziert, könnten sie nach Salerno kommen, um uns zu bestätigen, dass es sich um die beiden handelt?"

"Selbstverständlich bin ich dazu bereit. Ich wollte sowieso fragen, ob ich Carla noch einmal sehen könnte, um Abschied von ihr zu nehmen."

"Wäre es für sie möglich in den nächsten Tagen in die Rechtsmedizin zu kommen? Ich informiere dann Dr. Pigantelli unseren Rechtsmediziner, dass sie kommen werden."

"Ja, das geht so in Ordnung."

"Vielen Dank noch mal und wenn ihnen noch etwas einfällt, rufen sie mich bitte an," sagte Andrea zum Abschied.

Andrea und Lisa gingen schweigend zurück zum Wagen, jeder war für sich damit beschäftigt, über das Gespräch nachzudenken, nach den Puzzleteilchen zu suchen, die für ihren Fall maßgeblich waren. Aber sie konnten nicht wirklich erkennen, dass das, was sie gehört hatten, sie der Lösung näherbrachte.

Als sie wieder auf den Domplatz zurückkamen, wurde Lisas Aufmerksamkeit auf die Namensgebung der ansässigen Cafés und Läden gezogen. Erstaunt registrierte sie den Namen Klingsor. Wobei es ihr im gleichen Moment wie Schuppen von den Augen fiel. ‚Natürlich,' dachte sie, ‚die Gärten der Villa Rufolo dienten Richard Wagner in seiner Oper Parsifal als Vorbild für den "Zaubergarten" in Klingsors Burg.' Klingsor, dieser tragische Ritter, der von den Gralsrittern wegen seines unsittlichen Lebens nicht in den Ritterorden aufgenommen worden war, sich entmannte, um dazuzugehören, und trotzdem abgelehnt wurde, weil er so kein richtiger Mann mehr war. Voller Rache über diese Schmach war er von nun an darauf bedacht, die anderen Ritter in den Abgrund zu ziehen, weil er ihnen das, was er nicht bekommen konnte, nicht gönnte. Im Zaubergarten seiner Burg ließ er diese durch seine Blumenmädchen verführen, wodurch sie gegen das Keuschheitsverbot verstießen und deshalb aus dem Orden ausgeschlossen wurden. Dies hatte die Folge, dass es die Zahl der Ritter immer weiter reduzierte, sodass bald keiner mehr in dem Orden übrigblieb und dies das Aus für den Orden bedeutete.

"Was hältst du von diesem Maurizio, dem Sohn von Paolo?" fragte Andrea in die Stille ihrer gedanklichen Zurückgezogenheit hinein.

"Das ist schon eine ganz schön tragische Person. Ein Kind, das sich nicht geliebt fühlt und wenig Selbstbewusstsein entwickelt, ist dann noch irgendwie daran beteiligt, dass der andere Sohn stirbt und spürt, dass sich die Eltern so verändern und zurückziehen, dies auf sich bezieht und sich vielleicht sogar noch mehr abgelehnt fühlt. Der hat doch einen Knacks an seiner Seele abbekommen und wird es schwer haben, ein glückliches Leben zu finden. Dass der irgendwie gestört ist, kann ich mir schon gut vorstellen!"

"Ja, du hast recht, wirklich eine tragische Geschichte."

„Was mich die ganze Zeit schon beschäftigt, ist, wie der Vater über seinen Sohn Maurizio geredet hat. Es war so negativ, so ernüchtert, beinahe enttäuscht! Mir ging die Geschichte des Klingsor", dabei zeigte Lisa auf eines der Café-Schilder, "durch den Kopf. Da sind ja gewisse Ähnlichkeiten. Klingsor buhlt um die Anerkennung der Gralsritter, ist denen nicht gut genug und um trotzdem dazuzugehören, opfert er sogar das beste Stück, was er hat. Was dann dazu führt, dass er erst recht abgelehnt wird, weil er nicht mehr Manns genug ist."

"Und deshalb sinnt er nach Rache und will das, wo er nicht dazugehören darf, zerstören", ergänzte Andrea, womit er Lisa verblüffte. "Weißt du auch, dass der Klingsor in der Originalgeschichte von Eschenbach ein Nachfahre der Herzöge von Neapel ist?"

"Nein, das war mir nicht so bewusst. Ich weiß nur, dass er immer so dargestellt wird, dass er das Bild des Bösen verkörpert."

"Möglicherweise will uns die Geschichte etwas sagen und wir sollten uns diesen Maurizio vielleicht noch mal anschauen", scherzte Andrea.

"Narzisstische Züge könnte er tatsächlich haben!", erwiderte Lisa.

"Aber wenn das der einzige Anhaltspunkt ist, dann müssten wir einen großen Teil der Menschheit verdächtigen", gab Andrea lachend zu bedenken.

„Ja, da hast Du recht. Es wäre zu schön, aber er hat nun Mal ein Alibi.", sagte Lisa mit einem nicht zu überhörenden Seufzer.

Im Wagen sitzend und den Weg über die Küstenstraße zurückfahrend, sprachen Sie über das, was ihnen Paolo Massimo erzählt hatte. Fassten es noch einmal zusammen jeder aus seiner Sicht. Suchten nach Anhaltspunkten, die sie nicht fanden.

Auf der Hinfahrt war Lisa schon eine Stelle an der Straße aufgefallen, dort gab es auf der einen Seite das Restaurant "Santa Maria" und genau gegenüber das "Dolce Vita", was sie innerlich hatte schmunzeln lassen. Jetzt griff sie es noch einmal auf und zog es in ihre Gedanken über Paolo und Eva mit ein.

"Auf der einen Seite die heilige Ehe und auf der anderen Seite das süße Leben." platze es aus Lisa heraus, auf die beiden Restaurants zeigend.

Andrea musste über diese Assoziation schmunzeln. "Ja, Lisa, das lieben und leben wir hier in Italien."

Lisa schenkte ihm eines ihres wunderbaren Lächeln für diese Bemerkung. Aber es wäre nicht Lisa, wenn nicht auch ein Kommentar gefolgt wäre.

"Sprichst du aus Erfahrung?", wagte sie sich kess ein Stückchen vor.

"Du weißt doch bestimmt, dass wir als Ehrenmänner Geheimnisse mit ins Grab nehmen können."

Lisa war froh über die entspannte Atmosphäre. Es war ihr in diesem Fall wichtig, nicht dass sie Harmonie bedürftig war, sie stellte einfach nur fest, dass sie Andrea echt gut leiden konnte. Sie fand seine ganze Art angenehm, sie schätze seine berufliche Kompetenz und in der Zusammenarbeit war er kooperativ und hatte keine Berührungsängste und schon gar keine Vorbehalte ihr als Kollegin gegenüber. Dies rechnete sie ihm besonders groß an. Ihre anfänglichen Bedenken hatten sich nicht bestätigt.

"Ich muss gerade an diese Eva, Carlas Mutter, denken. Ich finde das schon ganz schön krass, einen Mann zu lieben und ihn mit einer anderen Frau zu teilen, sich damit zu begnügen, nur wenige Wochen im Jahr mit ihm zusammen sein zu können. Das muss schon eine starke Liebe sein und sie müssen in der Lage sein, sich in dieser Zeit so viel zu geben, dass es sie für die lange Zeit der Entbehrung ausfüllt."

Andrea hatte keine Gelegenheit, etwas darauf zu erwidern, da ihnen in einer besonders engen Kurve einer dieser blauen Linienbusse auf ihrer Seite entgegenkam und Andrea voll die Bremse treten musste, um dem Bus auszuweichen. Sie hatten wohl das Hupen des Busses überhört, da sie einen Moment zu sehr mit sich beschäftigt waren.

Lisa hatte gar nicht mehr mit einer Reaktion von Andrea gerechnet und war deshalb umso erstaunter, von dem, was er sagte.

"Ja, das muss tatsächlich eine besondere Liebe sein. Aber sie ist auch frei von den alltäglichen Belastungen, den Streitigkeiten und der Gefahr der Gewöhnung aneinander und sie lieben sich, allein der Liebe wegen."

"Das hast du schön gesagt. Sich allein der Liebe wegen zu lieben. Das hört sich gut an. Sollte das nicht der wahre Grund sein, sich der Liebe wegen lieben", machte sie mit dem Wortspiel weiter.

"Wie du sagst, es sollte so sein. Die Realität sieht aber doch oft anders aus, was man an den vielen unglücklich und lieblos zusammenlebenden Paaren sieht."

"Das ist auch die Realität, da hast du recht", fügte Lisa mit einem schweren Atemzug hinzu.

Gern hätte sie Andrea nach seinen Erfahrungen gefragt, irgendwie hatte sie den Eindruck, dass da gerade etwas Verletztes bei Andrea durchkam. Aber sie traute sich nicht, dazu kannten sie sich doch noch nicht gut genug. Auch Andrea sprach sie nicht auf ihre Erfahrungen an. Wahrscheinlich hatte auch er gespürt, dass das beim letzten Mal nicht besonders gut geendet hatte und war jetzt unsicher, wie sie weiter mit dem Thema umgehen sollten.

Vor ihnen tauchte Cetara auf und Andrea machte einen Vorschlag, der Lisa ebenso verblüffte wie erfreute.

"Du Lisa, für ein Mittagessen ist es schon zu spät, die Restaurants schließen gleich. Darf ich dich auf einen Kaffee zu mir einladen bevor du weiterfährst nach Salerno."

"Gern, einen Kaffee könnte ich tatsächlich gut gebrauchen!"

In dem kleinen netten Ort, hielt Andrea kurz an einer Pasticceria an und kam heraus mit einem großen Tablett leckerer Gebäckstücke. Dann lenkte er den Wagen ein Stückchen Orts auswärts, öffnete mit einer Fernbedienung, eines dieser Tore, die ins Nichts zu führen schienen und bog schnurstracks in einen schwindelerregend steilen Weg ab. Es schien Lisa, dass der geradewegs ins darunterliegende Meer stürzen wollte. Das war unglaublich, staunte sie, während ihr Herz für einen Moment schien, stehenzubleiben und sie sich den Atem anhaltend automatisch mit beiden Händen am Sitz festklammerte.

"Frau Kommissarin, keine Sorge, alles völlig sicher, es kann nichts passieren." kommentierte er lachend den Weg, weil ihm Lisas Anspannung nicht verborgen geblieben war.

Lisa musste ebenfalls Lachen und entspannte sich wieder dabei.

"Ups, damit habe ich nicht gerechnet!"

Sie stiegen aus dem Wagen aus und gingen die Treppe hinunter zum Haus. An der einen Seite die Mauer, an der anderen Seite direkt die steile Küste hinunter zum Meer, nur getrennt durch ein metallenes Geländer. Traumhaft schön, allein schon dieser Blick von der Treppe auf das Meer und die Bucht bis hin zum malerischen Fischerhafen.

Andrea öffnete ein Tor und schon gelangten sie über eine kleine Terrasse zur Eingangstür.

Andrea ließ sie eintreten, zwei Stufen hoch und sie stand in einem hellen Wohnraum, ein großes Fenster erlaubte einen freien Blick hinaus aufs Meer. Das Blau des Meeres ging über in das Blau der Bodenfließen, die sicherlich aus einer der Keramikwerkstätten des Nachbarortes Vietri sul Mare kamen, verziert mit dem stilisierten Fisch, der ihr auch in Cetara schon überall aufgefallen war. Andrea hatte ihr erklärt, dass sich der Thunfischfang, dem die Bewohner von Cetara schon seit Jahrhunderten nachgehen, im Namen des Ortes verewigt hat. Cetarius ist der lateinische Begriff für Thunfisch und davon wurde Cetara abgeleitet. Woanders hätte es kitschig gewirkt, doch hier fügte es sich harmonisch ins Bild. Ein großes Bücherregal nahm die hintere Wand ein. Zur Meeresseite ausgerichtet standen bequeme Sitzmöbel. An den Wänden reihte sich ein Bild ans andere. Die meisten davon gefielen ihr auf Anhieb gut und trafen ihren Geschmack. Wenn sie die Bilder hätte beschreiben sollen, würde sie sie als abstrakte Malereien bezeichnen. Es waren beeindruckende lebendige Spielereien mit Farben und Formen. Obwohl nichts Gegenständliches direkt dargestellt war, meinte Lisa in einigen der Bilder das Thema Meer und die amalfianische Landschaft zu erkennen.

Vom Wohnzimmer führte eine Tür zu Andreas Schlafzimmer, wie sie vermutete. Die Tür stand offen, sodass sie einen Blick hineinwerfen konnte, ganz dezent natürlich, sie wollte nicht zu aufdringlich wirken. Andrea zeigte ihr das Bad, das sie erst einmal gern benutzen wollte und zeigte ihr die Treppe, die hinunter zur Küche führte, in die er schon mal vorausging. Als sie die Treppe hinunterkam, gewährte ein Durchbruch zwischen Treppenhaus und Küche schon einen ersten Blick in den unteren Raum. Die Türen und Fenster gaben den Blick frei auf eine große davorliegende Terrasse und durch die schattenspendenden Bäume hinaus aufs Meer.

Die Tür zur Terrasse stand offen. Lisa trat hinaus in die Sonne und genoss die großartige Atmosphäre. Unterhalb der Terrasse entdeckte sie eine kleine Bucht mit einem privaten Strand, so wie es aussah. Unglaublich, das kannte sie höchstens aus dem Urlaub. Hier zu leben kam ihr wie ein unglaubliches Privileg vor.

"Das Wasser ist schon sehr angenhem. Ich war heute Morgen schon schwimmen." hörte sie Andrea sagen, der ohne, dass sie ihn gehört hatte, jetzt neben ihr stand.

"Hättest du Lust, schwimmen zu gehen?"

Lisa dachte, Lust auf jeden Fall, aber wie stellst du dir das vor. Soll ich mir einen Badeanzug malen! Und was Anderes kommt schon überhaupt nicht infrage.

Andrea erahnte wohl ihre Gedanken und interpretierte ihr Zögern richtig.

"Ein Badeanzug ist kein Problem. Möchtest du? Kleinen Moment."

"Gern, aber..."

Bevor sie den Satz aussprechen konnte, hatte Andrea schon sein Handy am Ohr.

"Ah, hallo Maria. Hier ist Andrea. Kannst du mir vielleicht einen Badeanzug ausleihen. Nein, natürlich nicht für mich. Ich habe Besuch."

Dann drehte er sich in Richtung Nachbarhaus, wo auf der Terrasse eine attraktive Endvierzigerin mit einer außergewöhnlichen prächtigen roten Haarpracht erschien und ihnen zuwinkte, um dann sofort wieder zu verschwinden. Als sie erneut auftauchte, hatte sie wie Lisa richtig vermutete einen Badeanzug in der Hand und warf ihn runter zu ihnen,

"Viel Spaß!" wünschte sie und war auch schon wieder verschwunden.

Lisa staunte nicht schlecht über diese Selbstverständlichkeit! Bedeutete das, dass hier öfters mal Damenbesuch vorbeikam? Aber was machte sie sich da überhaupt für einen Kopf, das Liebesleben von Andrea ging sie nun mal gar nichts an! Sie ging zurück ins Bad und zog den Badeanzug an, den sie eigentlich ein bisschen zu sexy empfand. Das war so gar nicht ihr Stil. Aber was sei's drum dachte sie ganz pragmatisch. Sie nahm eines der großen Strandtücher, die ordentlich gefaltet in einem offenen Regal im Badezimmer lagen und wickelte es um ihren Körper.

Über eine schmale Treppe, die sich wie nicht anders zu erwarten war eng an der Felswand entlang schlängelte und senkrecht unter ihnen den Blick auf das kristallklare Wasser freigab, gelangten sie unten in die Bucht. Das Wasser war herrlich. Sie schwammen ein Stück hinaus und ließen sich von den Wellen, die hin und wieder entstanden, wenn eines der kleinen Fischerboote vorbeifuhr, auf und ab wiegen. Sie legte sich auf den Rücken und ließ sich einfach treiben, den Blick hinauf zu den Häusern genießend, die umrahmt waren von blühenden Gärten und auf die andere Seite, wo Salerno gut zu erkennen war.

Über einen kleinen Felsvorsprung, der eine natürliche Treppe bildete, stieg sie aus dem Wasser. Andrea hielt ihr stützend seine Hand entgegen und reichte ihr das Handtuch, das sie sich umschlug. Er bat sie die Augen zu schließen und ihre linke Hand zu öffnen, in die er etwas hineinlegte. Bei geschlossenen Augen befühlte sie den Gegenstand und spürte die glatte von der Sonne gewärmte Oberfläche eines Steines, den er ihr in die Hand gelegt hatte. Sie hielt die Augen geschlossen, nahm ihre rechte Hand zur Hilfe und fuhr die Konturen des Steines ab und erfühlte, dass der Stein an zwei Seiten hin ein wenig spitz zulief, an den oberen Seiten ertastete sie Rundungen, die deutlich in der Mitte nach unten zusammenliefen. Noch mit geschlossenen Augen, sagte sie überrascht.

"Ein Herz."

Sie öffnete die Augen und betrachtete den hellen Stein, der tatsächlich die deutlich erkennbare Form eines Herzens hatte. Ihre Augen strahlten Freude aus über diesen kleinen kostbaren Schatz.

"Danke, das ist ein ganz besonders schönes Geschenk." Ganz spontan hauchte sie Andrea einen Kuss auf die Wange, zog sich aber schnell zurück, erschrocken darüber, was sie gerade getan hatte.

"Ich habe ihn gerade beim Rausgehen aus dem Wasser gefunden. Er lag einfach vor meinen Füssen, da musste ich ihn doch aufheben. Schön, dass er dir gefällt!"

Sie hielt das steinerne Herz fest in ihrer geschlossenen Hand, so als wollte sie es auf keinen Fall verlieren.

Andrea war von ihrer Begeisterung über so etwas Kleines angetan. Es passte in das Bild, dass er von ihr hatte. Er mochte ihre natürliche unkomplizierte Art. Das war das eine, was er noch mehr an ihr schätze, diese Natürlichkeit, die er so oft in den letzten Tagen an ihr erkannt hatte. Fast immer hatte sie einen tieferen Blick auf die Dinge, die sie umgaben, dabei war sie aber immer lebendig und humorvoll.

Sie gingen wieder hoch zum Haus, wo sie sich duschte und wieder ankleidete. Als sie hinunter in die Küche kam, stand Andrea nur mit einem Handtuch um die Hüften geschlungen am Herd, und kochte Kaffee in einer Napolitaine. Durch die Öffnung vom Treppenaufgang warf sie dieses Mal keinen Blick auf das Meer, sondern betrachtete Andrea, wobei sie merkte, dass ein wohliges Gefühl ihren Körper durchfuhr, wie ein leichter äußerst angenehmer Schauer. Was sie da sah, war schon sehr sehenswert. Ein gutgebauter muskulöser Körper, sehr männlich, ohne künstlich aufgeplustert zu sein. Dunkle Haare bedeckten dezent seinen Körper, der Farbe seiner Haut war anzusehen, dass er sich viel im Freien aufhielt. Ein gut geformter Po zeichnete sich durch das Handtuch ab. Wären ihre Mädels jetzt hier, würden sie wohl sagen, ganz schön schnuckelig der Typ. Lisa musste schmunzeln und sich selbst eingestehen, dass sie Andrea als Mann äußert attraktiv und anziehend fand.

"Ah, da bist du ja schon. Der Kaffee ist sofort fertig." riss er sie aus ihrer lustvollen Betrachtung. Lisa errötete ein wenig bei der Vorstellung, dass Andrea sie bei ihrer etwas zu intensiven Betrachtung seines Körpers erwischt haben könnte.

"Hier ist der Badeanzug. Das ist ja praktisch eine so nette Nachbarin zu haben, die zudem auch noch so attraktiv ist!"

Andrea schien die Spitze darin nicht registriert zu haben, zumindest ließ er sich nichts anmerken, als er antwortete.

"Ja, Maria ist wirklich eine tolle Nachbarin. Sie ist Malerin, einige der Bilder, die oben hängen, sind von ihr. Sie hat mir auch beim Einrichten des Hauses geholfen. Vor allen Dingen, die Einrichtung des Schlafzimmers war ihre Idee."

Na das ist ja praktisch, gleich selbst das Liebesnest einzurichten, dachte Lisa. Als sie zum Duschen oben war, hatte sie Gelegenheit gehabt einen längeren Blick ins Schlafzimmer zu werfen, sie musste zugeben, dass es auch ihr gut gefiel. Ein altes großes Metallbett, in der Farbe des hellblauen Meeres gestrichen, darüber ein ins Türkis übergehender großer Spiegel mit unterschiedlichen Muscheln beklebt, die golden angepinselt waren und aussahen, als würden sie durch Sonnenstrahlen golden glänzen. In allem war das Thema des Meeres angedeutet, sodass alles übergangslos ineinander überging. An den Seiten des Bettes hing jeweils ein großes Keramikbild, die Motive erinnerten sie an die Bilder von Miró. Ein alter hoher zweitüriger Kleiderschrank zierte die eine Wand, daran anschließend die große dreiflügelige Terrassentür und vor dem Bettende stand eine längliche schmale Truhe, die wie Lisa es einschätzte aus derselben Werkstatt stammte, wie der Schrank. Hier und da waren noch andere alte Möbelstücke arrangiert. Aber das stärkste überhaupt war die Aussicht vom Bett auf das Meer durch die große Terrassentür.

Andrea riss sie aus ihren Träumereien, als er erzählte, dass Maria neben der Malerei auch eine gefragte Keramikkünstlerin in Vietri sul Mare sei. Ihre Objekte seien auch international sehr gefragt. Sie sei tatsächlich eine sehr beeindruckende Frau.

Andrea sagte dies auf eine Art, die ehrliche Bewunderung ausdrückte, in der Lisa eine echte Freundschaft zu erkennen glaubte. Anstatt, dass sie die Bemerkung ärgerte, spürte sie so etwas wie Respekt Andrea gegenüber. Sie schätze immer mehr an ihm, diese offene und ehrliche Art.

Ihren Kaffee tranken sie auf der Terrasse. Andrea erzählte ihr, dass sein Großvater, der hier Fischer gewesen war, den unteren Teil des Hauses gebaut hatte, seine Eltern hatten die oberen Räume erweitert. Seine ersten Lebensjahre hätte er hier verbracht bevor seine Eltern dann nach Neapel gezogen seien. Als er die Stelle in Salerno angenommen habe, wäre für ihn klar gewesen, hier hin zu ziehen.

"Das kann ich gut verstehen. Es ist wunderschön hier!" unterstrich es Lisa.

Das Klingeln von Andreas Handy unterbrach ihr entspanntes Gespräch. Er schaute auf das Display und sagte.

"Das mit mein Vice Questore. Eentschuldige bitte, da muss ich rangehen."

"Pronto." hörte Lisa ihn sagen, dann war er ins Haus verschwunden.

Als er wieder auf die Terrasse rauskam, hatte er einen ernsten Ausdruck auf seinem Gesicht und mit Bedauern in der Stimme eröffnete er, dass er zurück in die Questura müsse.

"Der Vice Questore möchte mich heute noch in der Questura sprechen. Er möchte von mir den Stand der Ermittlungen erfahren und wie wir gedenken, weiter vorzugehen. Außerdem müssen wir noch über einen alten Fall sprechen, weswegen ich am Montag vor Gericht in Neapel aussagen muss."

"Kein Problem, ich habe auch noch einiges zu erledigen. Ich wollte Viktor über Skype kontaktieren, um zu erfahren, ob seine Ermittlungen in Köln noch was ergeben haben und dann wollte ich ja auch noch Robert Thomée befragen, wie wir vorhin besprochen haben."

Verfinsterte sich da gerade wieder Andreas Gesicht?

Nachdem Andrea sich angezogen und auch Lisa ihre Sachen eingesammelt hatte, gingen sie hoch zum Wagen. Andrea brachte sie zu ihrem Auto, das noch unten am Hafen stand.

"Danke für die schöne Mittagspause!" sagte sie und zögerte einen Moment beim Aussteigen, in dem sie darüber nachdachte, ob sie sich zu Andrea hinüberbeugen und ihm einen freundschaftlichen Kuss zur Verabschiedung geben sollte. Sie entschied sich dagegen, obwohl sie es gern getan hätte und ging zu ihrem Wagen.

Matteo hatte sich in Neapel durch den morgendlichen Verkehr gekämpft und stand nun vor einem dieser herrschaftlichen Prachtbauten, wo dieser Francesco Lombardi wohnen sollte. Er fand den Namen auf den Klingelschildern aus poliertem Messing. Auf sein Klingeln ertönte eine Frauenstimme aus dem Lautsprecher einer Gegensprechanlage.

„Ja, bitte?"

„Guten Tag, Vice Commissario Matteo de Luca aus Salerno. Ich möchte zu Francesco Lombardi."

Ohne, dass weitere Nachfragen kamen, öffnete sich die Tür. Für einen Moment ein wenig orientierungslos stand Matteo in einer einem Innenhof gleichenden Eingangshalle. Dort erspähte er schnell ein Schild, das ihm verriet, das sich die Wohnung Lombardi im dritten Stock befindet. Er nahm den historisch anmutenden Aufzug und fand sich schon bald einer streng gekleideten weiblichen Person mittleren Alters im Türrahmen stehend gegenüber. Sie machte keine Anzeichen, sich vorzustellen oder Fragen zu stellen, deshalb ergriff Matteo das Wort.

„Ich möchte mit Francesco Lombardi sprechen. Ist er zuhause?"

„Ja, dann folgen Sie mir bitte", kam die Antwort, die Matteo so gar nicht deuten konnte, er meinte beinahe etwas Ironisches darin zu hören.

Er folgte der Frau, die eine große Tür öffnete und das, was Matteo zu sehen bekam, verschlug ihm erst einmal den Atem, auch zerbrach gleichzeitig all seine Hoffnungen, den Fall bald lösen zu können.

In dem großen leicht verdunkeltem Raum stand mittendrin ein Krankenbett mit viel medizinischen Apparaten drumherum. In dem Bett lag eine zerbrechlich wirkende ausgemergelte Person mit geschlossenen Augen.

„Bitte, das ist das was von Signor Lombardi übriggeblieben ist!", hörte er die Stimme im Hintergrund sagen.

Matteo dreht sich wieder der Frau zu, die nun doch erklärte, dass Francesco Lombardi vor zwei Jahren einen schweren Schlaganfall hatte und seitdem nicht mehr ansprechbar sei.

„Ich bin Krankenschwester und betreue Signor Lombardi im Auftrag der Familie, die sich aber selten hier sehen lässt. Ich weiß nicht, wie ich Ihnen weiterhelfen kann."

„Nein, danke. Ich denke, sie können mir tatsächlich nicht helfen. Damit hat sich mein Besuch hier erledigt."

Draußen auf dem belebten Boulevard wählte er zerknirscht die Nummer von Andrea, der allerdings nicht zu erreichen war. Er hoffte, dass Andreas Ermittlungen erfolgreicher verliefen als seine.

Die kurze Strecke bis Salerno fuhr Lisa hinter Andrea her, als er an der Questura abbog, winkten sie sich noch einmal zu und Lisa fuhr ins Hotel. Sie war kaum dort angekommen, da ging ihr Handy. Es war Andrea, der ihr mitteilen wollte, dass Matteo sich gemeldet hatte. Dass seine Spur aber nichts ergeben hatte. Er berichtete ihr, was Matteo vorgefunden hatte.

Nach dem Gespräch, nahm sie ihr Tablet, weil sie davon ausging, Viktor um diese Zeit noch im Büro anzutreffen, was auch der Fall war.

Auf dem Bildschirm tauchte Viktors Bild auf.

"Hallo Lisa, schön dich zu sehen. Wie laufen eure Ermittlungen?"

"Hallo Viktor, ziemlich schleppend. Es ist immer noch kein Motiv zu erkennen. Vielleicht kommt der Täter gar nicht aus dem Umfeld, vielleicht war es wirklich ein unglücklicher Zufall, dass sie zur falschen Zeit am falschen Ort waren. Aber dagegen spricht, dass man dort, wo sie gefunden wurden als Tourist eigentlich um diese Zeit nichts zu suchen hat. Vielleicht haben sie dort einen Einstieg in den dortigen Wanderweg gesucht. Das wäre meine einzige Erklärung."

"Manchmal sagt der Tatort etwas über den Täter aus, gibt es dort Hinweise auf ein mögliches Motiv. Was ist dir Besonderes aufgefallen?", gab Viktor noch nicht auf.

"Dass es ein ganz idyllischer Platz ist, eine großartige Aussicht auf eine malerische Landschaft!" fiel Lisa als erstes ein.

"Es ist so friedlich und beschaulich und alle reden von Amore", ergänzte sie.

"Das hört sich sehr romantisch an und wie geschaffen für ein Schäferstündchen!"

"Ja!" erwiderte Lisa nachdenklich. "Und dann lauert der Tod im Hinterhalt!"

"Habt ihr den Mann überprüft, der die beiden gefunden hat? Vielleicht hat er ja dort schon öfters Pärchen beobachtet. Vielleicht ist es im doppelten Sinne sein Jagdrevier!"

"Die Kollegen haben das gemacht. Sie haben ihn überprüft. Er kommt als Täter sicherlich nicht in Betracht. Er ist wirklich ein harmloser alter Mann, der hin und wieder auf die Jagd nach Kaninchen geht."

Dann berichtete Lisa von ihrem Gespräch mit Paolo Massimo.

"Ich werde mit der Firma in München sprechen, ob die beiden dort waren, um ihre Alibis zu überprüfen."

"Ja, das solltest du auf jeden Fall machen. Hast du schon etwas von den Kollegen vom LKA gehört. Gibt es irgendwelche Hinweise, dass eine geschäftliche Verbindung zwischen dieser Männercombo besteht?"

"Bis jetzt habe ich noch nichts gehört, ich bleib' auch da am Ball."

"Das ist gut. Ich bin mir sicher, da muss was zu finden sein. Obwohl ich mir nicht vorstellen kann, dass sie so weit gehen würden und einen Mord begehen für irgendwelche Abfallschweinereien oder kannst Du Dir vorstellen, dass solche Mafiamethoden auch schon in Deutschland gang und gäbe sind?"

"In unserem Geschäft haben wir schon hinter den biedersten Fassaden, die skrupellosesten Monster gesehen! Ausschließen will ich gar nichts mehr!"

Hörte Lisa da eine Spur von Resignation bei Viktor heraus.

"Übrigens, du siehst gut aus Lisa!" wechselte Viktor übergangslos das Thema. "Die Zusammenarbeit mit den dortigen Kollegen scheint dir gut zu bekommen."

"Viktor, du alter Schwerenöter! Was du nur immer hast!"

"Ich meine es doch nur gut, Lisa. Es wird Zeit, dass du dich mal wieder verliebst!"

"Danke für deine Fürsorge, aber überlass das mal mir!" Sie bedachte Viktor mit einem freundschaftlichen Lachen.

"Was hast du heute noch vor?" erkundigte sich Viktor.

"Ich werde Robert Thomée anrufen. Andrea meint, wir sollten ihn noch nicht als Täter ausschließen. Ich glaube zwar nicht, dass er mit dem Mord etwas zu tun hat. Ich habe den Eindruck, Andrea meint, ich sei ihm gegenüber befangen, weil ich ihn sympathisch fände."

"Und tust du das?"

"Er ist nett, das kann ich nicht abstreiten. Ich finde ihn sympathisch, aber ich weiß auch, dass ich in einem Mordfall ermittle und ich weiß, wo meine Grenzen sind."

"Du bist eine wirklich sehr gute Polizistin, aber auch eine ganz normale Frau mit Gefühlen und Wünschen. Ich weiß, wovon ich rede. Pass gut auf dich auf."

"Danke, Viktor, das mache ich", und damit wechselten sie das Thema.

"Was denkst du, wie lange bleibst du noch dort. Wir brauchen dich auch hier in Köln."

"Jetzt steht ja erst mal das Wochenende an. Ich kann nicht einschätzen, wie die Kollegen das hier mit dem Arbeiten halten. Soweit ich weiß, ist Matteo heute schon ins Wochenende gegangen. Er feiert mit seiner Frau den ersten Hochzeitstag auf Capri. Was Andrea vorhat, weiß ich nicht. Wenn nicht wirklich ein deutlicher Hinweis kommt, werde ich bald zurückkommen."

"Du wirst das schon richtig einschätzen, mach's gut. Ich melde mich, sobald ich etwas weiß."

"Tschüss, Viktor." Und damit verschwand er vom Bildschirm.

Lisa nahm ihr Handy und rief die Nummer von Robert Thomée auf. Sie spürte, dass ihr Finger leicht zitterte und kurz zögerte, beim Antippen der Nummer.

Der Ruf ging raus, Robert Thomée meldete sich.

"Thomée!"

"Guten Tag, Herr Thomée. Ich bin's, Lisa Brandkopf. Ich muss sie leider noch mal stören, weil ich noch ein paar Fragen habe."

"Hallo Frau Brandkopf, schön sie zu hören. Sie stören überhaupt nicht. Ich freue mich. Wie geht es ihnen, was machen ihre Ermittlungen? Ich habe doch gesagt, wenn ich kann, helfe ich ihnen gern weiter."

Lisa war ein wenig aus ihrem Konzept geraten und bei so vielen Fragen gleichzeitig verschlug es ihr für einen Moment die Sprache. Was wollte sie denn überhaupt fragen, sie hätte das besser Andrea überlassen sollen. War sie tatsächlich blockiert? Sie konnte es nicht fassen.

Robert Thomée musste ihr Zögern bemerkt haben und ergriff sofort wieder das Wort.

"Ich hätte einen Vorschlag. Wenn sie noch in Salerno sind, würde ich mich heute Abend gern mit Ihnen dort zum Abendessen treffen. Dann können wir alles bereden, was sie möchten."

"Ich bin noch in Salerno, aber…"

"Ich akzeptiere kein aber!" sagte er spielerisch bestimmend und fuhr fort.

"Ich kann um neunzehn Uhr in Salerno sein."

"Gut, dann treffen wir uns am Lungomare an der Touristeninformation."

"Ich freue mich, bis später!"

Damit war das Gespräch beendet und in Lisa zogen umgehend Zweifel auf, ob das wirklich richtig war.

Nachdem seinem Gespräch mit Lisa, beschäftigte sich Viktor ebenfalls mit Robert Thomée. Es war wirklich wenig, was sie von ihm wussten, stellte Viktor fest. Sie hatten zwar darüber nachgedacht, dass es eine Verbindung geben könnte, in Bezug auf die illegale Entsorgung der radioaktiven Abfälle, hatten ihn aber nie als einen potentiellen Mörder von Carla und Sebastian gehalten. Der Kollege in Salerno hatte nicht ganz unrecht, wenn er darauf hinwies, ihn nochmals genauer unter die Lupe zu nehmen. Aus diesem Grund rief Viktor in der Firma von Robert Thomée an und ließ sich mit der Sekretärin von Thomée verbinden.

"Herr Thomée ist nicht im Haus", versuchte diese das Gespräch abzuwiegeln.

"Das ist mir bekannt. Sie können mir aber bestimmt Auskunft geben, wo sich Herr Thomée am Freitag der letzten Woche aufgehalten hat und vielleicht wissen sie auch, was er am Wochenende vorhatte."

"Warum wollen sie das wissen und überhaupt, muss ich ihnen eine Antwort darauf geben?"

"Sie müssen nicht, das stimmt. Ich kann mir aber schnell einen Beschluss besorgen, dann komme ich zu ihnen in die Firma und drehe jedes Blatt um, das ich in die Hände kriege!"

Diese Androhung zeigte die erwünschte Wirkung, auch wenn Viktor wusste, dass er sich in einer Grauzone bewegte.

"Ich kann ja mal in den Terminplaner schauen, vielleicht finde ich etwas darin."

Viktor hörte im Hintergrund Geräusche, die sich anhörten, als würde sie die Tasten eines Computers bedienen.

"Hier habe ich es gefunden", sagte die Sekretärin als würde sie gerade ein Staatsgeheimnis aufdecken. "Herr Thomée war am Freitag gar nicht in der Firma, er hatte einen Termin außerhalb."

"Und sie können mir bestimmt sagen, wo Herr Thomée diesen Termin hatte?"

Wieder Zögern auf der anderen Seite. Viktor wartete einen Moment und es ging tatsächlich weiter.

"Herr Thomée ist am Freitag nach Neapel geflogen."

"Nein, das kann nicht sein, er ist am Dienstag nach Neapel geflogen", entgegnete Viktor genervt.

"Ja, das stimmt. Er ist am Dienstag nach Neapel geflogen, wo er sich jetzt auch noch aufhält. Er ist aber auch bereits am Freitag früh nach Neapel geflogen und am Samstagabend zurückgekommen. Ich habe die Flüge für ihn gebucht."

Viktor hatte es für einen Moment die Sprache verschlagen. Das konnte doch nicht sein, wie konnten sie das übersehen haben.

"Können sie mir sagen, was der Grund war, warum Herr Thomée bereits am Freitag und Samstag in Neapel war?"

"Soviel ich weiß, wollte er sich persönlich darum kümmern, dass alles für die Reise mit den Herren, mit denen er sich jetzt in Neapel aufhält, funktioniert."

Viktor konnte nicht glauben, was er da gerade hörte. Er bedankte sich und versuchte sofort, Lisa zu erreichen.

Er rief das Programm auf dem Bildschirm auf, um mit Lisa zu sprechen. Doch diese nahm das Gespräch nicht entgegen.

"Scheiße, Lisa, jetzt geh doch 'ran. Wo bist du?"

Er versuchte es, Lisa auf ihrem Handy zu erreichen, auch dies ohne Erfolg.

Um wenige Minuten vor neunzehn Uhr erreichte Lisa das Gebäude der Touristeninformation und da stand auch schon Robert Thomée. Er war wirklich ein attraktiver gutaussehender Mann. Als er sie sah, winkte er ihr freudig zu und kam ihr entgegen.

"Da sind sie ja! Ich hatte schon ein wenig Sorge, dass Sie nicht kommen würden."

"Warum sollte ich nicht kommen", sagte Lisa gespielt erstaunt, wobei das Erstaunen gar nicht so gespielt war, dies sollte Robert Thomée aber auf keinen Fall mitbekommen. Sie wollte nicht, dass er ihre eigenen Zweifel an diesem Vorhaben bemerkte. Sie hatte sich die ganze Zeit versucht, selbst davon zu überzeugen, dass sie ganz professionell an den Abend herangehen würde.

Robert nahm sein Smartphone heraus und lotste sie zu einem Restaurant, dass er herausgesucht hatte. Lisa war innerlich zerrissen, dass sie ihm die Führung überließ und warnte sich, aufzupassen. Denk immer daran, du musst vorgeben, wo es langgeht, wie heißt es doch, wer fragt, der führt. Halt dich daran.

Lisa musste zugeben, es war ein tolles Restaurant mit einer hervorragenden Speisekarte und einem besonderen Ambiente. Während sie das Menü zusammenstellten, redeten sie über die köstliche Küche der Region und dass man hier tatsächlich noch frisch gefangenen heimischen Fisch auf den Tisch bekam.

Vor ihr tauchten die Bilder auf, die sie von Andreas Terrasse aus, gesehen hatte, von den vielen kleinen bunten Fischerbooten, die dort ihre Netze ausbrachten und noch vom Fischfang lebten. ‚Andrea!', schoss es durch ihren Kopf und sie war selbst ein wenig verwirrt, sich bei diesem Gedanken zu erwischen.

"Können wir bestellen, oder brauchen Sie noch Zeit?" riss Robert Thomée sie aus ihren Gedanken.

"Ich bin so weit."

Nachdem die Bedienung, sich wieder zurückgezogen hatte, eröffnete er das Gespräch.

"Ich würde vorschlagen, sie stellen mir jetzt ihre Fragen. Wir arbeiten den offiziellen Teil ab und dann hoffe ich, dass wir den Abend genießen werden."

Wieder war Robert ihr einen Schritt voraus. Lisa musste schlucken, irgendwie war sie sauer auf Andrea, weil sie ihn dafür verantwortlich machte, dass sie sich jetzt in dieser Situation befand.

"Sie hatten davon gesprochen, dass sie glaubten, Sebastian würde Carla nicht guttun. Was haben sie damit genauer gemeint und warum war Carla so wütend darüber, dass sie sich einmischten?"

"Wie ich Ihnen schon sagte, fand ich, dass Sebastian ein Langweiler war. Ich habe Ihnen ja schon gesagt, dass

Carla sehr temperamentvoll und lebensbejahend war. Sie hatte sich so zurückgezogen. Sie sagte, dass hätte auch mit der Krankheit und dem Tod ihrer Mutter zu tun, was ich aber nur schwer glauben konnte."

"Kann es sein, dass sie eifersüchtig auf Sebastian waren. Vielleicht wünschten sie sich Carla zurück."

Robert lachte auf. "Nein, glauben sie mir, zwischen Carla und mir war alles geklärt. Wie ich ihnen ja schon erzählt habe, waren wir mal sehr verliebt, aber für den Alltag hat es nicht gereicht, wir hatten zu verschiedene Auffassungen, was uns im Leben wichtig ist. Wir haben uns tatsächlich im Guten getrennt und uns weiterhin wie Freunde gemocht, sie wurde aber immer sauer, wenn ich mich zu sehr in ihr Leben einmischte, wie sie meinte. Kann sein, dass ich irgendwie Schuldgefühle hatte und sie beschützen wollte. Aber Eifersucht! Nein, auf keinen Fall!"

"Könnten sie sich vorstellen, dass Sebastian irgendetwas mit dem Tod zu tun hat? Könnte es sein, dass er Feinde hatte?"

"Nein, das kann ich mir überhaupt nicht vorstellen," platzte es mit solch einer Überzeugung aus ihm heraus. "Er war in meinen Augen wirklich langweilig und ein ganz unauffälliger Typ. Ein guter Arzt, zweifelsohne, aber in irgendetwas verwickelt? Nein, bestimmt nicht!"

Lisa gingen die Fragen aus. Als sie sich überlegte, ob sie das Thema Abfallbeseitigung nochmals ansprechen sollte, überraschte sie Robert Thomée mit seiner nächsten Bemerkung.

"Sie haben mich noch gar nicht nach meinem Alibi gefragt? Das ist doch sonst immer eine der ersten Fragen in den Fernsehkrimis. Glauben Sie, ich hätte eher einen Auftragskiller engagiert, um mir die Hände nicht selbst schmutzig zu machen."

"Nun, einen Mord in Auftrag zu geben, ist auch ein Straftatbestand, wie sie sicherlich wissen. Also wo waren sie am letzten Samstag?" machte Lisa das Spielchen weiter.

"Auf jeden Fall nicht in diesem Ort Furore."

Das Essen kam und Lisa wollte das Gespräch so nicht weiterführen. Es entglitt in eine Richtung, die ihr nicht behagte, und er hatte recht, sie hatte tatsächlich nicht nach seinem Alibi gefragt, weil es ihr abwegig erschien, dass er den Mord ausgeführt haben könnte. Sie musste sich erst mal neu sortieren, deshalb suchte sie ein anderes Thema.

"Wie ist Ihr Ausflug bisher verlaufen. Hatten sie schon Gelegenheit, Golf zu spielen. Wie heißt das nochmal beim Golfen, sprechen sie da nicht von Handicaps, die gespielt werden müssen?"

"Mir scheint, Golf ist nicht ihr Lieblingssport! Mit einem Handicap wird die ungefähre Spielstärke eines Golfspielers beschrieben." Dann folgte eine etwas längere Einführung in das Golfspiel, der Lisa amüsiert folgte.

"Es interessiert sie nicht wirklich!", merkte Robert Thomée plötzlich an.

"Nein, nicht wirklich," antwortete Lisa mit einem einnehmenden Lachen, das so charmant rüberkam, dass er ihr nicht böse sein konnte.

"Was ist Ihre Lieblingssportart? Ich denke, Sie als Polizistin müssen sehen, dass sie eine gute Kondition haben."

"Ja, das sollte ich eigentlich, da haben sie recht. Ich schwimme für mein Leben gern, damit versuche ich mich fit zu halten. Ansonsten das Übliche. Radfahren, Laufen und Akido, das auch der mentalen Stärkung dient."

Lisa erzählte auf Roberts Nachfrage vom Akido, im Gegensatz zu ihr, lauschte er ihren Ausführungen ganz aufmerksam.

"Das hört sich wahnsinnig interessant an. "Schließe den Gegner in dein Herz, um ihn zu besiegen. Das muss dir erst einmal gelingen in einer Situation, in der du dich angegriffen fühlst und vielleicht Todesangst hast. Aber wirklich interessant. Ich glaube, ich werde dem mal nähertreten. Können sie mir eine gute Schule in Köln empfehlen?"

Lisa merkte, dass sie im Laufe des Abends immer entspannter wurde. Es war angenehm sich mit ihm zu unterhalten. Er erzählte von sich, zeigte aber auch immer wieder Interesse an Lisa, hörte ihr aufmerksam zu und ging auf sie ein. Er konnte bei vielen Themen mitreden und zeigte dabei deutlich seine eigene Sichtweise. Sie saßen noch lange nach Dessert und Espresso zusammen ohne dass ihnen der Gesprächsstoff auszugehen drohte.

Andrea war, nachdem er mit dem Vice Questore gesprochen und noch einige andere Arbeiten erledigt hatte, zurück nach Cetara gefahren. Er hatte die Kaffeetassen beiseite geräumt und sich dabei erwischt, wie er zärtlich über die Tasse gestrichen hatte, aus der Lisa getrunken hatte und beim Anblick des fast leeren Plätzchentellers sah er Lisas entzücktes Gesicht vor sich, wenn sie in ein Plätzchen biss, um es genussvoll zu kosten. Er hatte danach geduscht und hatte sich vorgestellt, wie die Wassertropfen, die jetzt noch überall hingen, Lisas Körper berührt hatten, an ihr abgeperlt waren. Bei der Vorstellung, dass ihr Körper hier unter der Dusche gestanden hatte, fühlte er ihre Gegenwart und ein wohliges Schaudern durchfuhr ihn. Jetzt stand er hier auf seiner Terrasse mit einem Glas Wein in der Hand, schaute hinüber auf die Lichter von Salerno und dachte, dass Lisa irgendwo da drüben in diesem Lichtermeer ein kleiner Punkt ist. Er musste sich eingestehen, dass er sich nach ihrer Gegenwart sehnte, die Erinnerungen an die letzten Tage, die sie miteinander verbracht hatten, lösten etwas ganz Wohliges in ihm aus, aber auch ein großes Verlangen nach ihr. Lange widerstand er dem Impuls, sie anzurufen, dann hielt er es nicht mehr aus und wählte ihre Nummer. Als der Ruf rausging, schlug sein Herz höher, doch es meldete sich nur die Stimme, die ihm mitteilte, dass der Gesprächspartner zurzeit nicht verfügbar ist. Enttäuscht, aber auch verwirrt darüber, wo sie wohl stecken konnte, versuchte er sich damit abzulenken, über den Fall nachzudenken. In diese Überlegungen hinein, klingelte sein Handy und er freute sich schon darauf, dass es Lisa war, die ihn anruft. Auf sein freudiges,

"Pronto", folgte aber nicht die ersehnte Stimme, sondern es meldete sich Sergio Resina.

"Hallo Andrea. Ich habe da etwas, das könnte dich interessieren. Die Staatsanwaltschaft in Neapel hat einen Deutschen mit Namen Ferdinand Dorn im Visier, der sich im Moment in Neapel aufhält. Es liegt der Verdacht vor, dass es sich um einen Müllschieber handelt. Er ist zusammen mit Michele Zuccero heute auf dem Golfplatz gesehen worden. Das ist aber noch nicht alles, jetzt wird es richtig interessant! Die beiden sind dort mit euren Müllmännern aus Köln zusammengetroffen."

Andrea reagierte nicht sofort, er musste diese Information erst einmal sacken lassen.

"Ist Michele Zuccero nicht der Chef des größten Abfallentsorgungsunternehmens in Neapel?" hakte Andrea nach.

"Genau richtig! Und niemand anderes als die Mafia steckt dahinter. Das Unternehmen wurde 2008 als Tarnfirma gegründet, als der große Müllnotstand behoben werden sollte. Zuccero hat ziemlich gute Kontakte zu unseren Regionalpolitikern, die das Müllproblem so schnell wie möglich gelöst haben wollten. Er hat einiges an Schmiergeldern bezahlt und hat natürlich ganz legal, wie du dir denken kannst, den Auftrag zur Müllentsorgung erhalten. Den Müll hat die Firma dann auf Ländereien von Verwandten oder Strohmännern verbuddelt."

"Gab es da nicht auch die Geschichte, dass die damalige Regierung unter Berlusconi per Eildekret mitten im Nationalpark eine Müllhalde genehmigte."

"Eine Müllhalde, die nur ein simples Loch war und dieses Loch gibt es immer noch als Mülldeponie, die Abfall aus ganz Italien aufnimmt." ergänzte Sergio.

"Könnten dieser Dorn und unsere beiden Toten Kontakt gehabt haben."

"Keine Ahnung, Andrea. Soviel ich weiß, ist dieser Dorn erst gestern Abend hier in Neapel eingetroffen."

"Ich danke dir, Sergio. Das Weitere herauszufinden, liegt jetzt wohl an uns. Schönen Abend noch!"

"Das wünsche ich dir auch, Andrea."

Nachdem das Gespräch zu Ende war, wählte Andrea noch einmal Lisas Nummer, wieder ohne Erfolg. Viel zu angespannt, ging er zu Bett. Im Dämmerschlaf hörte er, dass eine Nachricht auf seinem Handy einging, nachdem er aber schon zweimal in der Hoffnung es sei Lisa, darauf geschaut hatte, wollte er sich eine weitere Enttäuschung ersparen und schlief irgendwann endlich ein.

Es war schon spät als Lisa ins Hotel zurückkam. Sie war mit Robert noch an der Promenade entlang gebummelt, nachdem sie bemerkt hatten, dass die Bedienung nur noch darauf wartete, dass die beiden letzten Gäste gehen würden. Robert hatte darauf bestanden, sie noch zu ihrem Hotel zu begleiten, dort hatten sie sich wie gute Freunde voneinander verabschiedet. Erst im Hotelzimmer sah sie, dass mehrere Anrufe eingegangen waren. Einer war von Viktor und zwei waren von Andrea, was sie sehr verwirrte. Viktor hatte auf ihre Mailbox gesprochen und sie dringend um einen Rückruf gebeten, was ihr jetzt allerdings zu spät erschien. Außerdem sagte sie sich, wenn es so wichtig gewesen wäre, hätte er es bestimmt noch mal versucht. Sie entschied, dass dieser Anruf Zeit bis Morgen hatte. Es ließ ihr aber keine Ruhe, was Andrea von ihr gewollt hatte. Eine Nachricht hatte er nicht hinterlassen. Jetzt anrufen, fand sie unpassend spät. Aber vielleicht eine Nachricht schreiben und wenn er noch auf war, könnte er zurückrufen. Das hielt sie für eine gute Idee. Also schrieb sie eine Nachricht, sie sei wieder in ihrem Hotel zu erreichen. Sie hätte sich mit Robert Thomée getroffen und ihn nochmals befragt. Wenn Andrea wollte, könne er gern noch anrufen. Sie wartete noch eine Zeitlang ab, aber es passierte nichts und somit entschloss sie sich, zu Bett zu gehen.

VII

Andrea wachte früh auf nach einer Nacht mit unruhigem Schlaf und merkwürdigen Träumen. Er schaute auf sein Handy und stellte fest, dass sich Lisa noch spät am Abend gemeldet hatte. Das, was er jetzt las, haute ihn um. Das glaube ich nicht, dachte er bei sich. Was geht in dieser Frau vor, sich mit diesem Robert Thomée zu treffen! Er merkte, dass er außer sich war. Sie sollte ihm noch einige Fragen stellen, die sie in diesem Fall weiterbringen könnten, aber gleich ein Treffen mit ihm, das war unglaublich. Was hieß es überhaupt, sich getroffen zu haben. So wie es aussah, hatte sie den ganzen Abend mit ihm verbracht. Zermürbt ging er in die Küche, um sich einen Kaffee zu kochen. Von einem Bad im Meer erhoffte er sich klare Gedanken und vor allem klare Gefühle. Mit kräftigen Zügen schwamm er hinaus und wäre beinahe mit Vincenzos Fischerboot kollidiert.

"Guten Morgen Andrea. Du hast heute aber ganz schön Schwung drauf. Trainierst Du für Olympia."

"Morgen Vincenzo, alles klar!" für mehr Konversation stand ihm heute Morgen kein Sinn.

"Wortkarg bist du auch heute!" hörte er Vincenzo noch mürrisch vor sich hin grummeln.

Er schwamm zurück, benutzte warum auch immer nur die Außendusche und machte sich fertig, um in die Questura zu fahren, auch wenn heute Samstag war.

Lisa war früh aufgestanden, war eine Runde Laufen gewesen und war nun dabei nach einem kleinen Frühstück, Viktor anzurufen.

"Guten Morgen, Viktor, Du hattest mich gestern versucht anzurufen. Was gibt es."

"Morgen Lisa, du bist aber ganz schön früh dran," knurrte er noch ziemlich schläfrig ins Telefon. "Ich hoffe, Du hast Dich gestern Abend nicht zu sehr in etwas eingelassen, was Du irgendwann bereuen wirst."

"Was soll das, Viktor. Rufst Du mich an, um mich zu kontrollieren." empörte Lisa sich, einen gewissen Ärger in ihrer Stimme nicht verbergend.

"Bestimmt nicht! Aber pass mal auf! Was ich herausgefunden habe, wird Dir bestimmt nicht gefallen. Gleich nach unserem Gespräch, habe ich im Büro von Robert Thomée angerufen, weil es mir keine Ruhe ließ, was er an dem Samstag gemacht hat. Ich habe von seiner Sekretärin erfahren, dass er bereits am Freitag nicht im Büro war. Jetzt rate mal wo er war!"

"Viktor, jetzt lass diese Spielchen. Sag schon, was Du weißt!"

"Wenn Du nicht sitzt, sollest Du dich jetzt setzen. Er war in Neapel!"

Schweigen.

Lisa war verwirrt, warum hatte Robert ihr nichts davon erzählt. Jetzt begriff sie, warum er gesagt hatte, auf jeden Fall nicht in Furore. Was hatte er ihr sagen wollen. Was gab es für einen Grund, zu verschweigen, dass er in Neapel gewesen war.

"Lisa? Bist Du noch dran?"

"Ja!"

"Ist alles klar bei Dir?" fragte Viktor mit besorgtem Ton in der Stimme.

"Ja, alles in Ordnung! Weißt Du Genaueres?"

"Nur so viel, dass er am Freitag früh hingeflogen ist und am Samstagabend zurück. Ich habe seinen Rückflug gecheckt. Der Flieger ist in Neapel um 18.55 Uhr gestartet.

Er ist an Bord gewesen, das habe ich überprüft. Was meinst Du, kann er zur Tatzeit dort gewesen sein?"

"Theoretisch ja! Wir gehen davon aus, dass der Todeszeitpunkt zwischen fünfzehn bis sechzehn Uhr liegt. Praktisch müsste er aber ziemlich genaue Ortskenntnisse haben, um das zeitlich hinzubekommen. "

Viktor hakte noch einmal nicht zu einfühlsam klingend nach.

"Ist mit Dir wirklich alles in Ordnung?"

Lisa wusste es zu schätzen, wie er mit der Situation umging und bekräftigte noch mal, dass es ihr gut gehe.

"Viktor, keine Sorge, ich bin nicht verliebt in ihn und es ist auch nichts weiter passiert, wir haben nett gegessen und geredet."

"Willst Du das weitere Gespräch nicht besser den italienischen Kollegen überlassen?"

"Ich kläre das, Viktor. Das geht schon!", entgegnete ihm Lisa, etwas schärfer als sie wollte.

"Gut, Du wirst die richtige Entscheidung treffen."

"Und noch was", fuhr Viktor fort, "der Großhandel für italienischen Wein hat bestätigt, dass die Herren Massimo von Sonntag bis Dienstag auf der Hausmesse ihre Weine präsentiert haben."

Sie verabschiedete sich von Viktor und wählte sofort die Nummer von Robert Thomée.

"Thomée!"hörte sie seine verschlafene Stimme.

"Hier ist Lisa, ich muss dringend mit Dir reden." Sie ärgerte sich, dass sie sich auf das Du eingelassen hatte, aber jetzt wieder zum Sie zu wechseln, wäre genauso lächerlich wie sie sich gestern wohl lächerlich gemacht hatte durch ihr zu vertrauensvolles Verhalten.

"Lisa, sag nicht, Du hast solche Sehnsucht nach mir," scherzte er.

"Ich habe weder Sehnsucht nach Dir, noch bin ich zum Scherzen aufgelegt. Wo warst Du letzten Samstag?"

"Lisa, stopp! Ich wollte es dir gestern sagen, aber du bist nicht drauf eingegangen."

"Jetzt bin ich schuld, dass du mir was Wichtiges verschwiegen hast."

"Nein, natürlich nicht. So war das nicht gemeint."

"Was hast Du also am Samstag gemacht?"

"Du hast herausbekommen, dass ich am Freitag und Samstag in Neapel war?"

"Ja!"

"Es ist nicht so, wie Du denkst. Ich bitte Dich, Du musst mir glauben."

"Und was meinst Du, wie ich denke?", erwiderte Lisa zunehmend gereizt. „Und mit glauben, hat das hier nichts zu tun!"

"Es mag für dich lächerlich klingen, ich war tatsächlich hier in Neapel und habe das Programm für unsere Fahrt vorbereitet. Ich habe mir das Hotel angesehen, habe Restaurants gebucht, mich vergewissert, dass mit dem Golfplatz und den Trainern alles in Ordnung ist. Du kannst das alles überprüfen lassen. Es sollte nichts schiefgehen. Ich bin manchmal so perfektionistisch."

"Wo warst du in der Zeit von fünfzehn Uhr bis zu deinem Rückflug?" Lisa war in ihren Fragen jetzt kurz angebunden.

„Lisa!", empörte sich Robert, „Du glaubst doch nicht im Ernst, dass ich was mit dem Mord an Carla zu tun habe!"

„Wie soll ich Dir glauben. Du hast mich die ganze Zeit getäuscht und mein Vertrauen missbraucht und ich Idiotin hatte in Neapel ein schlechtes Gewissen Dir gegenüber."

„Wenn ich Dir in Neapel erzählt hätte, dass ich an dem Samstag ebenfalls dort gewesen bin, hättest Du mich doch noch verdächtiger gefunden. Das wollte ich nicht. Ich wollte, dass Du mich magst. Ich fand Dich seit unserer ersten Begegnung total anziehend und ich habe es als Wink des Schicksals empfunden, als wir uns am Flughafen wiedergesehen haben. Und ob Du es mir glaubst oder nicht, ich war auch total schockiert, dass Carla nicht weit von mir so etwas Schreckliches zugestoßen ist!"

Lisa bemühte sich, nicht auf die Beziehungsebene einzugehen, sondern weiterhin mit ungetrübtem Blick, die Situation aufzuklären.

„Also, hast Du nun ein Alibi für die Zeit oder nicht?" hakte Lisa entschieden nach.

"Das ist jetzt etwas peinlich."

"Mord nimmt auf Peinlichkeiten keine Rücksicht", gab Lisa kühl zur Antwort und war gespannt, was kommen würde.

"Ok, ich habe noch einen Club aufgesucht und ihn mir angeschaut, ob der ein entsprechendes Niveau hat und dann bin ich direkt zum Flughafen."

Bestimmt nicht ohne ein Probebumsen vorher, dachte Lisa angesäuert und hätte es am liebsten auch ausgesprochen, widerstand diesem Impuls, um nicht angewidert auszurasten.

"Gut, wir werden das überprüfen. Wie heißt der Club?"

Robert nannte ihr den Namen und den genauen Ort.

"Gibst Du mir noch eine Chance? Sehen wir uns in Köln?"

"Ich denke, das ist keine gute Idee."

Lisa beendete damit das Gespräch ohne weitere persönliche Worte zu verlieren.

Sie rief erneut Viktor an, setzte in darüber in Kenntnis, was Robert Thomée ihr gesagt hatte.

Um sich zu beruhigen, befasste sie sich wieder mit ihren Informationen zum Fall, die sie vor sich ausbreitete und immer wieder betrachtete in der Hoffnung, etwas zu finden, was ihr bisher entgangen war, um so einem Motiv näher zu kommen. Auch nahm sie sich vor, sobald sie wieder etwas klarer im Kopf war, Andrea anzurufen, um ihn über die neuen Informationen in Kenntnis zu setzen und um ihn zu bitten, das Alibi von Robert Thomée in Neapel zu überprüfen.

Andrea parkte an der Questura. Er entschied sich, nicht ins Büro zu gehen, sondern er lenkte seine Schritte den kurzen Weg direkt zu dem naheliegenden Hotel, in dem Lisa wohnte.

Er konnte es nicht benennen, ob es Wut oder Enttäuschung war, was er spürte, möglicherweise war es beides. Er wollte Lisa unbedingt zur Rede stellen und ihr deutlich machen, dass er ihr Vorgehen missbillige und es nicht gerade zu einer vertrauensvollen Zusammenarbeit beitrage.

An der Rezeption bat er, Lisa anzurufen und ihr zu sagen, dass er in der Lobby auf sie warte.

"Guten Morgen, Frau Brandkopf. Hier unten wartet Commissario Andrea Commodori auf sie. Er möchte gern mit ihnen reden und bittet sie runterzukommen."

Lisa war überrascht und wunderte sich, dass er sie nicht selber angerufen hatte, um sie in die Questura zu bitten. Andererseits war sie froh, dass er da war, damit sie mit ihm reden konnte.

"Richten sie dem Commissario bitte aus, dass er kurz zu mir hochkommt. Das trifft sich gerade gut, da es einige Dinge gibt, die ich ihm mitzuteilen habe."

Der Angestellte legte den Hörer zurück und sagte, Frau Brandkopf würde ihn bitten kurz heraufzukommen, sie habe ihm Einiges mitzuteilen.

Andrea fragte sich, ob das nicht ein wenig unpassend sei, sie auf ihrem Zimmer zu treffen und zögerte einen Augenblick. Fragte dann aber nach der Zimmernummer und nahm die Treppe in den ersten Stock, wo das Zimmer lag.

Er klopfte und Lisa öffnete ihm die Tür, begrüßte ihn unaufgeregt und freundlich, was ihn ein wenig aus der Fassung brachte. War sie so abgebrüht, dachte er, nachdem was sie sich gestern geleistet hat. Lisa trat zurück, um ihn ins Zimmer herein zu lassen. Beim Anblick des Hotelzimmers, stockte sein Atem und er staunte nicht schlecht. Er hatte ein nüchternes Hotelzimmer erwartet, doch dies war wie eine Szene aus einer anderen Zeit, als erwarte ihn seine Geliebte in ihrem Boudoir. ‚Hallo werd' mal wach', rief ihn eine innere Stimme in die Gegenwart zurück, du wolltest ein ernstes Wort mit der Kollegin reden. Du wolltest ihr klarmachen, dass du sauer bist über ihr Vorgehen. Du bist nicht hier wegen eines romantischen Tête-a-Têtes.

Lisa war weiter in den Raum hineingetreten, um Andrea herein kommen zu lassen. Sie drehte sich um, um das Gespräch zu eröffnen, in dem sie ihm über die letzten Ereignisse berichten wollte, dabei begegneten sie sich mit ihren Augen, die ihre innigsten Gefühle und Wünsche, nicht mehr länger verleugnen konnten. Sich weiter tief und sehnsuchtsvoll in die Augen schauend, kam Andrea auf Lisa zu, legte einen Arm um sie, zog sie an sich und drückte sanft seine Lippen auf die ihren. Für einen kurzen Moment hielten sie so inne, kosteten diese erste Nähe, spürten einander, zogen sich nicht zurück, ließen ihre Augen sprechen, diese Sprache, die ganz eindeutig das eine sagte, ich will dich. Da war noch ein kurzes Zögern, da waren sie, die Zweifel, die Vernunft, aber zu köstlich schmeckte er, der Kuss, so verführerisch erregend und voller Begehren. Nicht nachdenken, schob Lisa alle Bedenken beiseite. Schon längst hatte ihr Gefühl die Regie über die Vernunft übernommen. Ihre aufeinander ruhenden

Lippen verschmolzen miteinander, ihre Zungen tasteten sich vorsichtig begrüßend vor, zärtlich erkundend umspielten sie einander, um dann in einen vertrauten intimen Tanz zu versinken, der in immer leidenschaftlicheren Rhythmen das gegenseitige Verlangen offenbarte. Ohne voneinander abzulassen, begannen sie, sich gegenseitig zu entkleiden und weiteten ihr Erkunden auf ihre Körper aus, um sich schließlich lustvoll und hemmungslos einander hinzugeben.

Lange blieben sie engumschlungen liegen, als wollten sie das, was gerade zwischen ihnen entstanden war, nicht wieder loslassen. In die vertraute Stille hinein, begann Lisa zu erzählen.

"Während der Semesterferien bin ich nach Deutschland gefahren. Als ich wieder zurück nach Padua kam, eröffnete mir Lorenzo, dass er sich in eine andere Frau verliebt hatte. Er liebe mich auch, sagte er, aber bei der anderen Frau fühle sich das eben anders an. Sie sei Italienerin und sie spürten, dass sie so seelenverwandt seien. Sie verstehe vieles an ihm, ohne dass sie sich erklären müssten. Und zu alledem war sie die Tochter eines sehr reichen italienischen Industriellen! ", fügte sie mit einem Tonfall, in dem ein Hauch von Ironie lag, hinzu.

Andrea verstand sofort, wovon sie sprach. Er zog sie dichter an sich heran und als wolle er im nach hinein ihre Schmerzen lindern, begann er, ihr Gesicht mit Küssen zu übersähen, als trocknete er imaginäre Tränen. Es überkam ihn aber auch ein Gefühl der Scham, weil er ihr unterstellt hatte, dass sie Schluss mit Lorenzo gemacht hatte, weil er nicht gut genug für sie war. Im selben Moment begriff er, dass er alles versucht hatte, alle positiven Empfindungen abzuwehren, um Lisa nicht zu nah an sich herankommen zu lassen, um sich nicht den Gefühlen zu stellen, die er vom ersten Moment an für Lisa empfunden hatte.

"Ich werde versuchen, dir nicht wehzutun," sagte er, wohlwissend auf welch schwere Herausforderung er sich da einließ und doch spürte er es jetzt gerade genauso!

"Lass uns den Moment einfach nur genießen. Alles was geschehen wird, wird sich zeigen. Aber eines kann ich dir sagen, ich habe mich ganz schön in dich verliebt."

Lisa begann die Küsse zu erwidern. Andrea fand einen kurzen kussfreien Moment, in dem er Lisa erwiderte: "Glaub' mir, mich hat es auch total erwischt. Vom ersten Augenblick an und das im wahrsten Sinne, beim ersten Blick in deine Augen, ist etwas mit mir geschehen. Natürlich waren wir irritiert und sprachlos, als eine weibliche Kollegin vor uns stand, damit hatten wir nicht gerechnet. Aber als sich unsere Augen trafen, habe ich so etwas gespürt, als würden wir uns schon ewig kennen. "

Lisa konnte das, was Andrea fühlte gut nachvollziehen, auch ihr war es so ergangen und wenn sie daran dachte, dass sie sich gerade mal vor ein paar Tagen kennengelernt hatten, spürte sie, dass das, was hier gerade zwischen ihnen passierte, sich gut und richtig anfühlte.

Ohne weitere Worte überließen sie sich wieder der Sprache ihrer Körper. Ganz langsam, sich alle Zeit nehmend, den anderen zu erkunden, ihn immer näher kennenzulernen und sich dann fallen zu lassen in ein leidenschaftliches Spiel ihres gegenseitigen Begehrens.

Trotz dieser neuen spannend herrlichen Gefühle, holte sie immer wieder der Fall in die brutale Realität des Mordes zurück.

"Ich muss immer wieder daran denken, dass nicht weit von hier zwei Menschen liegen, wegen derer sich unsere Wege hier kreuzen. Ich frage mich gerade, ob sie auch durch Salerno geschlendert sind, vielleicht unten am Lungomare gesessen haben, um die Sonne und das schöne Leben zu genießen. Ich schäme mich, weil ich gerade so glücklich bin." sagte Lisa.

Andrea schaute Lisa aufrichtig in ihre wunderschönen tiefblauen Augen, nahm ihre Hände, die er an seinen Mund führte und küsste und ihr dabei ganz ernst sagte.

"Nein, Lisa, es gibt keinen Grund, sich zu schämen. Das hier betrifft uns beide und wir haben das Recht glücklich zu sein. Aber es wäre tatsächlich gut, wenn wir den Fall lösen könnten und den Mörder der beiden finden würden."

Obwohl es ihnen schwerfiel, lösten sie sich voneinander, kleideten sich wieder an, sammelten die Blätter ein, die Lisa vorher auf ihrem Bett ausgebreitet hatte und die jetzt angeknittert überall herumlagen.

Lisa berichtete nun von ihrem Gespräch mit Viktor und dem anschließenden Gespräch mit Robert Thomée. Wobei sie trotz aller Ernsthaftigkeit dem Fall gegenüber, Andrea schmunzelnd neckte, sie hätte hin und wieder den Eindruck gehabt, Andrea sei eifersüchtig auf Robert Thomée. Andrea versuchte erst gar nicht, dies abzustreiten und gestand sogar ein, dass er sich tatsächlich hin und wieder gefragt hätte, ob sie voreingenommen wäre, was die Beteiligung von Robert Thomée in diesem Fall beträfe. Lisa nahm dies ganz gelassen, weil sie durchaus gespürt hatte, dass Andrea sich immer bemüht hatte, sachlich zu bleiben.

Andrea berichtete Lisa von dem Gespräch, das er mit Sergio geführt hatte.

"Ich glaube es nicht, die feinen Herren treffen sich mit der Müllmafia!", war Lisas Reaktion darauf. "Der Fall nimmt eine Dimension an, die ich mir so nicht vorgestellt habe. Wo sind wir da hineingeraten. Und ich lasse mich von diesem Thomée so hinters Licht führen. Irgendwie bin ich wirklich blöd!"

Andrea ließ dies so stehen und ging nicht weiter darauf ein, sondern machte einen Vorschlag zum weiteren Vorgehen.

"Ich würde vorschlagen, wir fahren nach Neapel und überprüfen das Alibi von diesem Robert. Sollte es nicht stimmen, könnten wir ihn noch vor seinem Abflug nach Deutschland aufhalten."

"Du hast recht, das ist eine gute Idee", unterstrich Lisa den Plan.

"Auch wenn sich sein Alibi bestätigen sollte, bleiben da viele Fragen offen, was die Herren im Schilde führen. Wir müssen da unbedingt dranbleiben. Unsere Leute müssen sie sich vornehmen und wenn es sein muss auch auseinandernehmen", führte Lisa ihre weiteren Überlegungen aus.

Sie verspürte einen inneren Druck, irgendwie weiterkommen zu wollen, aber auch Licht in diese Geschichte zu bringen und ausschließen, dass beides miteinander zu tun hatte, konnte sie es auch nicht. Was übersahen sie.

Über die Autobahn, die Lisa schon von ihrer Anreise her bekannt war, fuhren sie nach Neapel. Während der Fahrt brachte Lisa das Gespräch nochmals auf das Thema Müll.

"Ich muss gerade daran denken, dass mir Robert Thomée von einem Fall von Müllschieberei erzählt hat. Da läuft wohl gerade ein Verfahren in Deutschland. Er hat mir versichert, dass seine Firma mit solchen Geschäften nichts zu tun hat. Ich bin mal gespannt, was da noch alles ans Tageslicht kommt!", überlegte Lisa laut. "Dieses Thema Müll taucht immer wieder auf."

"Das Thema Müll lässt uns in Neapel auch keine Ruhe", ergänzte Andrea. "Trotz der öffentlichen Aufmerksamkeit und der vielen Proteste, treibt die Müllmafia weiterhin ihr Unwesen. Geschätzte vier Milliarden Euro sollen sie in manchen Jahren am Müll verdient haben. Nur mit dem Handel von Drogen verdient die Camorra mehr Geld. Allerdings ist das Vergraben von Müll mittlerweile zu aufwendig geworden, deshalb wird er einfach verbrannt. An Straßen, unter Autobahnbrücken, einfach mit Benzin übergossen und angezündet. 'Terra dei fuochi' wird das Gebiet nördlich von Neapel inzwischen genannt. "

Lisa konnte kaum glauben, was Andrea da erzählte. Was machten die Menschen mit diesem Land, das die Römer einst aufgrund des fruchtbaren Bodens Campania felix, glückliche Landschaft nannten.

"Das ist unglaublich und was tun die Behörden dagegen?", fragte sie.

"Nun sie ist nicht ganz so tatenlos, wie es immer scheint. Das Militär wird zur Bekämpfung der Müllmafia eingesetzt, Verbrennungen von Müll an der Luft werden sogar mit Gefängnis bestraft, Geld für die Säuberung der Umgebung wird von der Regierung bereitgestellt. Aber noch regiert überall die Camorra, mit ihrem Geld haben sie sich sozusagen überall eingekauft, auch in wichtige politische Ämter. Sie ist ein Staat im Staat. Die hohe Arbeitslosigkeit ist ein Grund dafür, dass die Leute immer wieder in die Arme der Mafia getrieben werden und sich nur ganz langsam etwas verändert."

"Ist es nicht erschreckend und ernüchternd zugleich, immer wieder sind es die gleichen Themen! Ungerechte Verteilung und daraus resultierende Armut mit Perspektivlosigkeit. Macht und unstillbare Gier! Ein Teufelskreis! Und diese Strukturen gibt es überall. Die Mafia ist nicht nur ein italienisches Problem, es existiert auch schon längst in Deutschland. Es ist ein offenes Geheimnis, wo die Mafia überall drinsteckt und ihr Drogengeld hier in aufwendige Bauprojekte investiert und so sauberwäscht."

In Neapel angekommen, fanden sie den Club sehr zügig. Nachdem sie ihre Dienstausweise vorgezeigt hatten, ließ der Türsteher sie hinein. Obwohl sich das Interieur äußerlich erst einmal nicht wesentlich von irgendeinem anderen Club unterschied, fühlte sich Lisa in solchen Etablissements unwohl. Hier wurde mit Frauen gehandelt, als wären sie Ware, das widerte sie an und machte sie wütend. Natürlich war es das älteste Gewerbe der Welt, wie es immer hieß, und ihr war klar, dass es das immer geben würde. Wenn Frauen selbstbestimmt diesen Weg wählten, war das in Ordnung, und wenn sie dann selbst die Kontrolle über ihr Leben hatten. Aber hier stank es doch förmlich nach Frauenhandel und moderner Sklaverei und die Polizei, die für den Schutz der Menschen sorgen sollte, war hier machtlos. Hinzu kam, dass sie sich als Frau von den Blicken ausgezogen und als Sexobjekt degradiert fühlte. Es war ja nicht so, dass sie was gegen Sex hatte. Die Erinnerung an die letzten Stunden, die hinter ihr und Andrea lagen, in denen sie sich ausgiebig geliebt hatten, gaben ihr die Gewissheit, dass sie dies so von sich behaupten konnte. Voller Zufriedenheit dachte sie daran, was für ein guter, einfühlsamer Liebhaber Andrea war, als sie merkte, dass sie zu sehr abschweifte. Sie konzentrierte sich wieder auf die Ermittlung und holte sich in diese Realität zurück.

Das Reden mit dem Geschäftsführer, in dessen Büro sie geführt wurden, überließ sie erst einmal Andrea, weil sie überzeugt war, dass er sich besser in dieser Szene hier auskannte und bestimmt auch die richtigen Worte fand, um etwas in Erfahrung zu bringen. Ihre Einschätzung täuschte sie nicht. Sie erlebte einen Andrea, der selbstbewusst und souverän auftrat, unbeirrbar verkörperte er polizeiliche Präsenz. Das Gegenüber spürte Andreas klare und unbeeindruckte Haltung und zeigte sich entsprechend kooperativ. Dies war sicherlich keine Freundlichkeit, sondern Kalkül, damit nicht tiefer in den Sumpf hier reingeschaut wurde. Er gab ihnen ohne große Umschweife die entsprechenden Auskünfte. Dies konnte ihm nicht schaden. Als erstes erfuhren sie, dass diese Gruppe Männer am Donnerstagabend im Club war und natürlich viel Spaß hatten, welcher Art auch immer, wollten sie gar nicht näher erfahren. Das Entscheidende aber war, dass er sich tatsächlich daran erinnern konnte, dass einer vorher da gewesen war, und genau der es war, der auch die Rechnung beglichen hatte. Der Geschäftsführer, der einen Überblick über seinen Laden hatte, wie Lisa erstaunt feststellte, bat eine der Frauen namens Naomi zu sich ins Büro, von der er meinte, dass sie Kontakt zu dem Mann hatte, wobei natürlich nicht offen von Prostitution gesprochen wurde. Naomi erfüllte genau das Bild, was die meisten wohl sofort haben, wenn sie diesen Namen hören. Sie war eine großartig aussehende schwarzhäutige Schönheit mit einer sehr stolzen Haltung und Ausstrahlung, langbeinig mit einem makellosen Körper. Geschmack hat er, der Herr Thomée, musste Lisa anerkennend zugeben.

Lisa zeigte Naomi das Bild von Robert Thomée, das sie auf ihrem Tablet aufgerufen hatte.

"Ja, an den kann ich mich erinnern", sagte Naomi in gebrochenem italienisch. "Er war das erste Mal am letzten Samstag hier. Es muss so gegen 15.00 Uhr gewesen sein, ich hatte gerade meine Schicht angetreten. Ich erinnere mich, weil er beim Verabschieden fragte, ob er mich am Donnerstag wiedersehen könnte."

"Danke, Naomi, sie haben uns damit weitergeholfen", sagte Lisa in einem warmen freundlichen Ton.

"Gern!", erwiderte Naomi ein wenig verunsichert und warf einen Blick auf ihren Chef, der ihr zunickte, was sie als Zeichen verstand, dass sie wieder gehen könne.

Andrea und Lisa verabschiedeten sich und verließen den Club.

Genau in diesem Augenblick meldete sich Andreas Handy.

"Ah, das ist Sergio. Ich gehe mal ran", sagte er zu Lisa.

"Ciao, Andrea! Der Staatsanwalt hat heute diesen Ferdinand Dorn vernommen. Er hat ihm das Bild vom Golfplatz gezeigt, wo er mit euren Verdächtigen zu sehen ist. So wie es aussieht, gibt es bislang keine Geschäftsverbindung zwischen denen. Wir können nur vermuten, dass sie eine anbahnen wollen. Ich glaube nicht, dass sie sich lediglich auf einen kleinen Plausch getroffen haben."

"Das ist wohl zu vermuten. Das reicht aber nicht, um sie hier festzuhalten."

"Ja, tut mir leid, dass euch das im Moment nicht weiterbringt!"

"Danke dir, Sergio und Ciao!"

"Ciao, Andrea und melde dich!"

Andrea brauchte Lisa nicht viel berichten, sie hatte das Gespräch mit angehört und daher sagte er mit einem tiefen Seufzer.

"Wenn wir nichts Anderes in der Hand haben, müssen wir diesen Robert Thomée und die anderen wohl nach Hause fliegen lassen",

"Ja, das sehe ich auch so", erwiderte Lisa ein wenig ratlos und war umso erfreuter über Andreas nächsten Vorschlag.

"Was hältst du von Pizza?! Wo sich Neapel doch rühmt, die Pizza erfunden zu haben, zumindest in der heute verbreiteten Form."

"Das hört sich phantastisch an! Ich habe einen Bärenhunger und kann auch was brauchen, was meine Seele wieder aufhellt", scherzte Lisa mit einer angedeuteten Resignation.

Andrea manövrierte sie durch die Straßen von Neapel. Lisa ließ sich für einen Moment von ihren trüben Gedanken ablenken und tauchte ein in die morbide Schönheit der Stadt. Die prachtvolle Architektur mit den vielen Palazzi und den Kirchen, den großen Plätzen und beeindruckenden Fassaden der Häuser ließen noch was erahnen von der ökonomischen Prosperität und dem ehemaligen kulturellen Glanz der Stadt, die seit Jahrhunderten geprägt ist, durch ein einzigartiges und eigenständiges Konglomerat der unterschiedlichsten Kulturen, die der Stadt eine bis in die Gegenwart reichende Einzigartigkeit verleihen. Für Lisa fast ein wenig zu schnell erreichten sie ihr Ziel, die Lieblingspizzeria von Andrea, die selbst um diese Zeit noch oder schon wieder pickepacke voll war.

Sie bestellten natürlich eine Pizza Napoletana und eine Margherita, deren Geschichte Lisa natürlich kannte. Und so überraschte sie Andrea damit, dass sie ihm erzählte, dass König Umberto der Erste und seine Frau Margherita eine Pizza in der Pizzeria Brandi in Neapel bestellt hatten, die aus patriotischem Eifer in den italienischen Nationalfarben belegt worden war. Grünes Basilikum, weißer Mozzarella und rote Tomaten.

"Du weißt aber auch, dass diese Geschichte mittlerweile widerlegt ist", gab Andrea zu bedenken. "Die Königin hatte bereits vorher schon Pizza aus anderen Pizzerien in den Palast bringen lassen. Brandi war wohl der Einzige, der die Rechnungsbelege darüber noch aufbewahrt hatte."

"Trotzdem eine schöne Geschichte", meinte Lisa.

Die Pizza kam und schmeckte traumhaft gut! Zwischen all den Ah's und Mmh's war kein Platz für eine weitere Konversation.

In die Begeisterung hinein, nahm Andrea noch mal das Thema Pizza auf.

"Weißt Du, dass Pizza Napoletana seit einigen Jahren innerhalb der Europäischen Union als garantierte traditionelle Spezialität eingetragen ist."

Lisa staunte nicht schlecht darüber und Andrea erklärte ihr: "Also Pizza Napoletana darf nur aus den Grundstoffen Weichweizenmehl, Bierhefe, natürliches Trinkwasser, Meersalz oder Kochsalz, nativem Olivenöl sowie geschälten Tomaten, Knoblauch, Oregano, frischem Basilikum und natürlich Mozzarella di Bufalo Campana bestehen!"

Lisa war begeistert und brachte dies mit einem anerkennenden Gesichtsausdruck zum Ausdruck.

"Aber jetzt geht es noch weiter. Das Backen darf nämlich ausschließlich in Holzöfen bei einer Temperatur von 485 Grad Celsius geschehen bei einer Garzeit von sechzig bis neunzig Sekunden."

"Das ist unglaublich, was du nicht alles weißt!", meinte Lisa und bedachte ihn mit einem strahlenden Lachen.

Für einen Moment hatten sie sich eine Auszeit gegönnt, doch der ungelöste Mordfall, dessen Lösung sie noch nicht näher waren, holte sie schon bald wieder ein.

"Ich frage mich, ob wir uns die richtigen Fragen gestellt haben, um ein entsprechendes Motiv zu finden," lenkte Lisa das Gespräch auf die polizeiliche Arbeit zurück. "Wir gehen davon aus, dass es ein Täter ist und wir gehen davon aus, dass es etwas Persönliches sein könnte, warum der Mord geschehen ist."

"Du stellst dir die Frage, was hat der Täter für einen Grund, dass er die beiden tötet. Ist es für ihn in irgendeiner Weise von Nutzen." hakte Andrea nach.

"Ja, genau! Was hat der Mörder davon, dass er sie umgebracht hat. Er gibt sich so viel Mühe, uns auf eine falsche Spur zu bringen. Begibt sich in Köln in die Wohnung, um vielleicht irgendwas, was auf ihn oder das Motiv hindeutet, zu finden und zu vernichten. Was sucht er dort? Sucht er etwas, was er haben will?"

"Wir sollten auch noch mal in Köln nach möglichen Verbindungen suchen."

"Du hast recht. Es ist sowieso an der Zeit, dass ich nach Köln zurückkehre. " sagte Lisa, wobei die Enttäuschung in ihrer Stimme Andrea nicht entgangen war, weshalb er sie an sich heranzog, sie fest mit seinen Armen umschlang und in der Nähe ihres Ohres ihr zuflüsterte, dass er sie nicht gerne gehen lassen wolle, jetzt wo sie sich gerade anfangen, kennenzulernen.

Lisa erwiderte seine Umarmung, schmiegte sich fest an ihn und küsste ihn, ohne auf die Menschen um sie herum zu achten. Andere Liebende taten es auch, vielleicht mit dem kleinen Unterschied, dass sie nicht so in der Öffentlichkeit standen, wie Commissario Andrea Commodori, dem sie jedoch nicht anmerkte, dass es ihm unangenehm war. Sie waren ja auch in Neapel und nicht in Salerno, rief sie sich in Erinnerung.

"Wann denkst du, dass du zurückfliegen wirst?"

"Ich denke spätestens am Dienstag."

„Wenn ihr die Leichname freigebt, dann könnte ich mich am Montag noch um die Formalitäten der Rückführung kümmern und alles in die Wege leiten."

"Ich habe am Montag einen Gerichtstermin in Neapel, ich muss dort eine Aussage zu einem alten Fall machen."

Er erzählte Lisa, dass es um eine Schlepperbande ging, die sie zumindest teilweise dingfest machen konnten. Die großen Drahtzieher im Hintergrund blieben leider wie so oft unerkannt und konnten sich wieder einmal der Verantwortung entziehen und ihr unwürdiges Geschäft fortführen. Gleichzeitig in Neapel und Salerno waren Lastwagen kontrolliert worden, die zu einer in Neapel ansässigen Bande gehörten. Aus dem Lastwagen, den sie in Salerno dingfest machten, konnten sie viele Menschen retten, in Neapel waren leider auch Todesopfer zu beklagen. Dieser schreckliche Fund, war ihnen in Salerno erspart geblieben.

"Manchmal ist es wirklich zum Verzweifeln, du rennst gegen Wände des Schweigens und der Korruption. Und am Ende bekommst du die Prügel ab und wirst verspottet, weil du mal wieder wie hier nur die kleinen Fische gefangen hast!"

Lisa verstand ganz genau was Andrea meinte und für einen Moment teilten sie im Schweigen, dieses von beiden empfundene Schicksal. Ein Gefühl von Ohnmacht und verzweifelter Wut. Dieses Gefühl, gegen Windmühlen zu kämpfen wie in der Geschichte von Don Quijote. Auf der einen Seite standen ihre Bemühungen und ihr Glaube an das Gute und im Gegensatz dazu, das oftmals nur auf den eigenen Vorteil bedachte egoistische Handeln, wo Menschenwürde und Menschenrechte ausgehebelt werden, wo ein Menschenleben nichts zählt, so wie in diesem Fall, von dem Andrea gerade erzählte. Und um dem ganzen dann noch eine gehörige Portion Hohn hinzuzufügen, verklären sich diese skrupellosen Drahtzieher als ehrwürdige, kultivierte Personen, die allerorts hofiert werden. Und die,

die sich gegen das Unrecht auflehnen, stehen da, wie die Deppen, wie mit phantastischen Ideen beladene verklärte Idealisten.

„Matteo ist am Montag wieder da, ich werde ihn bitten, alles in die Wege zu leiten", unterbrach Andrea das Schweigen.

"Das ist gut. Ich meine, die Freigabe."

Sie wollte noch mehr sagen, aber die richtigen Worte, wollten ihr gerade nicht einfallen.

"Dann haben wir noch zwei Nächte und einen ganzen Tag." stellte Andrea fest. „natürlich um den Fall zu lösen!", fügte dann aber unverblümt die Frage hinzu: " Kommst Du mit mir nach Cetara?"

Lisa strahlte Andrea an, küsste ihn. Jegliches Wort war überflüssig, ihre Antwort war unmissverständlich.

Es kam ihr vor, als wäre sie nie woanders als hier in Andreas Haus gewesen. Es war ihr alles vertraut, sie fühlte sich so wohl und doch war auch alles, was sie erlebte ganz neu. Es war klar, dass sie als erstes im Schlafzimmer landeten. Sie liebten sich in dem meeresblauen Bett, stürmisch und zärtlich zugleich, erkundend und immer wieder Neues entdeckend. Im Zwielicht der fast untergegangenen Sonne gingen sie hinunter ans Meer, der Badeanzug von Maria, der noch dalag, verursachte ihr diesmal kein Unbehagen, ganz im Gegenteil ging sie jetzt ganz kokett mit diesem Teilchen um. Unbeschwert schwammen sie auf den letzten Sonnenstrahlen in einem spielerischen Wettbewerb hinaus aus der kleinen Bucht, tollten wie Kinder herum und wurden nicht müde, sich immer wieder fest zu umschließen und in unendlichen Küssen zu verlieren.

Später machten sie sich auf den Weg in den Ort, um dort Essen zu gehen. Lisa schien es, als wäre der gesamte

Ort auf den Beinen. Das angeregte Gemurmel der entspannten Gespräche fing sich in den überbauten Gassen. Die Kinder spielten ausgelassen, ihren großen Vorbildern nacheifernd auf dem Platz Fußball, als gäbe es das Verbotsschild mit dem durchgestrichenen Fußball nicht. Sie schlenderten entlang des Hafens, hielten bei der rot angestrahlten Marienstatue inne, bei der die Fischer seit Generationen um Schutz baten für ihren nicht immer sanften Weg hinaus aufs Meer.

Auch wenn sie versuchten, nicht wie zwei Verliebte durch den Ort zu flanieren, verrieten ihre Gesichter und ihre Körper, die Gefühle, die sie füreinander empfanden, ebenso wie die wissenden Gesichter der Einwohner, die sie beobachteten, die sie grüßten oder mit denen sie sprachen, verrieten, wir kennen euer Geheimnis, ihr könnt uns nichts vormachen.

"Ist es dir nicht unangenehm, wenn die Leute uns so sehen?" fragte Lisa ein wenig verlegen.

Andrea zog sie näher an sich heran, schaute ihr tief in die Augen und antwortete in einem ernsten Ton.

"Lisa, Du sollst wissen, dass Du mehr als ein One-Night-stand für mich bist! Ich habe noch nie so etwas empfunden wie jetzt und kann es auch nicht wirklich begreifen, was da gerade mit uns passiert!"

Lisa ging das Herz auf, sie fühlte ein tiefes Gefühl von Glück. Sie strahlte Andrea an und hauchte ihm mit leisen Worten zu: "Da hast du recht, ich habe vor auch die zweite Nacht bei dir zu bleiben."

Das passte wieder zu ihr, das war es, was ihn an ihr so faszinierte. Für diesen ganz besonderen Humor, sie blieb selten eine Antwort schuldig und verblüffte ihn immer wieder aufs Neue.

Andrea führte sie zu einem Restaurant, mit dem seltsamen Namen "Verrücktes Wasser". Alberto, der Chef des Restaurants hieß sie herzlich willkommen und führte sie zu einem der letzten freien Tische. Er präsentierte persönlich den tagesfrischen Fang auf einem großen Tablett und machte dabei seine Empfehlungen, wie er sich die Zubereitung vorstellen könnte. Sie entschieden sich für frittierte Anchovis, danach gab es Pasta mit Sepia und als Hauptgericht Filetti di Sgombro al Limone. Während sie auf die Getränke warteten, erklärte ihr Andrea, was es mit dem verrückten Wasser auf sich hat.

"Es wird vermutet, dass der Name von einem Protest gegen die Steuer auf Salz im neunzehnten Jahrhundert herrührt. Das kleine Volk konnte sich das teure Salz nicht leisten. Der Protest bestand darin, dass man das salzige Meerwasser zum Kochen der Speisen benutzte. Überliefert ist die Tradition des "spugnare le freselle". Freselle ist diese typische trockene Brotsorte unserer Region, das in Salzwasser eingeweicht wird. Die Tradition kommt von den Fischern, die das Brot vor ihren Fahrten aufs Meer trockneten und im Ofen rösteten und während sie auf dem Meer waren, haben sie das Brot im Salzwasser eingeweicht und dann gegessen."

Beim Zuhören musste Lisa unwillkürlich schmunzeln und sie verzog bei der Vorstellung, Speisen mit Meerwasser zuzubereiten, ihr Gesicht. Andrea schaute sie fragend an, woraufhin Lisa ihm eine ganz besondere Geschichte von ihr erzählte.

"Ich war mit Freunden Segeln, wir lagen in einer traumhaft schönen Bucht vor Anker und ich hatte Küchendienst. Ich dachte mir, die Nudeln kannst du doch mal in Meerwasser kochen, das ist bestimmt köstlich und gesund. Das Ergebnis war aber leider alles andere als überzeugend. Die Nudeln waren so versalzen und ungenießbar, dass meine Mitsegler mir androhten, mich dafür am nächsten Tag kielzuholen."

Beide lachten und Andrea stellte fest. "Ich lerne immer neue Seiten an dir kennen. Du segelst also und wenn Du Nudeln kochst, sollte ich diese besser mit Vorsicht genießen!"

"Mit den Nudeln das geht schon." Und dann erzählte Lisa von ihren Segelerfahrungen, denen Andrea interessiert lauschte.

Nach dem Essen, dass sie natürlich noch mit Dessert und Espresso und dem obligatorischen Limoncello beendeten, schlug Andrea vor noch einen kleinen Gang um den Hafen herum zu machen und deutete an, dass er Lisa gern etwas zeigen würde. Lisa war ganz gespannt, was das sein könnte.

Am Ende des kleinen Hafens lagen neben den üblichen Fischerbooten ein paar Segelboote, an einem davon blieb Andrea stehen.

"Das hier ist mein Boot, ich bin in diesem Jahr aber noch nicht dazu gekommen, es aufzutakeln. Vielleicht segeln wir ja irgendwann mal zusammen zu den Inseln rüber."

"Das wäre wunderbar!" erwiderte Lisa völlig begeistert und gab Andrea einen herzlichen Kuss, der noch wunderbar süß und herb vom Espresso schmeckte und Lust auf mehr machte.

VIII

Nach einer leidenschaftlichen durchliebten Nacht ausgefüllt mit Gefühlen tiefer Verbundenheit und großer Zuwendung, fielen sie in enger Verschlungenheit in einen zufriedenen entspannten Schlaf, aus dem sie abrupt das Klingeln von Andreas Handy aufschreckte.

„Pronto", meldete sich Andrea mit einer Stimme, die erkennen ließ, dass er ganz weit hergeholt worden war.

„Scusa, Andrea! Ich bin es, Sergio.", kam es von der anderen Seite. „Aber was ich hier habe, wird Dich sicherlich interessieren. Wir haben gerade einen Mordfall in Neapel und diese Abfallleute aus Deutschland sind irgendwie involviert!"

Andrea war von jetzt auf gleich hellwach und in die Realität zurückgekehrt.

„Was sagst Du da? Was meinst Du mit „involviert", sag schon was los ist. Es wird ja einen Grund haben, dass Du mich mitten in der Nacht rauswirfst!", hakte Andrea gespannt nach.

Auch Lisa war mittlerweile aufgewacht und versuchte sich einen Reim aus dem zu machen, was sie aufschnappte.

„In einem Restaurant wurde ein Mann erschossen, eindeutig ein hohes Mitglied der Camorra, ein engster Vertrauter von Michele Zuccero. Und die Gesellschaft, mit der er hier speiste, sind diese Männer aus Deutschland, die wir schon im Golfclub zusammen mit diesem Müllvermittler Dorn beobachtet haben, der ist auch dabei. Wir bringen die Anwesenden zur Befragung in die Questura. Ich wollte Dich fragen, ob Du bei den Vernehmungen dabei sein willst und ich denke, es wäre auch nicht falsch, wenn diese deutsche Kollegin mitkommen würde."

„Ja, da hast Du recht. Das könnte für uns interessant sein. Wir machen uns sofort auf den Weg. Bis später dann!"

Nachdem Andrea das Gespräch beendet hatte, berichtete er Lisa und sie machten sich dann so schnell wie möglich auf nach Neapel.

Die Fahrt nutzte Lisa, um Viktor Hugler anzurufen.

„Lisa, was um alles in der Welt soll das, mich mitten in der Nacht aufzuscheuchen!", meldete sich Viktor wenig erfreut über die nächtliche Störung. „Es muss schon ganz schön wichtig sein, sonst werde ich gleich mächtig sauer auf Dich!"

Lisa kannte Viktor zu gut, um seine Drohung wirklich ernst zu nehmen und erklärte ihm kurz, was gerade in Neapel vor sich ging.

„Kannst Du bitte versuchen, etwas über diesen Ferdinand Dorn in Erfahrung zu bringen. Also, ob was gegen ihn vorliegt, ob er in irgendeiner Weise aktenkundig ist. Du weißt schon, das ganze Programm. Das könnte mir helfen, wenn wir ihn später befragen."

„Ich versuche, mein Bestes zu tun! In Anbetracht der unsittlichen Uhrzeit werde ich mir sicherlich Einiges anhören müssen!", gab Viktor mit nicht ganz ernstem Unterton in der Stimme zu bedenken.

„Das hältst Du aus, da bin ich mir ganz sicher!", scherzte Lisa zurück.

Lisa spürte, dass Andreas Hirn bereits mit allergrößter Wachsamkeit und Konzentration arbeitete und er versuchte, unterschiedliche Fäden zusammenzubringen. Lisa registrierte bei sich eher Verwirrung und ein Durcheinander ihrer Gedanken. Noch vor kurzer Zeit hatte sie eine Erleichterung darüber gespürt, dass alles dafürsprach, dass Robert Thomée als Verdächtiger ausschied. Die einzige Verbindung in ihrem Mordfall, die sie gesehen hatte, führte zu Paolo Massimo, dem leiblichen Vater von Carla. Doch dessen Freude darüber, seine Tochter endlich kennengelernt zu haben und die Chance eine Beziehung zu ihr aufzubauen, schien Lisa überzeugend echt. Welches Motiv für die Tat sollte er haben. Andererseits wussten sie bisher wenig über sein Umfeld und über seinen Sohn konnten sie bisher auch noch nicht viel sagen. Und beide hatten nun mal ein Alibi. Und jetzt das hier. Was hatte das zu bedeuten? Ein neuer Fall oder hingen beide zusammen.

„Andrea, was hat das zu bedeuten? Denkst Du der Fall hängt mit unserem Mord zusammen?" fragte Lisa und ihre Verunsicherung war nicht zu überhören.

„Ich kann es Dir nicht sagen. Ich frage mich das Selbe. Wir müssen abwarten, was die Befragungen ergeben. In Betracht ziehen müssen wir es, es kann aber genauso gut unabhängig von unserem Fall sein. Es kann ein Streit innerhalb der Camorra sein. Danach sieht es für mich aus. Aber ich kann es Dir wirklich nicht sagen."

„Ja, natürlich. Du hast vollkommen Recht, noch sind alle Spekulationen zu früh!", antwortete Lisa mit einem tiefen und nicht zu überhörenden Seufzen.

„Wir müssen uns auf jeden Fall noch mal diesen Robert Thomée vornehmen. Ich habe den Eindruck, irgendetwas haben wir bei ihm übersehen!"

Diese Worte von Andrea trafen Lisa mit einer großen Wucht.

„Was soll das denn jetzt, Andrea?", erwiderte Lisa ungehalten. „Wie kommst Du wieder auf ihn? Und was soll er mit dem Mord zu tun haben? Das entbehrt doch jeglicher Logik!"

„Logik, Du sprichst von Logik, Lisa", entgegnete Andrea in einem scharfen Ton, der Lisa aufschrecken ließ. „Willst Du es nicht sehen! Immer, wenn etwas passiert, taucht auch er auf. Es gibt eine Verbindung zwischen ihm und eines der Opfer. Als der Mord in Furore geschieht, ist er in der Nähe, bei dieser Geschichte ist er dabei. Vieles deutet darauf hin, dass er eine zentrale Rolle spielen könnte!"

„Andrea, was ist los? Ich verstehe das nicht!" In Lisas Stimme lag eher Unverständnis als Ärger, der auch da war, den sie aber versuchte zu unterdrücken.

„Du hast eben selber gesagt, dass Du es für sehr wahrscheinlich hältst, dass es sich um eine interne Sache der Camorra handelt! Diese Deutschen scheinen doch eher zufällig dahinein geraten zu sein und haben lediglich die Rolle von Statisten.", führte Lisa aus.

„Glaubst Du wirklich an so viele Zufälle, Lisa?", hielt Andrea dagegen.

„Andrea darf ich Dich daran erinnern, dass er für die Tatzeit ein Alibi hat. Wir haben doch die Bestätigung, dass er zum Zeitpunkt des Mordes in Neapel in diesem Club war!"

„In etwa zur Tatzeit! Wir haben die Bestätigung einfach so hingenommen. Ich bin noch mal den zeitlichen Ablauf durchgegangen und ich denke, er hätte durchaus die Zeit gehabt. Er wird sich nicht stundenlang in dem Club amüsiert haben mit dieser Naomi. Fragwürdig erscheint es doch angesichts der Entwicklungen, ob seine Reise am letzten Wochenende wirklich nur der touristischen Vorbereitung diente. Er könnte hier auch Verbindungen haben, und muss den Mord nicht selbst durchgeführt haben. Wobei ein Auftragskiller sicherlich professioneller und vor allem nicht so emotional vorgegangen wäre. Irgendwie habe ich den Eindruck als wolltest Du meine Ermittlungen in Bezug auf seine Person behindern!"

„Bist Du jetzt ganz übergeschnappt, Andrea! Was ist Dein Problem mit Robert? Was hat er Deiner Meinung nach für in Motiv, die beiden umzubringen?"

„Lisa, ich halte Dich nicht für neutral. Immer wieder sieht es so aus, als wolltest Du ihn schützen."

„Ach, Andrea, das ist doch völliger Blödsinn!"

„Das ist nicht fair, Lisa!"

„Fair! Du redest von Fairness? Merkst Du nicht, wie Du gerade mit mir umgehst und dass Du Dich in etwas verrennst?"

„Lisa, unsere Aufgabe ist es, einen Mord zu klären und wir müssen nach allen Seiten offen sein. Und da geht es schon gar nicht mit einem Verdächtigen eine so vertrauensvolle Beziehung einzugehen.", versuchte Andrea um große Sachlichkeit bemüht zu argumentieren.

„Eine vertrauensvolle Beziehung? Kannst Du mir mal verraten, was Du damit meinst? Nur, weil ich mit Dir im Bett gelandet bin, heißt das nicht, dass ich das mit allen tue, wenn Du so etwas andeuten willst."

Das hatte gesessen, das konnte Lisa merken. Andrea zog sich umgehend zurück, er spürte aber auch, wie verletzt Lisa sich gerade fühlte. Das war das Letzte was er wollte! Aber die Rolle, die dieser Robert spielte, war ihm nicht nur suspekt, sondern auch verdächtig. Selbst in ihrer Wut war sie bemerkenswert und sehr anziehend. Aber auch sie hatte ihn sehr getroffen mit ihrer Bemerkung. Für einen Moment fühlte sich Andrea von seinen Gefühlen beherrscht, hätte gern die Situation mit Lisa geklärt, ihr gern gesagt, dass er sie sehr schätze und dass er das, was sich gerade zwischen ihnen entwickelte, als etwas ganz Besonderes empfand. Er entschied sich seine persönlichen Gefühle im Moment erst einmal zu ignorieren und zurückzustellen. Der Fall war kompliziert genug.

„Andrea, Du glaubst aber doch nicht wirklich, dass Robert etwas mit diesem Mord hier zu tun hat?", versuchte es Lisa noch einmal.

„Lisa, Du weißt doch selber, dass es nicht darauf ankommt, was wir glauben, sondern es kommt darauf an, dass wir die Fakten zusammentragen, dass wir Motive finden, um ein Verbrechen aufzuklären und Täter dingfest zu machen."

Lisa schluckte ihre nächste Bemerkung herunter, nämlich die, dass sie keine Belehrung in Sachen Kriminalistik brauchte. Lisa verstand Andreas Verbissenheit nicht, sie erkannte ihn im Moment nicht als den Mann wieder, mit dem sie die letzten Stunden in enger Verbundenheit verbracht hatte. Sie spürte, dass Tränen der Wut, aber auch der Traurigkeit in ihr aufsteigen wollten. Sie fühlte sich verletzt durch Andreas Unterstellungen. Sie fühlte sich sprachlos und versuchte zurückzuschrauben in einen sachlichen und professionellen Modus, alles andere musste bis später warten. Auch aus dem Grund, weil die Questura von Neapel vor ihnen lag. Die Aufgabe, die sie hier vor sich liegen sah, war zu wichtig und zu kompliziert, da konnte sie sich diese persönlichen Gefühle nicht erlauben. Irgendwie hatte sie den Eindruck, dass sowieso gefühlstechnisch schon zu viel aus dem Ruder gelaufen war.

Es war Andrea, der das Schweigen zwischen ihnen unterbrach.

„Lisa, ich möchte mich nicht mit Dir streiten. Du sollst wissen, dass ich Dich sehr schätze als Kollegin und das Persönliche, was sich zwischen uns entwickelt hat, macht es nicht einfach. Ich meine, ich schätze Dich nicht nur als Kollegin. Das, was ich für Dich empfinde, ist wirklich ehrlich gemeint. Ich habe so etwas, was die letzten Tage zwischen uns passiert ist, noch nicht erlebt. Es tut mir leid, wenn ich Dich verletzt habe!"

Noch bevor Lisa darauf antworten konnte, meldete sich ihr Handy und der Blick auf das Display zeigte, dass es der erwartete Anruf von Viktor war, den sie auf keinen Fall abwürgen wollte.

„Hallo, Viktor, hast Du schon etwas herausfinden können in der kurzen Zeit", sagte sie voller Anerkennung.

„Du kennst mich doch, Lisa. Wenn ich einmal dran bin, dann bin ich nicht aufzuhalten. Aber Spaß beiseite. Dieser Dorn ist kein unbeschriebenes Blatt. Das erste Mal ist er vor einigen Jahren ins Visier der Ermittlungen geraten, als es um Lieferungen verseuchter Erde aus Italien nach Deutschland kam. Also eine italienische Firma mit Sitz in Mailand hat deutschen Deponien Erde angeboten, die diese zur Auffüllung ihrer Deponien benötigten. Diese, allerdings ziemlich belastete Erde war sehr begehrt, da man dafür nichts bezahlen musste, sondern ganz im Gegenteil noch Geld oben draufbekommen hat. Neben der illegalen Entsorgung von hochgiftiger Erde ging es hier auch ganz offensichtlich um Geldwäsche und Steuerhinterziehung. Dorn war zu der Zeit Geschäftsführer einer Sondermülldeponie in der Pfalz. Ihm konnte allerdings nichts nachgewiesen werden und ein Verfahren gegen ihn wurde mangels Beweisen eingestellt. Er ist jetzt gemeldet in München und betreibt eine Beratungsfirma für Umwelttechnik, wo sich nichts Anderes hinter verbirgt als potentielle Geschäftspartner in der Entsorgungsbranche zusammenzubringen."

Lisa war den Ausführungen von Viktor aufmerksam gefolgt und es ratterte wild in ihrem Hirn, um alles in Verbindung zueinander zu bringen, als Viktor mit seinen Ausführungen fortfuhr.

„Das italienische Unternehmen soll allein über dreiundzwanzig Millionen Euro am Fiskus vorbeigeschleust haben. Also wir reden hier von enormen Summen, die im Umlauf sind und wo sicherlich auch vor einem Mord nicht zurückgeschreckt wird, wenn da jemand im Weg steht. Die Beraterhonorare, die Dorn kassiert, liegen übrigens auch im hohen sechsstelligen Bereich!", fügte er noch hinzu.

„Gute Arbeit, Viktor! Ich danke Dir. Wir sind gerade an der Questura in Neapel angekommen. Ehrlich gesagt, graut es mir schon vor der Begegnung mit den Leuten!", gab Lisa mit einem Schaudern zu.

„Ich würde Dir jetzt gern zu Seite stehen, aber da musst Du nun allein durch! Obwohl – Du hast doch Deinen Commissario an der Seite. Oder läuft es doch nicht so gut mit ihm?", hakte Viktor besorgt klingend nach.

‚Meinen Commissario', dachte Lisa, ‚wenn Viktor wüsste!', erwiderte aber darauf:

„Doch, doch. Es läuft wirklich gut, wir arbeiten gut zusammen!"

Mehr wollte sie jetzt nicht erklären. „Ich mache dann mal Schluss!"

„Melde Dich, wie es ausgegangen ist!", gab Viktor ihr noch mit auf den Weg.

„Mache ich, bis später!"

Bevor sie die Questura betraten, setzte Lisa Andrea über das Gespräch mit Viktor in Kenntnis.

Zielsicher steuerte Andrea durch die Questura und Lisa merkte ihm an, dass er sich hier immer noch entsprechend gut auskannte und vertraut fühlte.

Es war eine herzliche Begrüßung durch Sergio Resina, der auch Lisa auf Anhieb sympathisch war. Sie bewunderte Kollegen, die trotz des Sumpfes, in dem sie tagtäglich wühlen mussten, sich selbst treu blieben. Sergio Resina schien einer von denen zu sein.

„Alle berichten unabhängig voneinander, dass sie sich dort mit Michele Zuccero trefen wollten, den sie beim Golfspielen zufällig kennengelernt hätten und der sie, als sich herausstellte, dass sie in der selben Branche arbeiten, zu einem Abendessen eingeladen hätte. Zwecks kollegialem Austauschs! Wer es glaubt, wird selig oder heilig? Wie auch immer! Als sie im Restaurant eingetroffen wären, hätte sie ein enger Mitarbeiter von Zuccero in Empfang genommen und diesen entschuldigt. Zuccero wäre in einer dringenden Angelegenheit verhindert und würde erst später am Abend dazu stoßen können. Sie müssten erst einmal mit ihm Vorlieb nehmen. Das Essen wäre dann ganz angenehm verlaufen. Etwa gegen dreiundzwanzig Uhr wäre ein maskierter Mann ins Restaurant gestürzt und hätte auf Roberto Paladino, so heißt der Getötete, geschossen. Paladino ist einer der engsten Vertrauten von Zuccero. Er wird als sein Thronfolger gehandelt. Bevor überhaupt jemand realisiert hätte, was geschehen war, wäre der Schütze schon wieder verschwunden.", fasste Sergio das Vorgehen zusammen.

„Also wurde gezielt auf diesen Paladino geschossen und nicht wahllos auf die übrigen Gäste des Restaurants?", hakte Andrea nach.

„Genau, es sieht aus, als wäre der Schütze direkt auf Paladino los.", bestätigte Sergio.

„Auf Paladino oder ist der Schütze davon ausgegangen, dass es sich um Zuccero handelt?", warf Lisa ein.

„Genau das ist eine gute Frage, die wir uns auch stellen. Wem galt der Anschlag. Es ist durchaus denkbar, dass er Zuccero galt, dass er liquidiert werden sollte, was für Machtkämpfe innerhalb der Camorra sprechen würde."

„Die Aussagen der Deutschen zum Tathergang decken sich mit den Aussagen der Angestellten des Restaurants und der übrigen Gäste.", ergänzte Sergio. „Den wirklichen Grund für ihre Begegnung können wir ihnen nicht nachweisen! Leider!"

An Lisa gewandt, führte Sergio noch aus.

„Vielleicht haben sie mehr Glück, etwas aus ihnen heraus zu bekommen, Lisa. Sie befinden sich im Moment noch in unterschiedlichen Vernehmungsräumen. Du kennst Dich bestimmt noch aus, Andrea!"

Andrea brachte seine Zustimmung mit einem nachdenklichen Nicken zum Ausdruck. Bevor er etwas sagen konnte, fragte Lisa ihn, was er vorschlagen würde, wie sie vorgehen sollten, mit wem er zuerst sprechen möchte. Und vor allem allein und mit dem italienischen Dolmetscher oder mit ihr zusammen.

Andrea schien von den unterschiedlichen Aspekten ihrer Fragen für einen Moment überrumpelt zu sein und sagte, dass er es durchaus schätzen würde, wenn sie die Befragungen zusammen durchführen würden.

Gesagt, getan – steuerten sie auf den ersten Raum zu, in dem sie den ziemlich kleinlauten Kommunalpolitiker Gerhard Randenbauer vorfanden.

„Ah, Frau Brandkopf, das ist gut, dass sie da sind. Sorgen Sie doch bitte dafür, dass die Polizei uns hier endlich rauslässt. Wir haben schließlich nichts mit dieser Geschichte zu tun und es ist eine Zumutung, wie hier mit uns umgegangen wird!" legte dieser sofort los.

„Herr Randenbauer, ich bin nicht als ihre Anwältin hier, sondern ich begleite lediglich meinen italienischen Kollegen Commissario Commodori. Und des Weiteren habe ich Vertrauen in meine italienischen Kollegen, dass sie wissen, was sie tun und was sie dürfen."

Die Befragung von Randenbauer ergab nichts Neues. Es war aus ihm nichts herauszubekommen, was auf ein brauchbares Motiv und einen Zusammenhang zu ihrem ersten Mordfall hinwies, weshalb sie sich auch schnell von ihm verabschiedeten.

Als sie den Raum verließen, konnte sich Andrea eine Bemerkung nicht verkneifen, die Lisa für einen Moment erheiterte.

„Und ich dachte immer Ihr hättet gestandene ernstzunehmende Politiker. Wenn ich aber dieses Exemplar sehe, erinnert es mich aber ganz schön an unsere politisch Verantwortlichen."

„Naja, wahrscheinlich gibt es überall solche und solche," kommentierte Lisa es sehr diplomatisch.

Sie entschieden, sich als nächstes diesen Ferdinand Dorn vorzunehmen. Andrea eröffnete das Gespräch, wie er es vorher mit Lisa besprochen hatte.

„Herr Dorn, es ist unseren Behörden bekannt, dass sie als Vermittler zwischen den verschiedenen Unternehmen in der Abfallentsorgungsbranche auftreten. Es ist also ganz offensichtlich, dass ihr Treffen einen geschäftlichen Hintergrund hatte. Können Sie uns bitte darüber aufklären!"

Auch Dorn war verschlossen und behauptete, dass es wohl tatsächlich so aussehen könnte, aber ihr Treffen hätte einen rein gemütlichen und informellen Hintergrund. Sie hätten sich auf dem Golfplatz so gut verstanden und sich einfach noch mal sehen wollen.

„Nun, Herr Dorn, ich denke mal, sie wissen um wen es sich bei Herrn Zuccero handelt. Ein so einflussreicher, sagen wir mal, Geschäftsmann, hat sicherlich etwas anderes zu tun, als sich zu einem gemütlichen Golferabend zu treffen! Ihren ausweichenden Antworten liegt doch die nicht ganz abwegige Vermutung nahe, dass es sich nicht um ganz legale Geschäfte handelt!", versuchte es Andrea, obwohl ihm klar war, dass Dorn sich nicht weiter äußern würde. Er wusste, dass er bereits zu sehr im Visier der dortigen Antikorruptionsbehörde stand und vorsichtig genug war, nichts aufs Spiel zu stellen.

Lisa merkte, dass sie zornig und ungeduldig wurde angesichts dieser Verschleierungstaktik und dieser Dreistheit, sie für so blöd zu halten. Aus einer Intuition heraus wechselte sie das Thema und stellte die nächste Frage.

„Sagen Sie Herr Dorn kennen sie eine Carla Wissgold und einen Sebastian Kunnert?"

„Ich kenne tatsächlich einen Dr. Sebastian Kunnert. Er ist sozusagen mein Lebensretter.", antwortete Dorn verwundert.

Die Worte von Dorn trafen Lisa mit einer überwältigenden Wucht, sie brauchte einen Moment, um das, was sie gerade gehört hatte, zu realisieren. Sie glaubte, sich verhört zu haben, so unglaublich erschien ihr die Antwort.

„Habe ich richtig verstanden. Sie kennen Dr. Sebastian Kunnert. Wie genau kennen Sie ihn?", hakte Lisa nach.

„Nun, ich kann nicht sagen sehr gut, ich kenne ihn als meinen behandelnden Arzt. Es ist so. Ich war vor einigen Monaten in Köln und erlitt dort einen Herzinfarkt. Wurde zu meinem Glück schnell in die Klinik eingeliefert, wo Dr. Kunnert, eine schnelle Notoperation durchführte, der ich mein Leben verdanke."

Lisa setzte Andrea über das Gehörte in Kenntnis, um ihn mit einzubeziehen.

„Aus welchem Grund waren Sie in Köln als das passierte?", wollte Andrea wissen.

„Geschäftlich.". kam die knappe Antwort auf Italienisch.

„Geht das etwas genauer!"

Dorn tat sich schwer mit der Antwort und zögerte einen Moment, fügte dann in Italienisch hinzu.

„In meiner Beraterfunktion für Unternehmen der Abfallwirtschaft."

Beim Blick in die weiterhin abwartenden Gesichter von Lisa und Andrea, die zum Ausdruck brachten, dass das immer noch nicht ausreichend beantwortet war, sprach er weiter.

„Ich habe mich mit Herrn Thomée, dem Geschäftsführer von Recotec getroffen und wir haben über verschiedene Möglichkeiten über die Zusammenarbeit mit italienischen Firmen gesprochen."

Lisa traf es wie mit einem Messer, als er sagte, er habe sich mit Thomée getroffen, aber noch mehr traf sie der Blick von Andrea. Sich keine Blöße anmerken lassend, fragte sie weiter.

„Wann haben sie Dr. Kunnert das letzte Mal gesehen?"

„Das war bei meiner Entlassung aus dem Krankenhaus. Warum fragen sie das, was hat das mit der Geschichte zu tun, die hier gerade passiert ist."

„Das gilt es noch herauszufinden. Sebastian Kunnert ist vor ein paar Tagen hier in der Nähe von Neapel zusammen mit seiner Lebensgefährtin Carla Wissgold ermordet worden.", machte Lisa weiter.

„Dr. Kunnert tot – ermordet hier in Neapel? Jetzt verstehe ich gar nichts mehr!"

„Wo waren Sie am letzten Samstag?"

„Am letzten Samstag? Das kann ich Ihnen genau sagen. Da war ich von mittags bis spät in die Nacht auf der Geburtstagsfeier meiner Frau. Und falls Sie meinen, ich bräuchte ein Alibi, können Sie mir glauben, es gibt genug Zeugen, die mich dort gesehen haben."

„Ging es in ihrem Gespräch mit Thomée darum, Kontakte zur neapolitanischen Müll...", hier zögerte Andrea bei seiner nächsten Frage kurz, um dann weiterzufahren, „...zu Müllentsorgungsunternehmen herzustellen?"

„Und wenn es so wäre, es ist, wie Sie ja selbst feststellten, nicht verboten, Geschäfte mit italienischen Firma zu betreiben. Oder sehe ich das falsch?" versuchte er zu provozieren.

„Wenn es sich dabei um hochgiftige Erde und um Geldwäsche geht schon!" antwortete Lisa umgehend.

„Oh, Respekt Frau Kommissarin. Sie haben aber schnell ihre Hausaufgaben gemacht!"

„Hatte Sebastian Kunnert möglicherweise irgendwelche Informationen über Sie herausgefunden? Hat er Sie erpresst?" wagte Lisa einen weiteren Vorstoß.

„Erpresst, mich? Nein, was reden Sie da."

Selbst wenn es so wäre, würde er es nicht zugeben, war sich Lisa im Klaren.

„Wissen Sie, ob Robert Thomée Kontakt zu Sebastian Kunnert hatte?", kam die nächste Frage von Andrea.

„Nein, das weiß ich nicht. Ich weiß nicht, ob die beiden sich kannten.", antwortete Ferdinand Dorn.

„Woher sprechen sie so gut Italienisch?", wollte Andrea nun noch wissen.

„Ich habe als Kind lange Zeit bei einer Tante und einem Onkel in Südtirol gelebt. Mein Großvater war Südtiroler."

„Wir danken Ihnen Herr Dorn, das war es dann erst einmal!", mit diesen Worten beendete Andrea nach einem kurzen Blickkontakt mit Lisa das Gespräch.

Sie hatten im Moment nichts gegen ihn in der Hand, außer ein paar wilden Spekulationen. Als Andrea und Lisa wieder allein waren, machte Lisa den Vorschlag, Viktor anzurufen, damit er die Konten von Sebastian Kunnert hinsichtlich irgendwelcher auffälliger Geldeingänge überprüft. Sie war sich sicher, dass Viktor mittlerweile sowieso im Präsidium saß, weil ihm die Geschichte auch keine Ruhe ließ und er in alle möglichen Richtungen recherchierte.

„Hallo Viktor, dachte ich mir doch, dass Du bei der Arbeit bist! Ich habe einen neuen Auftrag für Dich."

Nachdem sie Viktor kurz eine Zusammenfassung des Gespräches mit Dorn gegeben hatte, fuhr sie fort.

„Kannst Du Dir die Konten von Sebastian Kunnert vornehmen und schauen, ob es da was Auffälliges gibt. Wir haben doch die Computer sichergestellt, ich gehe mal davon aus, dass er sein Geld bestimmt online verwaltet hat."

„Wird gemacht! Und habt Ihr schon mit dem Thomée gesprochen?"

„Nein, das kommt jetzt als nächstes.", und mit einem „Bis später dann!" beendete Lisa das Gespräch.

„Wir müssen uns sputen, wenn wir Thomée noch befragen wollen", wandte sich Andrea wieder Lisa zu, „Sergio hat mich gerade informiert, dass Dottore Pisano höchstpersönlich auf dem Weg zur Questura ist, um den Herren aus Deutschland juristischen Beistand zu leisten."

Lisa schaute Andrea verdutzt an, der aber bereits ansetze, um ihr zu erklären, um wen es sich handelte

„Dottore Pisano ist der Staranwalt in Neapel und natürlich in allen Camorra-Prozessen maßgeblich, und natürlich erfolgreich beteiligt." Der ironisch-bittere Unterton in seiner Stimme entging Lisa nicht.

„Ja, dann lass es uns anpacken!"

Als sie in den Raum kamen, hellte sich Robert Thomées Gesicht schlagartig auf, als er Lisa wahrnahm. Er erhob sich von seinem Stuhl und stürmte freudig auf Lisa zu, um sie mit einer Umarmung zu begrüßen. Den aufgeschreckten Polizeibeamten, der anwesend war, und der Robert Thomée zurückhalten wollte, hielt Andrea zurück und deutete ihm an, dass alles in Ordnung sei. Andrea registrierte, dass Lisa, die Umarmung nicht erwiderte und ein wenig zurückwich und so keine Vertrautheiten zuließ. Resigniert fiel Robert Thomée auf seinen Stuhl zurück.

„Lisa, ich verstehe das alles nicht. Warum werden wir hier festgehalten. Wir haben mit dieser Geschichte nichts zu tun. Es war schrecklich!" schoss es aus Robert Thomée raus.

Andrea hatte Robert Thomée beobachtet und musste fairer weise zugeben, dass er ihn vom ersten Eindruck her nicht unsympathisch fand. Aber es war ein Vorurteil, dass nur unsympathische Menschen, zu Verbrechern werden. Andrea war überzeugt, dass jeder unter gewissen Umständen, zum Verbrecher werden kann.

„Robert, ich begleite lediglich meinen Kollegen Commissario Andrea Commodori. Er wird Dir einige Fragen stellen. Ich werde in erster Linie nur übersetzen", sagte Lisa ruhig und sachlich.

Andrea begrüßte nun seinerseits Robert Thomée, was dieser erwiderte.

„Das Geschehen im Restaurant haben Sie ja schon meinen Kollegen zu Protokoll gegeben. Daher möchte ich Ihnen gern ein paar weiterreichende Fragen stellen", eröffnete Andrea das Gespräch. „Sie haben sich vor einiger Zeit mit Ferdinand Dorn in Köln getroffen. Worum ging es da?"

„Was hat das mit dem Mord hier zu tun? Muss ich darauf antworten?" fragte Robert Thomée irritiert und schaute Lisa fragend an.

„Nun, es könnte für Dich von Vorteil sein, wenn Du offen mit uns zusammenarbeitest," entgegnete ihm Lisa.

„Es ging dabei um die Möglichkeit, Kontakte zu knüpfen, um Abfall aus Italien nach Deutschland zu importieren. Wir brauchen zusätzlichen Abfall, um unsere Müllverrennungsanlagen auszulasten und wirtschaftlich effektiv zu betreiben. Herr Dorn ist in der Branche bekannt, dass er entsprechende Kenntnisse hat und Geschäftsbeziehungen anbahnen kann."

„Geschäftsbeziehungen, die nicht immer ganz legal sind, oder was ist der Grund, dass sie nicht mit offenen Karten spielen?" wollte Andrea wissen.

„Wie kommen Sie darauf, dass ich nicht mit offenen Karten spiele. Wollen Sie mir etwa Geldwäsche unterstellen, weil dem Dorn so etwas schon mal vorgeworfen wurde! Es geht hier um ganz normale Geschäftsbeziehungen."

„Ist man in Deutschland wirklich so blauäugig zu denken, dass es möglich ist, mit der Mafia ganz normale Geschäfte zu machen?" reagierte Andrea jetzt ziemlich barsch und genervt, wobei er nicht ausschließen konnte, dass dieser Thomée wirklich so naiv war und sich wunderte, was Lisa wohl an ihm finden konnte.

„Wenn Ihr ganz normale Geschäftsbeziehungen aufbauen wolltet, was haben dann die übrigen Leute in Eurer Gruppe zu suchen, also die aus der Politik oder dem Umweltministerium?" hakte Lisa nach.

„Nun, wie Du weißt, steht unser gemeinsamer Ausflug im Vordergrund. Das Geschäftliche passte jetzt einfach gut hinein."

Lisa spürte, so kamen sie nicht weiter. Außerdem zweifelte sie immer mehr an der Integrität von Robert Thomée. Es endete irgendwie immer in einer Sackgasse. Andrea hatte wohl den gleichen Gedanken und wechselte mit seiner nächsten Frage das Thema.

„Was haben Sie am Freitag und Samstag der letzten Woche in Neapel gemacht? Welche Kontakte hatten Sie, außer dem Besuch im Nachtclub? Und kommen Sie mir nicht wieder damit, dass sie als Tourist hier unterwegs waren!"

Thomée antwortete nicht sofort, es war ihm anzumerken, dass er eine Weile überlegte und seine nächsten Worte genau abwägte.

„Ja, gut. Ich habe mich mit Paladino getroffen. Wir haben das Treffen vorbereitet, schon mal einige Eckpunkte der Zusammenarbeit festgelegt."

„Und hat die Mafia Ihnen vielleicht als Dankeschön noch spezielle Dienste angeboten?"

„Was meinen Sie damit?"

„Zum Beispiel Menschen, die Ihnen unbequem sind, aus dem Weg zu schaffen?"

Bevor der ziemlich verwirrt schauende Robert Thomée antworten konnte, meldete sich Lisas Handy. Wie um diese Uhrzeit an einem frühen Sonntagmorgen erwartet, konnte es nur Viktor sein. Lisa verständigte sich mit Andrea, die Befragung kurz zu unterbrechen und nach draußen zu gehen.

„Hallo Viktor. Gibt es was Neues?"

„Naja, ja und nein."

Lisa wurde stutzig bei dieser Bemerkung, sagte aber erst einmal nichts und hörte nur zu.

„Also die Konten von Sebastian Kunnert zeigen keine auffälligen Aktivitäten. Aber ich bin da auf was ganz Anderes gestoßen. Das hat noch was mit diesem Robert Thomée zu tun. Wir haben uns bisher ja nur auf seine aktuellen Aktivitäten konzentriert, um zu schauen, ob sein Alibi wasserdicht ist. Da gibt es aber eine alte Sache. Den tragischen Tod einer jungen Frau vor zweiundzwanzig Jahren, die in einem Baggersee hier in der Nähe von Köln ertrunken ist. Ihr Name ist Christina Wolfert."

Lisa spürte die aufziehende Anspannung, ihr Herzschlag beschleunigte sich, in ihrem Kopf ging es drunter und drüber während sie gespannt weiter zuhörte.

„Nach Zeugenaussagen war Thomée der letzte, der mit der Frau zusammen gesehen wurde. Sie haben gemeinsam eine Party verlassen, danach war die Frau verschwunden, bis ihre Leiche am nächsten Tag im See entdeckt wurde. Thomée konnte nicht mit dem Verschwinden und dem Tod in Verbindung gebracht werden, da er ein Alibi hatte. Und rate mal von wem!"

„Von Carla Wissgold!" schoss es aus Lisa heraus.

„Genau! Sie hatte bestätigt, dass Thomée direkt nach der Party nach Hause gekommen sei."

„Gab es denn Hinweise auf eine Gewalttat?"

„Eindeutige vitale Verletzungen konnten nicht festgestellt werden. Was nachgewiesen wurde, war eine große Menge Alkohol und eine hohe Konzentration von THC, was auf einen Konsum von Cannabis hindeutet. Allerdings gaben die Zeugen an, dass die Frau auf der Party keine Drogen konsumiert haben soll. Die rechtsmedizinische Schlussfolgerung lautete möglicher Tod durch Ertrinken aufgrund von Herzrhythmusstörung durch den Cannabiskonsum, was in ganz seltenen Fällen vorkommen kann. Die Fragen, wie sie zum See gekommen war, was sich zwischen dem Verlassen der Party und ihrem Tod abspielte, blieben ungeklärt."

„Oh, shit! Was tun sich da immer wieder für Abgründe auf. Aber Thomée ist doch aus der Nummer raus. Es gab keine Anklage gegen ihn. Was hätte er jetzt Jahrzehnte später für ein Motiv, Carla und ihren Freund umzubringen?"

„Ich hab' auch keine Erklärung, Lisa. Finde es heraus! Ich schaue, was ich hier noch tun kann."

Noch während Lisa Andrea über den Inhalt des Gespräches unterrichtete, wurde ihre Aufmerksamkeit auf eine ziemlich lebhafte Diskussion in Sergio Resinas Büro gelenkt. Dort war mittlerweile Dottore Pisano eingetroffen, und brachte sehr energisch vor, dass seine Mandanten umgehend gehen gelassen werden müssten, da gegen sie nichts vorlag.

An dieser Stelle schaltete sich Andrea ein.

„Gegen einen der Befragten, Robert Thomée, liegt der Verdacht vor, an einem Mord, der vor einer Woche in Furore passiert ist, verwickelt zu sein. Wir müssen ihn zu weiteren Befragungen in die zuständige Questura nach Salerno überführen. Wenn wir ihn jetzt gehen lassen, besteht die Gefahr sich den hiesigen Behörden zu entziehen."

So sehr sich Lisa wünschte, alles würde sich auflösen, musste sie Andrea rechtgeben. Die Rolle von Robert Thomée wurde immer undurchsichtiger. Alles, was er ihr erzählt hatte und von dem sie glaubte, es sei die Wahrheit, stellte sie in diesem Moment in Frage.

„Dann würde ich gern mit dem Mandanten reden und klären, ob er meinen rechtlichen Beistand haben möchte", erklärte Dr. Pisano.

Als Lisa sich noch darüber Gedanken machte, wie er die Kommunikation gestalten wollte, stellte sich heraus, dass Dr. Pisano der deutschen Sprache mächtig war.

Die so entstandene Pause nutzten sie, um sich mit Kaffee und Tramezzini zu stärken und ihren Gedanken nachzuhängen, um sich auf das anstehende Gespräch mit Robert Thomée vorzubereiten.

Nachdem Dottore Pisano fertig war, gingen Lisa und Andrea noch einmal zu Robert Thomée, der nun sehr niedergeschlagen in seinen Stuhl gesunken, dasaß. Es war ihm anzusehen, dass die schlaflose Nacht und die prekäre Lage, in der er sich wiederfand, nicht spurlos an ihm vorübergegangen waren.

„Was geschieht jetzt mit mir? Was muss ich tun, damit ich Dich davon überzeuge, dass ich nichts, aber auch gar nichts mit dem Mord an Carla zu tun habe", wandte er sich mit einer verzweifelten Stimme an Lisa.

Statt Lisa richtete Andrea sich an ihn, um ihm mitzuteilen, dass er vorläufig wegen weiterer Ermittlungen nach Salerno überführt würde. Es hätten sich einige Verdachtsmomente ergeben, die einen Zusammenhang mit den Morden in Furore nahelegten. Solange bis diese nicht aufgeklärt wären, müsse er im polizeilichen Gewahrsam bleiben.

Fassungslos wandte Thomée sich erneut an Lisa.

„Lisa, ich verstehe das alles nicht, wovon redet Dein Kollege?"

„Robert, was sagt Dir der Name Christina Wolfert?"

Robert Thomée zuckte merklich zusammen, sämtliches Blut schien sich aus seinem Körper zurückzuziehen. Ungläubig starrte er auf Lisa und Andrea.

„Christina Wolfert?", Pause, „Das ist schon ewig her."

„22 Jahre. Du warst der Letzte mit dem Christina gesehen wurde. Die Umstände, die zu ihrem Tod führten, sind nie richtig aufgeklärt worden."

„Ich habe die Party zusammen mit Christina verlassen, das habe ich nie abgestritten. Ich bin dann aber umgehend nach Hause, Carla hat das auch so bestätigt."

„Genau, Carla hat Dir ein Alibi gegeben. Ging es neulich in Eurem Streit, als Ihr beobachtet wurdet, um diese alte Geschichte?"

„Nein, natürlich nicht. Das war doch längst vergessen. Ich habe Dir doch erzählt worüber wir gestritten haben."

„Das ist aber mittlerweile sehr dürftig und nicht überzeugend", stellte Lisa klar. „Ich kann das weitere Vorgehen nicht abwenden."

„Nein, Lisa, warte! Ich habe nichts mit diesen Morden zu tun!"

Lisa wollte ihm nach wie vor glauben, aber sie musste die Entscheidung Andrea überlassen. Sie merkte, dass es ihr schwerfiel im Moment einen klaren Gedanken zu fassen. Hier in Neapel konnten sie nichts weiter erreichen. Das war der Fall der dortigen Polizei.

Als sie die Questura verließen, lüftete die Morgenröte über dem Vesuv ihre letzten Schleier und bereitete einer strahlenden Sommersonne am blauen Himmel den Platz. Lisa atmete die noch frische Morgenluft ein. Es tat einfach nur gut nach dieser schlaflosen Nacht. Sie fühlte sich zerschlagen und stumpf. Ihr Kopf produzierte eine wahre Flut an Gedanken. Das tat nicht gut, es brachte einfach nur Chaos hervor. Sie musste eine Struktur hineinbringen, aber wie.

Die Autofahrt zurück nach Salerno verlief ziemlich wortkarg. Von dem Liebespaar war gerade nicht viel übriggeblieben. Als sie sich Salerno näherten wurde Lisa als auch Andrea zusehends unruhiger und angespannter.

„Ich könnte jetzt erst einmal was zu essen gebrauchen!", unterbrach Andrea die Stille. „Wie sieht es mit Dir aus?"

Auch Lisas Magen hing auf halb acht. Sie fühlte sich aber gerade ziemlich überfordert, um sich vorstellen zu können, jetzt irgendwo mit Andrea essen zu gehen. Sie hatte den Eindruck, dass sie erst einmal Zeit für sich brauchte, um über das, was in den letzten Stunden alles passiert war, nachzudenken. Ihre Antwort fiel für Andrea daher sehr enttäuschend aus.

„Andrea, ich habe den Eindruck, ich brauche Zeit für mich. Es ist alles ziemlich viel, was da in den letzten Stunden passiert ist. Ich glaube es ist besser, wenn Du mich zum Hotel bringst."

„Natürlich respektiere ich Deine Entscheidung. Ich möchte, dass Du weißt, dass ich es sehr bedauere. Vielleicht hast Du recht, dass es für uns beide besser ist, erst einmal über alles nachzudenken. Es ging ja wirklich alles ziemlich schnell," womit er wohl ihre private Situation meinte.

Andrea steuerte den Wagen durch die engen Gassen hin zum Hotel und stellte den Motor ab, um Lisa aussteigen zu lassen.

Am liebsten hätte Lisa sich in Andreas Arme geschmiegt. Sie fühlte wie sie sich zu ihm hingezogen fühlte, doch nicht weniger stark, war ein Gefühl, dass sie davon abhielt oder war es doch der Verstand, der nicht immer hilfreich war? Andrea spürte Lisas Zögern, ließ ihr diesen Raum, bedrängte sie nicht, hoffte inständig, dass sie sich anders entscheiden würde.

„Ich geh' dann mal. Sag mir bitte Bescheid, wenn es mit der Befragung weitergehen soll. Ich bin dann da."

Der Abschied schmerzte in ihrem Herzen, aber sie hatte es so entschieden, weil sie es für besser hielt. Sie ergriff Andreas Hand drückte sie fest und führte sie für einen kurzen Moment an ihre Wange und schmiegte sich daran. Sie spürte Tränen in ihren Augen aufsteigen. Hastig stieg sie aus und verschwand im Hotel, wo alles vor wenigen Stunden so leidenschaftlich begonnen hatte.

Im Hotel fühlte Lisa sich erbärmlich und einsam. Sie ging erst einmal ausgiebig duschen und hoffte, sich danach besser zu fühlen. Danach bestellte sie sich Frühstück auf ihr Zimmer und versuchte, über Skype Viktor zu erreichen, der bestimmt noch im Präsidium war. Sie war froh, dass sich Ihre Vermutung als richtig herausstellte als er sofort die Verbindung annahm.

"Hallo, Lisa! Schön dich zu sehen. Aber ehrlich gesagt, Du siehst erbärmlich aus!"

"Danke, das baut mich jetzt aber so richtig auf. Gibt es bei dir was Neues."

„Ich arbeite gerade daran, einen Durchsuchungsbeschluss für die Wohnung von Robert Thomée zu bekommen. Es steht zwar alles auf etwas schwachen Beinen, aber ich denke, wir müssen da weiterforschen."

„In welche Richtung denkst Du?"

„Ich hoffe, Hinweise auf eine Verbindung zu diesem tragischen Fall zu bekommen. Irgendetwas reicht vielleicht in die Gegenwart hinein. Vielleicht ist etwas passiert, was diese Geschichte auf einmal wiederaufleben lässt. Was sind Deine Pläne?"

„Ehrlich gesagt, weiß ich es im Moment nicht!"

"Sag bloß, du hast Langeweile! Lassen dich deine Commissarios am Sonntag einfach so allein?"

Lisa war nicht zum Spaßen zumute, und was sie persönlich beschäftigte, ging Viktor nichts an. Sie berichtete Viktor noch kurz, wie es in Neapel noch gelaufen war und bevor sie die Verbindung beenden wollte, hörte sie noch die letzten Worte von Viktor.

"Ciao, Lisa und lass dir die Decke nicht auf den Kopf fallen. Geh doch einfach mal raus!"

"Ich werde es beherzigen, Viktor! Bis dahin!"

Vielleicht würde eine Runde Laufen guttun, dachte Lisa und zog sich ihre Laufsachen an. Wie am Vortag lief sie am Meer entlang, ohne Augen für das zu haben, was um sie herum passierte. Das Laufen tat, wie erhofft, gut. Sie spürte, dass ihr Körper entspannte und ihr Kopf freier wurde. Nach einem ausgedehnten Lauf setzte sie sich auf eine der Bänke am Lungomare. In der wohligen Wärme der Sonne musste sie kurz eingenickt sein, was sie bemerkte, als der Klingelton ihres Handys sie aus einem Traum herausriss und aufweckte. Beim Blick auf ihr Handy registrierte sie die Uhrzeit und resümierte, dass sie hier eine ganze Weile geschlafen haben musste. Verschämt schaute sie um sich, aber niemand schien von ihr Notiz genommen zu haben. Keine befremdenden Blicke schauten auf sie.

„Hallo, wo habe ich Dich denn hergeholt. Es hat ja eine Weile gedauert, bis Du dran warst?", fragte Viktor ehrlich erstaunt.

„Ich war Laufen und konnte nicht so schnell ans Handy", sagte Lisa lediglich.

„Also mit dem Beschluss das hat funktioniert. Als erstes habe ich mich mal auf seine Finanzen konzentriert. Und da ist mir aufgefallen, dass er regelmäßig monatlich einen Betrag von fünfhundert Euro überweist. Ich kann Dir aber noch nicht sagen, wem das Konto gehört, wohin dieser Betrag geht. Hat er mal was von Unterhalt oder so erwähnt?"

Lisa dachte nach, aber ihr fiel dazu nichts Passendes ein.

„Und gibt es sonst was?", hakte sie ungeduldig nach.

„Nein. Schicke Wohnung, aber nicht überkandidelt. Bis auf die fünfhundert Euro gab es nichts was mir aufgefallen wäre."

„Ja, das hört sich alles etwas mager an! Spannend ist dann wohl an wen das Geld fließt."

Nicht nur der Stand der Sonne signalisierte Lisa das es bereits Mittag war, sondern auch ihr knurrender Magen. Zurück im Hotel duschte sie noch einmal, kleidete sich an, um danach irgendwo eine Kleinigkeit zu essen. Danach schlenderte sie nochmals zur Uferpromenade und versuchte sich dort im lauschigen Schatten einer riesigen Palme einen klaren Kopf und eine klare Sicht auf die Dinge zu verschaffen. Wobei sie sich bemühte, sich auf den Fall zu konzentrieren. Der war schon kompliziert genug, für ihre persönlichen Gefühle einen gewissen Kommissar betreffend war jetzt nicht die passende Gelegenheit. Sie versuchte nochmal all die Gespräche, die sie mit Robert Thomée geführt hatte, durchzugehen. Wo war ihr etwas entgangen, wo hatte sie nicht gemerkt, dass er sie bewusst mit falschen Informationen gefüttert hatte. Es schien ihr aber auch in diesen Betrachtungen alles stimmig. Wohin könnten die fünfhundert Euro Monat für Monat fließen? Unterhalt schien ihr unwahrscheinlich, Er hätte bestimmt irgendwann erwähnt, wenn er ein Kind hätte. Geld an seine bedürftigen Eltern käme wohl auch eher nicht infrage, denn er hatte erzählt, dass seine Eltern ziemlich wohlhabend sind. Schließlich fasste sie den einzig vernünftigen Entschluss, Robert Thomée selber danach zu fragen, wenn sie nicht abwarten wollte. Aber dazu musste sie Andrea mit ins Boot holen. Ihn anzurufen, fiel ihr schwer. Der Gedanke an ihn machte sie traurig, aber gleichzeitig merkte sie, wie sehr sie ihn vermisste und wie sehr sie ihn mochte. Die Vorstellung ihm zu begegnen und ihm nicht nahe kommen zu können, schmerzte ihr Herz. Manchmal dankte sie ihrem Verstand, der ihr jetzt half, das Handy zu nehmen und Andrea anzurufen.

Sie hörte sein vertrautes „Pronto!" Sie atmete noch einmal tief durch und meldete sich dann auch.

„Ciao, Andrea. Hier ist Lisa. Ich wollte fragen, ob Robert Thomée schon in Salerno ist und ob wir ihn nochmals befragen können. Viktor ist da auf eine Sache gestoßen."

Lisa spürte, dass es ehrlich war, als Andrea seine Freude darüber, sie zu hören, zum Ausdruck brachte, bevor sie ihm von dem Gespräch mit Viktor erzählte.

„Fünfhundert Euro jeden Monat, da kommt schon eine schöne Summe zusammen, wenn das über Jahre läuft", überlegte er laut. „Du kannst gern in die Questura kommen, ich bin hier und Robert Thomée ist auch schon hierhin überführt."

„Gut, dann bin ich gleich da!"

„Wo bist Du denn jetzt?"

„Ganz in der Nähe unten am Lungomare!"

„Dann bis gleich!", und fügte noch hinzu, „ich freue mich!"

Lisa beendete das Gespräch mit einem neutralen „Ciao!"

Lisa musste schmunzeln und spürte, dass ihr Herz kleine Freudensprünge machte, als sie sah, dass Andrea ihr entgegenkam. Er hatte die Freude auf ihrem Gesicht erkannt und fühlte sich eingeladen, sie mit einer innigen Umarmung und einem Kuss zu begrüßen. Lisa konnte sich dem Zauber zwischen ihnen nicht entziehen und ließ die vertraute Nähe einfach zu.

In der Questura führte Andrea sie sofort in einen Verhörraum, in dem Robert Thomée bereits auf sie wartete. Immer noch fiel es Lisa schwer in Robert einen Schwerverbrecher zu sehen, so wie sie es mit allen Verdächtigen hielt, hielt sie es auch mit ihm. Sie versuchte alles daran zu setzen, ihre Ermittlungen so objektiv wie möglich zu führen und schnelle Vorverurteilungen zu vermeiden. Robert war bisher mehr als in den Genuss ihrer Unvoreingenommenheit gekommen, aber jetzt war ihre Geduld an einem Punkt angelangt, wo sie keine weiteren Spielchen duldete, dies äußerte sie Robert Thomée gegenüber ganz deutlich.

„Robert, es ist an der Zeit, dass Du mit offenen Karten spielst. Mein Kollege in Köln hat herausgefunden, dass Du monatlich fünfhundert Euro überweist und das regelmäßig. Kannst Du uns das bitte erklären."

Robert zögerte mit einer Antwort. Es war ihm anzusehen, dass er sich gegen die Behandlung der Staatsgewalt empören wollte, hielt jedoch inne und schien sich auf etwas Anderes zu besinnen.

„Ok, Ihr werdet den Empfänger sowieso herausfinden. Also machen wir es kurz!"

Bevor er fortfuhr, machte er noch mal eine Pause, um dann mit einer ruhigen gefassten Stimme weiterzureden.

„Ich bin mit Christina von der Party weg. Wir waren angeheitert, wir waren jung, wir hatten Lust aufeinander. Wir sind zu diesem Baggersee und haben uns einen Joint reingezogen. Ja, wir waren auf der Suche nach einem Abenteuer, wir wollten Grenzen überschreiten und hemmungslosen Sex. Um nichts sonst ging es und das ging von beiden Seiten aus. Nachdem Christina sich den Joint reingezogen hatte, ist sie völlig ausgeflippt. Sie ist mit ihren Klamotten in das kalte Wasser. Ich war ja auch bekifft. Bis ich merkte, dass sie leblos im Wasser trieb, dauerte es eine ganze Weile. Als ich dann auch rein bin, habe ich gemerkt, dass sie nicht mehr lebte."

Andrea und Lisa hatten Robert aufmerksam zugehört. Als er nun unterbrach, hakte Lisa nach.

„Und was, wenn sie doch noch lebte und nur bewusstlos war? Du hättest Hilfe holen müssen. Das ist unterlassene Hilfeleistung!"

„Wie hätte ich denn Hilfe holen sollen? Handys gab es noch nicht. Außerdem war ich selbst nicht Herr meiner Sinne, ich war in Panik und wollte einfach nur abhauen. Ich konnte gar nicht klar denken. Und dann war da auf einmal dieser Typ. Er war wohl auch am See. Er muss sich mein Autokennzeichen gemerkt haben und ist dann auf einmal aufgetaucht. Wenn ich ihm Schweigegeld zahlen würde, würde er nicht zu Polizei gehen, hat er gesagt. Erst waren es kleinere Beträge, dann verlangte er immer mehr."

„Du hättest zur Polizei gehen müssen!"

„Ich konnte es nicht. Was wäre aus meiner Zukunft geworden, ich hätte meinem Vater so nicht gegenübertreten können. Und Carla hatte mir das Alibi gegeben."

An dieser Stelle übernahm Andrea das Gespräch und wandte sich mit der nächsten Frage an Robert Thomée.

„Erklären Sie uns, irgendwas ist auf einmal passiert."

„Ich kann Ihnen wohl nichts vormachen. Ja, es ist tatsächlich etwas geschehen. Diesem Typ war das Geld nicht mehr genug. Er wollte immer mehr. Auf einmal kam er damit, dass er mich ja immer noch anzeigen könnte. Im Grund genommen, hätte ich mich des Totschlages schuldig gemacht und die Verjährung in besonders schweren Fällen würde erst nach dreißig Jahren eintreten. Diese letzten Jahre wollte er für sein Schweigen eine halbe Million. Er meinte, dass sei für mich doch ein leichtes, das Geld aufzutreiben."

„Und in dem Streit mit Carla ging es dann doch um diese alte Geschichte", drängte ihn Lisa, endlich damit herauszukommen.

„Ja, es ging darum. Carla war der Meinung, ich solle zur Polizei gehen und die ganze Geschichte gestehen und den Typen wegen Erpressung anzeigen. Sie meinte, auch er wäre Christina damals nicht zur Hilfe gekommen."

„Aber dazu waren Sie nicht bereit und deshalb mussten Carla und ihr Freund sterben."

„Was reden sie da, deshalb hätte ich Carla nie im Leben getötet."

„Nein, nicht Sie selbst, aber den Auftrag dazu gegeben. Und einen besseren Zeitpunkt als Carlas Reise hier an die Amalfiküste konnte es doch gar nicht geben. Ihre neuen Freunde in Neapel, die Tarnung durch Ihre Geschäfte."

„Nein, Lisa, sag ihm, dass das nicht stimmt. Das ist doch völliger Unsinn!"

„Kannst Du mir noch den Namen des „Typen" nennen. Ich werde das überprüfen."

Nachdem er Lisa den Namen genannt hatte, nahm Andrea das Gespräch wieder an sich.

„Herr Thomée, wir werden sie vorerst noch in Gewahrsam behalten, es ist Ihnen natürlich freigestellt, einen Anwalt hinzuziehen.", gleichzeitig gab er dem anwesenden Polizeibeamten ein Zeichen, Robert wieder zurück in seine Zelle zu bringen.

„Was heißt das jetzt, bin ich verhaftet?"

„Nein, das heißt es nicht. Es besteht ein dringender Tatverdacht, der es zulässt, sie noch in Gewahrsam zu behalten, damit sie sich den Ermittlungen nicht entziehen können", erklärte Andrea ganz sachlich.

In Andreas Büro tauschten sich die beiden aus und beide waren sich darin einig, dass in dieser Geschichte ein mögliches Motiv lag.

„Bis morgen müssen wir allerdings konkrete Verdachtsmomente haben, sonst müssen wir ihn gehen lassen", gab Andrea zu bedenken.

„Wie können wir Kontakte zur Mafia aufdecken, um ihm einen Auftragsmord nachzuweisen?", dachte Lisa laut vor sich hin. „Ich werde Viktor auch noch mal bitten, seine Telefongespräche auszuwerten. Irgendwo muss doch was zu finden sein, wo er nicht behaupten kann, dass es geschäftlich war. Irgendwie wäre es doch viel einfacher gewesen, den Erpresser umbringen zu lassen. Das Problem hat er ja immer noch. Es sei denn... "

„...es gibt noch einen weiteren Toten!", vervollständigte Andrea den Satz.

Da gab es wieder Arbeit für Viktor und die Kollegen in Köln, sie konnte hier erst mal nichts weiter tun, als abwarten. Das sah Andrea ähnlich und hoffte, Lisa noch mal für ein gemeinsames Essen gewinnen zu können.

„Andrea, das hört sich wirklich sehr verlockend an. Aber ich denke, es ist wirklich besser, dass ich gleich in mein Hotel gehe, versuche zu schlafen und morgen fit zu sein. Wenn ich jetzt mit Dir gehe, kann ich für nichts garantieren!"

Das war ja das, was Andrea hören wollte und wenn er ehrlich war, war es ja auch das, was er geschehen lassen wollte. Aber Lisa hatte recht und es blieb ihnen noch alle Zeit, ihre Gefühle weiter wachsen zu lassen.

„Du hast recht, es ist sicherlich besser so! Aber es fällt mir schon schwer, auf Dich zu verzichten!"

Endlich war es wieder da, dieses umwerfende Lachen von Lisa und es machte ihn glücklich.

Sie verließen gemeinsam die Questura und Andrea bestand darauf, Lisa wenigstens zum Hotel bringen zu dürfen. Er versicherte ihr, dass er auch ganz brav sein würde. Was nicht ganz gelang, da sie sich zum Abschied in einem innigen und begehrlichen Kuss verloren. Nur schwer konnten sie sich voneinander lösen, selbst der ungeduldig hupende Autofahrer hinter ihnen, konnte es nicht wirklich beschleunigen.

IX

Am Montagmorgen brach Andrea früh auf nach Neapel zu seinem Gerichtstermin. Es fiel ihm schwer, sich auf die Aussage in dem bevorstehenden Prozess zu konzentrieren. Mit seinen Gedanken war er bei Lisa. Die Ereignisse der letzten zwei Tage hatten ihn überwältigt und auch letzte Nacht um einen tiefen Schlaf gebracht. Da waren zwei tote Menschen und sie mussten dringend Beweise liefern. Und immer wieder tauchte Lisa auf. Er fühlte sich in ihrer Nähe so gut, wie er es vorher noch nicht verspürt hatte. Er musste sich eingestehen, dass Lisa vom ersten Moment an als sie aufeinandertrafen, sein Herz berührt hatte. Er hatte es sich nicht eingestehen wollen, aber er hatte sich sofort in sie verliebt. Er hatte es nie für möglich gehalten, dass es so was wie, Liebe auf den ersten Blick gibt. Lisa hatte ihm eröffnet, dass es ihr ähnlich ergangen war. Auch sie hatte sich schon bei ihrer ersten Begegnung zu ihm hingezogen gefühlt. Sie hatte mehrmals darüber gesprochen, wie glücklich sie sich mit ihm fühle und dass sie schon ewig nicht mehr solche Gefühle gehabt hätte.

Lisa war auf dem Weg zur Questura, als ihr Handy klingelte. Erfreut dachte sie, es sei Andrea, sah auf dem Display, dass es Viktor war.

"Hallo Viktor!"

"Morgen, Lisa. Ich hoffe, du hattest gestern noch eine angenehme Zeit."

"Ja, es war ok." gab Lisa nur zurück, Viktor musste immer noch nichts von ihrer verzwickten Situation erfahren.

"Nur ok! Soso!" sagte er ungläubig, wechselte aber sofort zu einem anderen Thema. "Du, Lisa, was hältst du hiervon. Eine Mitarbeiterin des Weinimporteurs hat sich heute Morgen gemeldet, ihr sei eingefallen, dass Herr Massimo Junior an dem Montag schon sehr früh die Hausmesse verlassen hätte. Sie wolle das nur melden, sie wisse ja nicht, ob es von Bedeutung sei."

"Ich kläre, was das auf sich hatte. Wir müssen allen Hinweisen nachgehen."

"Ja, so sehe ich das auch. In der Sache Robert Thomée kann ich Dir noch nichts sagen. Wir sind aber dran. Den Namen, den er Dir gegeben hat, stimmt mit den Angaben der Bank überein. Wir konnten ihn aber noch nicht auffinden. An seiner Adresse war er nicht und Nachbarn können sich nicht daran erinnern, wann sie ihn das letzte Mal gesehen haben."

"Was hältst Du davon?"

„Ich kann es Dir nicht sagen, noch ist es zu früh daraus Schlüsse zu ziehen."

„Ja, das ist wohl richtig. Du weißt, Geduld war noch nie so meine Stärke. Bis später, Viktor, ich melde mich, sobald ich hier was Neues weiß."

Lisa schaute in ihrem Handy unter den Kontakten nach und war froh, die Nummer von Paolo Massimo darin gespeichert zu haben, die sie umgehend wählte.

Mit dem üblichen "Pronto!" meldete sich Paolo Massimo

"Buongiorno, Signor Massimo. Ich bin es, Kommissarin Lisa Brandkopf."

"Buongiorno, Frau Kommissarin. Was kann ich für sie tun?"

"Ich habe eine Frage ihren Sohn Maurizio betreffend. Ich habe gerade erfahren, dass ihr Sohn am Montag schon sehr zeitig die Hausmesse verlassen hat. Können Sie mir etwas dazu sagen?"

"Maurizio wollte sich mit einem alten Freund treffen, deshalb ist er tatsächlich bereits mittags fortgegangen. Mehr kann ich ihnen nicht sagen, wir haben nicht weiter darüber gesprochen. Wenn es für sie wichtig ist, können sie meinen Sohn später selber danach fragen. Er ist hier in Ravello, er ist nur kurz runter nach Amalfi gefahren. Er wird sicher in einer halben Stunde wieder da sein."

"Ja, danke. Ich werde mich dann noch mal bei ihnen melden. Bis später dann."

Lisa dachte kurz darüber nach und entschied sich, nach Ravello zu fahren, um sich diesen Maurizio selber anzuschauen, und sich ein Bild von ihm zu machen. Schon mehrmals hatten sie über ihn gesprochen und versucht, seine Persönlichkeit zu ergründen. Sie hatte keine Ahnung warum und was es bringen sollte, aber irgendwas reizte sie, ihn persönlich kennenzulernen.

Anstatt zur Questura zu gehen, ging sie zu ihren Wagen. Auf dem Weg dahin, versuchte sie Andrea zu erreichen, doch es meldete sich nur seine Mailbox, sodass sie ihm darauf, die neuen Informationen sprach.

Die Autofahrt entlang der Küstenstraße hatte sie als Beifahrerin schon aufregend gefunden, aber jetzt erforderte sie, ihre gesamte Konzentration. Es war das reinste Abenteuer. Ein paar Mal schoss ihr das Adrenalin durch den Körper. Ihr Atem stockte und ihr Herz fing an, wie wild zu rasen. So schnell brachte sie nichts ins Schwitzen, doch jetzt spürte sie die Feuchtigkeit an ihrem gesamten Körper.

Sie war mehr als froh, als sie Ravello erreichte und das Auto auf dem Parkplatz abstellen konnte. Sie machte sich über den bereits vor einigen Tagen zurückgelegten Weg auf zur Villa Eva. Überall begegnete ihr wieder die Figur des Klingsors. Wieder erinnerte sie sich an die schmachvollen Ablehnungen, die er erfahren und die ihn zu seiner hinterhältigen Rache veranlasst hatte. Und wieder musste sie unweigerlich an Maurizio Massimo denken, dieses abgelehnte und zutiefst verletzte Kind. Sie empfand so was wie Mitleid für ihn, fragte sich, was sie erwartete, wen sie da gleich kennenlernen würde.

Sie erreichte die Villa Eva und schritt über den Weg zur Tür. Paolo musste sie schon gesehen haben, da er die Tür genau in dem Moment öffnete, als sie davor ankam und sie in Empfang nahm.

"Ich habe gar nicht damit gerechnet, dass sie sich die Mühe machen, persönlich hier nach Ravello zu kommen. Mein Sohn ist auch gerade eingetroffen. Ich werde ihm Bescheid sagen, dass sie hier sind. Darf ich ihnen etwas zu trinken anbieten. Vielleicht einen Kaffee?"

"Ja, gerne. Der würde mir jetzt guttun."

Paolo führte sie in den Salon, die Türen standen wieder offen und der Blick auf dieses phantastische Panorama von Küste und tiefblauem Meer zog Lisa wieder magisch in seinen Bann. Als sie Schritte hinter sich hörte, drehte sie sich um und erblickte Maurizio. Vor ihr tauchte ein durchaus attraktiver Mann auf, der sich seiner äußeren Wirkung bewusst zu sein schien, was in einem gewissen arrogant wirkenden und kühl distanzierten Auftreten zum Ausdruck kam. Er wirkte auf Lisa eher verschlossen und sie erinnerte sich daran, dass sein Vater Paolo bei ihrem ersten Besuch, erwähnt hatte, dass er wenig Glück mit Frauen hatte. ‚Wenn er dort auch so auftritt, wundert mich das gar nicht', dachte sie sich. Ohne sie förmlich zu begrüßen, eröffnete er direkt das Gespräch.

"Sie wollen mich sprechen, sagte mein Vater."

"Guten Tag, Signor Massimo. Ich bin Kommissarin Lisa Brandkopf aus Köln. Ich arbeite mit der hiesigen Polizei in Salerno in dem Doppelmord an einem deutschen Paar zusammen", wandte sich Lisa in einem bemüht freundlichen Ton an ihn.

Ohne abzuwarten, was Lisa als nächstes sagen würde, fiel ihr Maurizio Massimo ins Wort.

"Und was wollen sie in diesem Zusammenhang von mir. Wie kann ich ihnen helfen? Ich habe keine Ahnung, worum es hier geht."

"Signor Massimo, hat ihr Vater mit ihnen gesprochen und ihnen über eine Frau namens Carla Wissgold berichtet?"

Lisa sah, dass Maurizio eine Antwort herauszögerte, sie meinte eine gewisse Verunsicherung wahrzunehmen.

"Hat ihr Vater mit ihnen gesprochen?" wiederholte sie mit fester Stimme ihre Frage.

"Ich habe mit meinem Sohn darüber gesprochen, sie können darüber reden" hörte sie im Hintergrund Paolos Stimme, der gerade den Kaffee für Lisa hereinbrachte.

Paolo gab Lisa den Kaffee und zog sich wieder zurück.

„Wie mein Vater ja gerade sagte, hat er mir vor ein paar Tagen von der Existenz dieser Carla erzählt und auch davon, dass sie hier auf so tragische Weise zusammen mit ihrem Freund ermordet wurde."

„Wie war das für Sie, auf einmal zu hören, dass Ihr Vater eine Tochter aus einer nichtehelichen Beziehung hatte."

„Wie soll das sein, ich hatte ja gar keine Gelegenheit, mich mit der Existenz einer Schwester zu beschäftigen. Als ich von ihr erfuhr, war sie ja bereits tot. Und mit wem mein Vater ins Bett geht, ist seine Sache."

„Was haben Sie am Samstag vor Ihrer Abreise nach München gemacht?"

„Ich hatte die Nacht vorher ziemlich gefeiert und bin viel zu spät aufgestanden und musste mich dann ziemlich beeilen, um zum Flughafen zu kommen. Das war alles, was ich gemacht habe. War es das jetzt? Um mich das zu fragen, sind sie extra hier nach Ravello gekommen?"

"Eine Frage hätte ich noch. Wo waren sie am Nachmittag des letzten Montags."

"Ich war zusammen mit meinem Vater in München auf einer Hausmesse eines unserer Kunden, wie Sie ja wissen."

"Versuchen sie sich bitte noch mal genau zu erinnern. Ich fragte nach dem Montagnachmittag. Wir haben zwei entsprechende Aussagen, die bestätigen, dass sie die Hausmesse an dem Montag bereits mittags verlassen haben."

"Ja, jetzt wo sie es sagen, fällt es mir wieder ein. Ich habe einen Freund besuchen wollen, deshalb bin ich früher gegangen. Das war am Montag, das ist richtig. Ich hatte mich mit dem Tag vertan."

Lisa spürte, dass er nicht die ganze Wahrheit sagte und gab noch nicht auf.

"Sie sagten, sie wollten einen Freund besuchen. Das hört sich für mich so an, als hätten sie es aber nicht getan."

"Ja, das haben sie richtig verstanden. Das hat nicht geklappt."

"Und was haben sie anstatt dessen gemacht?" hakte Lisa nach.

"Ich bin ein bisschen rumgefahren und dann in einem Club gelandet, wenn sie wissen, was ich meine."

‚Oh nee, nicht schon wieder so eine Clubnummer', dachte Lisa, stellte aber ganz sachlich die nächste naheliegende Frage: "Wie ist der Name des Clubs?"

"Das weiß ich beim besten Willen nicht mehr. Ich habe das Auto am Hotel gelassen und habe mich von einem Taxifahrerdort hinbringen lassen und ich bin mit einem Taxi wieder zurück zum Hotel. Aber warum fragen sie mich das. Ich habe ihnen doch schon gesagt, ich habe nichts mit diesen Morden zu tun. Wie sollte ich auch, wir sind bereits am Samstag nach München geflogen. Wie ich von meinem Vater gehört habe, sind die Morde am Samstag geschehen."

Er hatte recht, dachte sich Lisa. Aber irgendwas war da, das spürte sie. Sie konnte es nur noch nicht packen.

"Als ihr Vater ihnen von Carla erzählte, war das da völlig neu für sie? Oder haben sie bereits früher etwas davon mitbekommen."

"Ich verstehe ihre Frage nicht. Mein Vater hat mir vor ein paar Tagen eröffnet, dass er der leibliche Vater dieser ermordeten Frau ist. Wie sollte ich vorher etwas davon gewusst haben?"

"Nun, ihr Vater hat sich früher hier an der Amalfiküste und auf den Inseln mit Carla und ihrer Mutter getroffen. Es kann ja sein, dass sie irgendetwas davon mitbekommen haben. Kinder bekommen oft mehr mit, als wir glauben."

"Nun, das ist ihre Phantasie, Frau Kommissarin."

‚Da hat er nicht ganz unrecht', ermahnte Lisas innere Stimme sie. ‚Aber einen Versuch war es wert.'

"Haben sie noch Fragen, weil ich mich sonst wirklich gern meiner Arbeit wieder widmen würde."

"Haben sie noch Belege, die ihre Angaben bestätigen könnten? Oder könnten sie die Gegend beschreiben, in der der Club lag. Es wäre schon in ihrem Interesse, wenn sie genauere Angaben machen könnten. Meine Kollegen aus Salerno werden bestimmt noch mal darauf zurückkommen. Für jetzt, erst einmal vielen Dank."

„Warum sollte es in meinem eigenen Interesse sein? Sie haben mir immer noch nicht gesagt, was mir vorgeworfen wird!", insistierte Maurizio.

„Wie gesagt, ich habe keine weiteren Fragen an Sie."

"Möchten sie noch mit meinem Vater reden? Ich begleite sie sonst hinaus."

"Ich habe nur noch eine kurze Frage an ihren Vater, es wäre nett, wenn sie ihm Bescheid sagen würden."

Maurizio rief nach seinem Vater, der aus einem der anderen Räume zu ihnen kam.

"Signor Massimo, wir würden gern die Leichname von Carla und Sebastian nach Köln überführen. Sie hatten sich ja bereit erklärt, die beiden zu identifizieren. Könnten Sie das noch heute im Laufe des Tages oder spätestens morgen schaffen."

"Wäre es heute am späten Nachmittag in Ordnung?"

"Ja, das würde sehr gut passen!"

Lisa bedankte sich bei ihm und verabschiedete sich.

Auf dem Weg hinunter zum Tor drehte sie sich noch einmal um und sah, dass Paolo ihr mit einem sehr nachdenklichen Blick hinterher schaute. Er nickte Lisa noch einmal zu. Als Lisa dies erwiderte, fiel ihr Blick auf eines der Fenster im zweiten Stock, hinter dem Maurizio stand. Sein Blick ließ Lisa erschauern, sie spürte, dass sie eine Gänsehaut bekam. Wirklich ein komischer Kerl, schoss es Lisa durch den Kopf.

Als sie das Tor hinter sich geschlossen hatte, nahm sie ihr Handy heraus, um Andrea anzurufen.

„Oh, nein wie blöd!", sagte sie laut zu sich selbst, als sie feststellte, dass der Akku leer war. Sie hatte gar nicht daran gedacht, ihn aufzuladen. Na dann ging es eben nicht! Sie würde halt später in Salerno versuchen, ihn zu erreichen. Andrea hatte ja schon gesagt, dass er den ganzen Tag bei der Gerichtsverhandlung wäre. Sicherlich konnte er den Anruf gar nicht entgegennehmen. Also kein Grund, sich zu ärgern.

Lisa spürte auf einmal das starke Bedürfnis zur Grotte der Eva im Park der Villa Cimbrone zu gehen. Eva, die Mutter Carlas, stand am Beginn der Geschichte, vielleicht fand sie hier Antworten, um das Ende zu verstehen. Sie betrat den Park und bog beim Teehaus und Rosengarten ab, nahm den Weg bergab durch die Hortensienallee und fand in einer natürlichen Grotte die Statue der Eva aus weißem Marmor. Eine wirklich außerordentlich schöne Arbeit des Bildhauers Tadolini aus Bologna aus der Mitte des neunzehnten Jahrhunderts. Lisa war begeistert von der Weichheit des Körpers und dieser fast transparent wirkenden Oberfläche. Die Sonnenstrahlen, die durch das dichte Grün zart in die Grotte hineinfielen, erweckten die marmorne Eva zu einer begehrenswerten Frau aus Fleisch und Blut. Eingefangen war ein Moment großer Intimität und Sinnlichkeit. Ein Moment, in dem die nackte Eva sich von einem neugierigen Blick überrascht, schüchtern abwendet und die Hand in einer schamhaften Geste auf den Mund legt. Gleichzeitig drückte ihre Haltung ein entzücktes erwartungsvolles Verlangen aus. Lisa spürte ein wunderbar warmes Gefühl in sich aufsteigen, als sie an ihre erste intime Begegnung mit Andrea dachte. An dieses erste vorsichtige sich Herantasten, diese erste Begegnung ihrer nackten Körper. Es war ihr als könne sie Andreas Körper spüren, seine Haut, seinen Duft, seine Küsse. Ihre Brust hob sich schwer auf und ab, da sich ihr Atem beschleunigte bei der Vorstellung ihrer leidenschaftlichen Begegnungen. Einen Moment schloss sie die Augen und genoss die Nähe Andreas in ihrer Phantasie.

In diese wohlig angenehmen Bilder mischte sich plötzlich eine hasserfüllte Fratze, in der sie das Gesicht von Maurizio erkannte. Dieser Blick von Maurizio, als er hinter dem Fenster auf sie schaute, tauchte wieder vor ihrem inneren Auge auf und sie erkannte etwas Bedrohliches darin, das ihr bis tief ins Mark fuhr. Welches Geheimnis verbarg sich in ihm?

Nachdem Lisa fort war, wusste Paolo, dass er die Tür, hinter der er die Erinnerungen der Vergangenheit eingeschlossen hatte, öffnen musste. Er musste sich der Wahrheit, die dahinter so lange versteckt gehalten war, stellen. Zu lange hatte er sie verdrängt. Er konnte ihn nicht länger schützen. Es durfte nicht noch mehr Leid geschehen. Er versuchte Lisa anzurufen, konnte sie aber nicht erreichen. Deshalb versuchte er nun, schon fast verzweifelt, Andrea zu erreichen.

"Pronto," hörte er voller Erleichterung Andreas Stimme.

"Hier ist Paolo Massimo. Ich muss dringend mit ihnen sprechen. Ich befürchte, sonst passiert noch weiteres Unheil."

"Ich bin gerade auf dem Weg von Neapel zurück nach Salerno. Ist es denn so dringend?"

"Es ist sehr dringend!"

"Gut, ich kann gleich in Angri abfahren und die SP1 direkt nach Ravello nehmen. Es wird aber noch was dauern."

"Bis später. Ich erwarte sie dann."

Andrea war irritiert über den Anruf. Genauso wie er sich über Lisas Anruf vom Morgen wunderte, die versucht hatte ihm auf die Mailbox zu sprechen, aber wohl gar nicht bemerkt hatte, dass der Kontakt irgendwie abgebrochen war. Er hatte nur noch verstanden, dass Viktor sie angerufen hatte. Das war auch alles. Er konnte sie auch nicht erreichen, was ihn beunruhigte, vor allem auch aus dem Grund, weil sie sich nicht in der Questura gemeldet hatte, was er bei einem Gespräch mit Matteo erfahren hatte. Es passte ihm jetzt gar nicht, diesen Umweg über Ravello zu machen.

"Verdammt, Lisa, geh endlich ans Handy!" fluchte Viktor in das Telefon hinein, als er zum zigsten Mal nur die Ansage erhielt, dass der Teilnehmer gerade nicht erreichbar ist. Viktor ärgerte sich über die Ansage. So ein Quatsch, ich merke selbst, dass sie nicht drangeht.

Viktor legte das Telefon zur Seite und überlegte, was er tun könnte. Diese Information könnte ziemlich wichtig sein und Lisa sollte wissen, was er herausgefunden hatte. Schließlich kam er auf die Idee, in der Questura in Salerno anzurufen und sich den Commissario Andrea, wie hieß er doch gleich mit Nachnamen, er schaute auf die erste Mail, die sie aus Salerno bekommen hatten und fuhr mit dem Finger die Zeilen entlang. Da, wurde er fündig, Commodori. Er wählte die Nummer und hörte auf der anderen Seite eine Stimme "Pronto!" sagen. Für einen kurzen Moment stockte er und versuchte es auf Englisch, indem er seinen Namen nannte und hinzufügte, Commissario aus Köln und dass er Commissario Andrea Commodori sprechen wolle.

"Il Commissario non è nella questura." kam es auf Italienisch zurück. Viktor verstand nur non und reimte sich daraus, dass Andrea Commodori nicht in der Questura sei.

"It is very important, I must speak Commissario Lisa Brandkopf from Köln", machte er auf Englisch weiter.

"Signora Lisa Brandkopf non è qui."

Ebenfalls ein non, daraus schloss er, dass Lisa auch nicht da war.

"Io collego con il vice commissario Matteo de Rocca," hörte er die Stimme sagen.

Matteo, das hörte sich gut an, so hieß doch der andere Kollege, von dem Lisa erzählt hatte, dachte Viktor und blieb am Apparat, obwohl sich erst mal nichts tat.

Dann meldete sich Matteo auf Englisch und teilte Viktor mit, dass der Commissario in Neapel als Zeuge in einem Gerichtsprozess hätte aussagen sollen, dass die Verhandlung aber abgebrochen worden war und der Commissario auf dem Weg zurück nach Salerno sei.

"Kann ich ihnen weiterhelfen?" fragte Matteo.

"Wissen sie, wie ich Lisa erreichen kann?"

"Nein, leider nicht. Wir vermissen sie auch, sie wollte heute Morgen in die Questura kommen, um die Formalitäten die Überführung betreffend zu erledigen. Sie ist aber noch nicht erschienen."

Viktor staunte, das war gar nicht Lisas Art. Sie war immer zuverlässig. Vielleicht war alles völlig harmlos, aber ein wenig Sorge spürte er schon.

"Worum geht es denn?" fragte Matteo.

Viktor fing an, von seinen neuen Ergebnissen zu berichten.

"Wir haben jetzt die Daten von der Autovermietung erhalten, bei der Maurizio Massimo einen Wagen am Flughafen München gemietet hatte. Mit dem Leihwagen wurden über 1400 km gefahren. In München 1400 km zu fahren ist ziemlich unwahrscheinlich, oder was denken sie?! Aber die Distanz München - Köln - München beträgt ca. 1150 km. "

"Sie wollen damit sagen, dass er mit dem Wagen nach Köln gefahren sein könnte!"

"Genau!" sagte Viktor und ergänzte "Das könnte auch erklären, warum dieser Maurizio Massimo die Hausmesse am Montag bereits mittags verlassen hat. "

Dies verstand Matteo nicht auf Anhieb, da diese Information neu für ihn war.

Viktor erklärte ihm, dass er bereits am Morgen mit Lisa telefoniert hatte, um ihr mitzuteilen, dass Maurizio Massimo am Montag bereits am Mittag die Hausmesse verlassen hatte und dass Lisa bei Paolo Massimo nachfragen wollte, ob er ihr etwas dazu kann.

"Hat Lisa mit Commissario Andrea Commodori darüber gesprochen?" fragte Viktor.

"Ich weiß es nicht. Er hat mir gegenüber nichts davon erwähnt, als wir vorhin miteinander gesprochen haben. Aber warum ist es wichtig, zu klären, ob dieser Maurizio in Köln war?", hakte Mattio ein wenig verwirrt nach.

„Wenn er die Person ist, die in der Wohnung war, dann hat er vielleicht etwas mit den Morden zu tun?" gab Viktor zu Bedenken.

Viktor und Matteo verabschiedeten sich und Matteo rief umgehend Andrea an, den er über das Gespräch mit Viktor informierte.

Auch Andrea staunte über die neuen Informationen, die er jetzt auch das erste Mal hörte. Er vermutete, dass es das war, was Lisa ihm auf die Mailbox gesprochen hatte, ohne zu merken, dass die Verbindung nicht mehr bestand.

Er rief bei Paolo Massimo an, der ihm bestätigte, dass Lisa in Ravello gewesen war und auch mit Maurizio gesprochen hatte.

"Wo ist ihr Sohn jetzt?" fragte Andrea.

"Er hat kurz nachdem Lisa gegangen ist, das Haus verlassen."

"Ich denke, sie sollten mir besser jetzt am Telefon sagen, worüber sie so dringend mit mir reden wollten!"

Paolo Massimo kam nicht dazu, zu antworten. Da ein Hinweiston in Andreas Handy ankündigte, dass jemand anderes ebenfalls versuchte Andrea zu erreichen. In der Hoffnung, dass es Lisa war, unterbrach Andrea das Gespräch mit Paolo.

Lisa betrachtete noch eine Weile gedankenverloren die marmorne Eva und dachte dabei über die Beziehung zwischen Paolo und Eva nach. Ihr fielen die Worte von Robert Thomée ein, der über Carlas Mutter gesagt hatte, sie sei eine beeindruckend schöne Frau gewesen. Sie stellte sich vor, wie Eva und Paolo sich das erste Mal begegnet waren. Wie auch er von ihrer Schönheit verzaubert gewesen war und was hatte Eva für Paolo empfunden. Lisa war immer noch beeindruckt darüber, dass Eva trotz aller Hindernisse an dieser Liebe festgehalten hatte. Schönheit und Vergänglichkeit, das hatte Lisa schon bei ihrem ersten Besuch hier in Ravello zutiefst ergriffen. Auch jetzt fühlte sie dieses Mystische und die Magie dieses Ortes.

Erst jetzt wunderte sie sich über diese Ruhe im Park. Sie registrierte erstaunt, dass keine anderen Besucher im Park zu entdecken waren. Aber hatte sie nicht gerade hinter den Hortensien noch jemanden erblickt? Sie schaute auf die Uhr, die ihr anzeigte, dass es Mittagszeit war und sie vermutete, dass die meisten jetzt wohl irgendwo in einem Restaurant saßen, außerdem zogen gerade dicke Wolken am Himmel auf. Lisa entschied sich, doch noch einen Blick von der Terrasse auf die Küste zu werfen. Sie schlenderte den Weg entlang, vorbei an den verschiedenen Statuen und verweilte einen Moment bei der bronzenen Darstellung des Merkurs, dem geflügelten Götterboten, dem Hermes in der griechischen Mythologie, dabei fiel ihr Blick auf den Spruch, der in eine Steintafel gemeißelt war.

"An die Welt verloren, von welcher ich keinen Teil wünsche, sitze ich hier alleine und spreche zu meinem Herzen, zufrieden mit meinem kleinen Fleckchen dieser Erde, froh, keine Traurigkeit mehr für den Tod zu empfinden."

Der Spruch rührte sie tief an. Es wunderte Lisa nicht, dass Lord Grimthorpe, der 1904 das Anwesen kaufte und restaurierte, sich von diesem Zitat von Catullus angesprochen gefühlt hatte. Schließlich hatte er sich hier an diesem Ort von einer schweren Depression erholt, in die er nachdem seine geliebte Frau bei der Geburt ihres Sohnes verstorben war, fiel. An diesem Ort hatte er sein Glück zurückgefunden und seinem Leben einen neuen Sinn gegeben, dachte Lisa. Nachdem er solches Leid durchlebt hatte, war seine Angst vor dem Tod geschwunden.

Lisa meinte auch etwas von diesem Heilsamen dieses Ortes zu spüren, was sie aber noch stärker spürte, war dieses seltsame und zugleich wunderbare Gefühl, das sich um ihr Herz ausbreitete. Ein warmes sehnsuchtsvolles Ziehen, das sie mit einem besonderen Menschen in Verbindung brachte. Sie konnte es kaum glauben, aber sie sah es ganz klar vor sich, sie hatte in Andrea den Mann gefunden, dem sie all ihre Liebe geben wollte. Sie hatte das Gefühl, dass er schon immer da war und immer da sein sollte. Es war unglaublich, sich nach so kurzer Zeit so sicher zu sein. Sie wollte später in Salerno alles mit Andrea klären, sie spürte, dass ihre Gefühle diese erste Probe überstanden hatten.

Beflügelt, mit einem unglaublichen Glücksgefühl, wollte sie noch den Blick von der Terrazza dell'infinito genießen. Die Terrasse der Unendlichkeit, es hätte keinen besseren Platz gegeben als diesen, wo ihr ihre Liebe mit einem Male so klar war. Sie schämte sich fast ein wenig für dieses kitschig anmutende Gefühl von Glück. Sie ließ den Gefühlen und Gedanken aber freien Lauf und ließ auch das zufriedene Lächeln zu, das in ihr erstrahlte.

Durch den kleinen Tempel der Ceres betrat sie die mit Marmorbüsten geschmückte Aussichtsplattform mit der Balustrade in der Mitte. Sie genoss von hier den ersten schon beeindruckenden Ausblick auf das weite Küstenpanorama. Sie beobachtete den jungen Maler, der gerade seine Staffelei einpackte und erhaschte noch einen Blick auf sein Bild, in dem er es großartig verstanden hatte, die Stimmung der Landschaft festzuhalten. Sie schritt die Aussichtsplattform ab und wagte es auf die Balustrade zu treten. Es war atemberaubend! Die abfallenden Felsen unter ihr schienen direkt ins Meer zu stürzen. Es war als schwebe sie wie ein Vogel über die Küstenlandschaft. Es war im wahrsten Sinne unbeschreiblich schön. Selbst die aufziehenden dunklen Wolken taten dem kein Abbruch. Diese farbenfrohe Kulisse mit den Zitronenhainen und den winzig wirkenden Häusern, die an den Hügeln hingen, wirkten jetzt noch eindrucksvoller. Der Blick reichte über das noch funkelnde blaue Meer bis hinüber zu den Bergen des Cilento und der Spitze von Licosa.

Völlig selbstverloren, eingebunden in die Landschaft, bemerkte Lisa nicht, dass sich ihr jemand näherte. Erst als sie schon fast die Berührung wahrnahm, erkannte sie ihn.

Jäh kam sie in die Gegenwart zurück und da war sie auf einmal, die Erkenntnis und die Gewissheit. Auf einmal war ihr klar, wer der Mörder war. Er stand bedrohlich nah vor ihr!

Für einen kurzen Moment packte sie eine panische lähmende Angst. Instinktiv griff sie zu ihrer rechten Hüfte. Doch da wo sich sonst ihre Waffe befand, war jetzt nur Leere. Ihre Waffe, die ihr sonst im Dienst Sicherheit und Schutz gewährte, lag zuhause.

Was sollte sie tun, für einen Moment fühle sie sich wehrlos.

Sie schaute hinab in die Tiefe. Dann traf sie wieder die Augen ihres Widersachers, die ihr mit einem irren siegessicheren Blick signalisierten, hier kommst du nicht weg, hier sitzt du in der Falle. Nein, da unten wollte sie nicht enden. Nein, sie war nicht froh, keine Traurigkeit mehr für den Tod zu empfinden, wie Lord Grimthorpe. Sie wollte leben, sie wollte lieben. Das was gerade begann, konnte doch nicht hier auf der Terrasse der Unendlichkeit ein jähes Ende finden. So gnadenlos, so makaber konnte das Leben ihr doch nicht mitspielen!

Bedrohlich nahe spürte sie seinen Körper, sie spürte seinen Atem, seine Augen waren ganz nah vor ihren. Hinter dem Hass und der Wut, erkannte sie mit einem Mal das traurige bedürftige Kind in ihm und sie hörte die Worte ihres Akido-Trainers sagen, du musst deinen Feind lieben, um ihn zu besiegen.

"Wie haben sie erfahren, dass Carla ihre Halbschwester ist?", versuchte Lisa Maurizio in ein Gespräch zu verwickeln.

Sie musste Zeit gewinnen, dies war ihre einzige Chance und sie wusste, jeder braucht jemanden, der einem endlich einmal zuhört, dem man seine Geschichte erzählen kann.

"Er telefonierte als ich zu ihm ins Büro wollte, die Tür stand offen und ich hörte ihn deutsch sprechen. Er spricht nicht sehr gut Deutsch, aber er kann sich schon verständigen. Zuerst dachte ich, er spräche mit Kunden, aber es war irgendwie anders und es machte mich skeptisch. Ich habe das Gespräch mit meinem Smartphone aufgezeichnet und es später übersetzt. Ich konnte es nicht glauben, nach all den Jahren taucht da auf einmal jemand auf! Und mein ehrenwerter Vater spricht davon, dass er sie immer geliebt hat. Geliebt! Das hat er mir nie gesagt. Nie! Nie! Verstehen sie, niemals! Nein, auch Vorwürfe hat er mir nie gemacht, mein lieber Vater. Aber immer diese Blicke! Diese Blicke, die mir sagten, du kannst es nicht. Du machst es nicht gut genug. Du bist nicht gut genug. Schau wie lieb dein kleiner Bruder ist. Und so klug, und, und. Und dann war er endlich weg."

Lisa registrierte, dass er jetzt ganz weit entrückt war, dass er in die Vergangenheit abtauchte.

„Es war ganz einfach. Er kam mir wie so oft hinterhergelaufen, ich habe ihn gepackt und einfach hinuntergestoßen und er ist in diese verdammte, tiefe Schlucht gefallen. Und was glauben sie, es war ein großartiges Gefühl! Ich hatte mich endlich befreit vom ihm!"

Lisa erschrak bei der Erkenntnis, dass es damals kein Unfall war, sondern dass Maurizio seinen Bruder Antonio absichtlich in die Schlucht gestoßen hatte.

Maurizios wirrer Blick ging hinunter in den Abgrund, seine Hände packten Lisa ganz fest und schoben sie dicht an das Geländer. Lisa spürte das harte Metall in ihrem Rücken und sah nur die Tiefe unter sich. Du musst dich konzentrieren, halte ihn am Reden, du musst ihn schwächen, um dich dann aus seinem Griff zu befreien, sagte sie sich.

"Sie haben ihren Bruder getötet? Warum?" Die Antwort konnte sie sich denken, aber sie wollte sie von ihm hören.

"Ich habe ihn gehasst, ich habe mich gehasst, ich habe alle gehasst. Alle haben auf ihn gesehen, er war auch so verdammt nett. Auch zu mir, aber ich wollte ihn nicht. Er war das Gegenteil von mir und hat mir vorgeführt, wie scheiße ich bin. Das geht doch nicht, das darf man sich nicht gefallen lassen."

"Ging es ihnen danach besser? War ihr Leben dadurch anders?"

Er schaute sie wutentbrannt an, packte noch fester zu, versuchte sie hochzuheben, um sie über das Geländer zu stoßen. ‚Falsche Frage', Lisa.

Versuchend sich am Geländer festzukrallen, ihr ganzes Gewicht nach unten zu verlagern, um damit Maurizios Angriffe abzuwehren, nach Atem ringend, fragte Lisa weiter.

"Aber wie haben sie das mit Carla und ihrem Freund hingekriegt, wie haben sie sie nach Furore gelockt zu dieser abgelegenen Stelle?"

Für einen Moment hielt er inne, Lisa weiterhin bedrohlich nah am Abgrund haltend.

"Ich habe in dem Terminkalender meines Vaters gesehen, dass sie in Amalfi war und dass sie sich bereits einmal in Neapel getroffen hatten. Ich habe sie im Hotel angerufen und mich vorgestellt und ihr erzählt, dass ich sie gern kennenlernen würde. Sie war sofort begeistert und freute sich. Wie dumm die Menschen doch sind und wie leicht sie sich täuschen lassen," sagte er mit einem verächtlichen Lachen.

Lisa dachte, vielleicht hat es ja nichts mit Dummheit zu tun, es gibt auch Menschen, die sich freuen, nach Jahren Vater und Bruder kennenzulernen. Sie schwieg aber lieber, um Maurizio in seinem Redefluss nicht zu unterbrechen.

"Ich habe erzählt, ich hätte hoch oben in Furore ein kleines Landhaus, dorthin würde ich sie gern einladen. Und sie solle nicht mit unserem Vater darüber reden. Es wäre eine Überraschung für ihn. Er wäre auch da, wir hätten unseren Flug nach Deutschland verschieben müssen. Wir haben uns dann für den Samstag verabredet. Ich hatte den Zeitpunkt so gewählt, dass ich, nachdem ich meinen Auftrag erledigt hatte, noch rechtzeitig den Flug nach München bekomme."

"Und warum Furore?"

"Ganz einfach. Ich konnte über die Terrassen, die ein wenig entfernt liegen, den Berg hinauf nach Agerola laufen. Dort hatte ich am Ortseingang meinen Wagen geparkt und konnte dann die Straße rüber nach Castellammare nehmen und war dann schon wieder auf der Autobahn."

"Sie hatten einen perfekten Plan!" Lisa versuchte seiner narzisstischen Seite zu schmeicheln.

"Ja, ganz genau. Es war genial! Es hat alles so funktioniert, wie ich es geplant habe. Sie haben mir alles geglaubt!", hob er noch mal höhnisch hervor. "Selbst als ich an ihr Auto kam, lief alles so wie ich es mir ausgemalt habe. Ich ging an das offene Fenster auf der Fahrerseite. Sie waren erfreut mich zu sehen, wandten sich mir zu und dann …".

Ohne den Satz zu beenden, lachte er auf, als könne er es selbst nicht glauben, dass alles so funktioniert hatte und es schien, dass er es genoss, sich noch einmal vorzustellen, wie er sie tötete. Doch dann verfinsterte sich seine Miene zu einer bedrohlichen Fratze. Vielleicht, weil ihm gerade bewusst wurde, dass sein Plan nicht so genial war, weil Lisa hinter sein Geheimnis gekommen war. Er begann Lisa so zu packen zu bekommen, um sie in die Tiefe stürzen zu können.

"Und dann kommen sie und entdecken mein Geheimnis und dafür müssen sie jetzt sterben. Ich kann doch nicht zulassen, dass jemand auf meine Spur kommt. "

"Maurizio seien sie vernünftig, es ist nur eine Frage der Zeit, dann werden auch meine Kollegen darauf kommen, dass sie der Mörder sind", versuchte Lisa einen weiteren Vorstoß, um ihn aufzuhalten. "Und verraten sie mir noch eins. Warum sind sie in Köln in der Wohnung von Carla gewesen?"

Lisa war auf einmal klargeworden, dass er es war, der in der Wohnung gewesen sein musste. Die Sandspuren aus Neapel! Das passte auf einmal zusammen.

"Ich wollte einfach nur sehen wie sie gelebt hat! Und natürlich auch schauen, ob es Hinweise auf eine Verbindung zu meinem Vater gab. Die wollte ich dann vernichten. Aber dann waren da Gespräche auf dem Flur und ich hatte Angst, die Bewohner könnten wieder zurückkommen und jemand würde mich sehen. Da bin ich dann doch wieder abgehauen. Ich konnte auch nichts Auffälliges entdecken."

Er hielt einen Moment inne und es sah so aus, als fiele ihm gerade etwas ein.

"Aber woher wissen sie, dass ich in Carlas Wohnung war?" entgegnete er erstaunt.

"Wir haben Sandspuren in der Wohnung gefunden. Die Sandanalyse hat ergeben, dass er von einem Strand in der Nähe von Neapel stammt."

Für einen Moment der Verwirrung, aber vielleicht auch der Bewunderung über diese Schlussfolgerung, lockerte Maurizio den Griff und Lisa versuchte, diesen Augenblick zu nutzen, um sich zu befreien. Bei ihrer ersten Bewegung packte er sie wieder fester und drängte sie dichter an das Geländer.

"Ist aus dem Grund ihr Verdacht auf mich gefallen?"

"Nicht sofort. Es war nur klar, dass es eine Verbindung hierher geben musste", erwiderte Lisa ehrlich.

"Nach Köln zu fahren, war wohl ein Fehler!"

‚Ja, das war es, sonst wären wir nicht auf deine Spur gekommen, zumindest nicht so schnell', dachte Lisa. Sprach es nicht aus, weil sie befürchtete, dass er dies als Kritik auffassen könnte und das hätte ihn wütender gemacht.

Lisa spürte trotz dieser Vorsicht, dass der Kontakt zu Maurizio mehr und mehr abbrach. Für einen kurzen Augenblick hatte sie seine psychische Abwehr durchbrechen können, gleich würde er sich umso stärker in seine Innenwelt zurückziehen. Sie spürte nur noch seinen Hass und seine Wut und seine irrsinnige Entschlossenheit, sie zu töten.

"Es wird wie ein Unfall aussehen, Frau Kommissarin. Warum mussten sie sich soweit hinauslehnen. Einfach schade, eine so schöne Frau!"

Tatsächlich zog er sich wieder ganz in seine eigene Welt zurück, in der er sich als der Überlegene sah. Er war der Realität entrückt und überzeugt, dass seine Verbrechen mit Lisas Tod nicht ans Licht kommen würden. Seine verrückte Überzeugung und die Sicherheit, in der er sich wiegte, kam wohl aus den Jahrzehnten des Schweigens, in denen er nicht für den Tod seines Bruders verantwortlich gemacht worden war. Hatte Andrea nicht bei ihrem ersten Gespräch genauso etwas in der Biographie des Täters vermutet.

Andrea hatte seine schon rasante Fahrt auf der kurvenreichen SP1 noch beschleunigt, nachdem Paolo ihm eröffnet hatte, dass er all die Jahre nicht sehen wollte, dass Maurizio seinen Bruder getötet hatte, obwohl er und seine Frau sich darüber ganz sicher gewesen seien. Sie hatten aus Scham, aber auch aus Schuldgefühlen Maurizio gegenüber geschwiegen. Seine Frau hatte das Geheimnis mit in ihr Grab genommen, auch Paolo hatte sich dies geschworen. Jetzt fühlte er eine tiefe Schuld für den Tod seiner Tochter Carla und deren Freund Sebastian, weil er sich sicher war, dass Maurizio deren Mörder sei. Seine Angst, dass Maurizio noch mehr Unheil bringt, zwinge ihn nun, endlich das Schweigen zu brechen. Er berichtete Andrea, dass er gesehen hatte, dass Maurizio das Haus verließ, unmittelbar nach dem Lisa gegangen war. Er sei noch in den Ort nachgegangen, um sich zu vergewissern, ob mit Lisa alles in Ordnung sei, habe aber beide nicht entdeckt.

Andrea informierte umgehend Matteo und wies diesen an, den Polizeihubschrauber anzufordern, damit dieser mit einer Sondereinheit so schnell wie möglich, nach Ravello käme.

Andrea fühlte sich gefühlsmäßig in einem Ausnahmezustand. Er spürte, dass ihm seine professionelle Abgeklärtheit, die er in solchen Situationen sonst aufbringen konnte, fehlte. Selten hatte er eine solche Angst und Verzweiflung verspürt. Nicht um sein Leben, es war eine panische Angst, dass Lisa etwas zustoßen könnte.

Auf einem kleinen Plateau in der Nähe von Ravello wartete der Hubschrauber und nahm Andrea an Bord, um dann Kurs Richtung Küste zu nehmen. Aber wo sollten sie suchen. Wo in den verwinkelten Gassen des Ortes steckten die beiden?

Andreas Herz blieb beinahe stehen als sie beim Anflug auf Ravello von der Küstenseite her, zwei Personen kämpfend auf dem Balkon der Terrazza dell' Infinito entdeckten. Es war ihm sofort klar, dass es Lisa und Maurizio waren, und dass Lisa dort gerade um ihr Leben kämpfte.

Er dankte dem Schicksal, dass genau dort unterhalb der Aussichtsterrasse der Hubschrauberlandeplatz des Hotels lag. Kaum, dass der Hubschrauber am Boden war, sprang er als erster vor allen anderen raus. Jede Sekunde zählte, er durfte nicht zu spät kommen.

‚Halt bitte durch mio amore!, sagte er sich gebetsmühlenartig immer wieder vor, während er den Weg zur Terrasse hinauf hechtete. Oben auf der Terrasse angekommen, waren es nur noch ein paar Schritte bis zum Balkon. Andrea kämpfte gegen die lähmende Angst, er durfte sich nicht von ihr überwältigen lassen. Noch sah er, dass Lisa sich mit aller Kraft gegen Maurizio zur Wehr setzen konnte. Es gelang Maurizio nicht, sie bis auf die Brüstungshöhe hinaufzuziehen. Er durfte jetzt keinen Fehler machen, schoss es durch seinen Kopf

----

Lisa wusste, jetzt galt es um ihr Leben zu kämpfen, mit psychologischen Taktiken kam sie nicht weiter. All ihre Konzentration und Kraft richtete sie jetzt darauf, sich zur Wehr zu setzen. So hatte sie sich ihr Ende nicht vorgestellt! Hier an diesem wunderschönen Ort von den Felsen in die Tiefe gestürzt und zu sterben und gerade jetzt, wo sie dabei war, einem Menschen zu vertrauen und die Liebe neu zu entdecken.

Furia e Amore, gingen ihr Andreas Worte durch den Kopf. Unendliche Wut stieg in ihr auf. Was bildete sich dieser Mensch ein, über das Leben anderer zu bestimmen und es auf so brutale Weise beenden zu wollen.

Sie spürte, dass sie sich ein wenig aus seinem Griff lösen konnte, versuchte ihn mit sich auf den Boden runter zu ziehen, erst einmal weg von dem schmalen Grat des Geländers und damit weg vom Abgrund. Irgendwann mussten doch auch Besucher zurück in den Park kommen, hielt sie ihre Hoffnung aufrecht.

Bildete sie es sich ein, oder waren da wirklich Sirenen, die sie hörte und die immer näherkamen. Aber wie sollte das gehen in diesen engen Gassen, so ein Blödsinn, wie sollten hier Autos hinkommen. Aber da war doch auch noch ein anderes lautes Geräusch, war das nicht ein Hubschrauber, den sie hörte. Lisa traute ihren Sinnen nicht mehr, natürlich wünschte sie sich nichts sehnlicher, als dass ihr jemand zur Hilfe kommt. Für einen Moment hätte sie heulen können, bei dem Gedanken, dass niemand wusste, wo sie überhaupt war.

Bei einer ihrer Abwehrbewegungen fühlte sie in ihrer Hosentasche den kleinen Herzstein, den ihr Andrea nach ihrem ersten Bad im Meer geschenkt hatte. Tränen stiegen ihr in die Augen, Tränen der Rührung und der Wut. In diesem Moment mobilisierte dieser kleine Stein so viel Kraft in ihr, dass es ihr tatsächlich gelang, Maurizio mit zu Boden zu reißen. Dieser rappelte sich auf und packte wieder fest zu und zerrte sie hoch. Bedrohlich nahe kamen sie wieder dem Geländer, wo er sie mit aller Kraft versuchte hochzuhieven. Sie versuchte ihn von sich zu stoßen, als sie merkte, dass sich Hände fest um ihre Beine legten und sie packten. Sie verstand es nicht, kämpfte von panischer Angst angetrieben weiter um ihr Leben, bis sie merkte, dass Maurizios Körper abrupt nach hinten fiel und dahinter ein vertrautes Gesicht auftauchte.

Sie glitt zu Boden, gehalten und festumschlungen von Andreas Armen. Die anderen Polizisten, die Andrea gefolgt waren, überwältigten Maurizio und zogen ihn von Lisa weg.

"Ich liebe dich! Ich hatte solche Angst, zu spät zu kommen!", hörte sie die vertraute Stimme sagen, bevor alle weiteren Worte in einem tiefen innigen Kuss verstummten.

Den Umstehenden war es natürlich nicht entgangen, dass Lisa und Andrea sich auf eine ganz besonders innige Weise küssten. Dies war nach einer solchen Rettungsaktion normalerweise nicht üblich, obgleich in solchen emotionalen Momenten schon die eigentümlichsten Gefühlsausbrüche zu beobachten waren. Aber bei diesen beiden Menschen war für jeden ersichtlich, hier ging es um etwas ganz Persönliches. In den nächsten Tagen war es das Gesprächsthema Nummer eins in der Questura, die Einwohner von Cetara überraschte es nicht mehr wirklich!

Epilog

Als Lisa auf der Terrasse der Unendlichkeit um ihr Leben kämpfte, fielen in mehreren Büros in Köln und Düsseldorf Beamte der Korruptionssondereinheit des LKA mit Durchsuchungsbeschlüssen ein. Bei der Überprüfung des Alibis von Robert Thomée waren Lisa und Andrea darauf gestoßen, dass sämtliche Kosten über Robert Thomée abgerechnet worden waren, nicht nur die Kosten in dem ziemlich teuren und entsprechend exklusiven Nachtclub, die den größten Anteil ausmachten, sondern auch die übrigen Kosten waren auf seine Rechnung gegangen.

Es gab Hinweise darauf, dass es Verbindungen zwischen den Beteiligten gab zur Genehmigung für die Verbrennung von Sekundärbrennstoffen im Zementwerk Erlenkirchen. Und in dieses Genehmigungsverfahren waren der Umweltdezernent und der Staatssekretär nachweislich involviert.

Sekundärbrennstoff ist die verharmlosende Bezeichnung für unsortierten Haus- und Gewerbeabfall, wie Lisa später lernen musste, der verwandelt wird in ein Gemisch aus winzigen Kunststoffschnipseln. Das, was dabei entsteht, sieht aus wie der Inhalt eines Staubsaugerbeutels und wird im Fachjargon als Fluff bezeichnet. Für Abfallentsorger und die Betreiber von Zementwerken eine höchst lukrative Angelegenheit. Eine Tonne Fluff wird mit rund zwanzig Euro gehandelt, ist sozusagen ein kleines Zubrot für die Entsorger und für die Zementindustrie ein mit Abstand günstiger Brennstoff. Für die Entsorgung von einer Tonne unsortiertem Müll in einer Müllverbrennungsanlage müssen hingegen von den Entsorgungsunternehmen bis zu zweihundert Euro hingelegt werden. Durch diese Praktik werden Industrieanlagen als Müllverbrennungsanlagen missbraucht, die aber in vielen Fällen nicht über die hochwirksamen Filtersysteme verfügen wie Müllverbrennungsanlagen. Damit wird eine ordnungsgemäße und schadlose Verwertung von Abfällen umgangen und gegen das Gebot der Verwertung vor Verbrennung verstoßen. Dass das Kreislaufwirtschaftsgesetz durch solche Praktiken unterlaufen wird, ist die eine Seite. Die andere bedenkliche und verantwortungslose Seite ist, dass durch die unkontrollierte Beschaffenheit des unsortierten Mülls, eine erhöhte Menge an Schadstoffen in Form von Stickoxiden und Feinstaub in die Luft abgegeben werden. Als besonders problematisch werden die erhöhten Emissionen für Quecksilber betrachet, die nur durch entsprechende Vorbehandlung des Mülls vermieden werden können. Schon kleinste Mengen Quecksilber, die über einen längeren Zeitraum aufgenommen werden, können das zentrale Nervensystem schädigen, besonders dramatisch sind die Auswirkungen bei Kleinkindern.

In der erteilten Genehmigung, die Lisa vorlag, las sie völlig fassungslos, "Für das Vorhaben zur Erhöhung des Einsatzes von Sekundärbrennstoffen konnte im Rahmen des Genehmigungsverfahrens der Nachweis geführt werden, dass die zu erwartenden Emissionen aus dem Abgaskamin des Drehrohrofens zu keinen schädlichen Emissionen in der Umgebung des Zementwerkes führen werden."

Umweltverbände und Bürgerinitiativen hatten gegen diese Genehmigung Protest eingelegt, die aber die Verbrennung der Sekundärstoffe nicht aufhalten konnten. Vorgelegte Gutachten, die die erhöhten Werte belegten, wurden niedergeschmettert durch die Vorlage von Gutachten aus angeblich kompetenteren Quellen.

Den Ermittlern war sofort aufgefallen, dass die Lieferanten für Fluff, die Firmen von Robert Thomée und Karl-Otto Hoffstatt waren. Die beiden Herren, die maßgeblich an der Genehmigung mitgewirkt hatten, waren nun mit auf dieser Reise nach Neapel gewesen. Der aufstrebende Politiker, der ebenfalls mit von der Partie war, saß seinerseits im Aufsichtsrat des Zementwerkes. Dies waren ausreichende anfängliche Verdachtsmomente, die die Hausdurchsuchung legitimierten.

Als Lisa dies las, wurde ihr klar, dass der Zufall sie da tatsächlich in ein Wespennest hatte treten lassen. Welch eine Ironie! Wäre der Mord nicht geschehen, wäre diese Geschichte vielleicht nie ans Tageslicht gekommen. Die Zufälle im Leben sind manchmal schon verrückt!

Die Auswertung einiger Dokumente zeigte, dass die Gutachten, die die Emissionswerte für Quecksilber berechnet hatten, an einigen Stellen manipuliert worden waren.

Lisa entnahm den Berichten, dass die Staatsanwaltschaft eingeschaltet wurde und nun ein Verfahren wegen des Verdachtes von Vorteilsnahme eröffnete.

Lisa staunte nicht schlecht darüber, was sie in einer Mitteilung des Landeskriminalamtes las. In Nordrhein-Westfalen hatten im vergangen Jahr Bestechung, Bestechlichkeit und Vorteilsnahme in Wirtschaft und Verwaltung ein dramatisches Niveau erreicht. Es wurden fast fünfhundert Ermittlungsverfahren eingeleitet.

Und das für ein paar Reisen, Bordellbesuche oder sonstige kleinere Gefälligkeiten. Lisa wollte es nicht einleuchten, warum Menschen, wovon die meisten sicherlich nicht am Hungertuch nagten, sich auf so was einließen. Die jüngere Geschichte lehrte, dass selbst Bundespräsidenten über solch kleine Gefälligkeiten stolpern und alles verlieren.

Wie hieß es in der Mitteilung. Korruption ist eine Hydra. Die Köpfe wachsen immer wieder nach.

Bevor Lisa die Akte zu dem Mord an Carla Wissgold und Sebastian Kunnert schloss, fiel ihr Blick noch einmal auf Robert Thomée, den seine eigene Vergangenheit eingeholt hatte. Er wurde natürlich sofort aus dem Gewahrsam in Salerno entlassen, musste sich in Deutschland allerdings auf ein Verfahren einstellen. Da der Tod von der jungen Frau im Baggersee neu aufgerollt wurde. Aber mit einem guten Anwalt an der Seite hatte er beste Aussichten darauf, ungeschoren aus dieser Geschichte rauszukommen, zumal es ja auch einen Zeugen gab.

Anmerkungen

Die Personen im Roman sind frei erfunden. Jegliche Namensgleichheit oder Ähnlichkeiten mit lebenden Personen sind rein zufällig und nicht beabsichtigt. Gleichwohl die Hintergrundgeschichte um den Umgang mit unserem Müll auf tatsächlichen Fakten basiert und leider nicht frei erfunden ist.

Meinen tief empfundenen Dank möchte ich meiner Familie und Freunden aussprechen, die die ersten Leser waren und die mich immer wieder ermutigt haben, dieses erste Buchprojekt zu veröffentlichen. Besonderer Dank gebührt dabei meinen Mann Hans-Gerd, der mit viel Geduld und Ideen das Projekt begleitet und mich in jeder Phase unterstützt hat.